AF498891

Alfred Schirokauer

Alarm

e-artnow 2018

Leseempfehlungen (als Print & e-Book von e-artnow erhältlich)

Louis Weinert-Wilton
Weinert-Wilton-Krimis: Der schwarze Meilenstein, Die chinesische Nelke, Die Panther, Die Königin der Nacht, Die weiße Spinne, Der Drudenfuß & Teppich des Grauens

Alexandre Dumas
Die Gräfin Charny: Historischer Roman

Richard Arnold Bermann
Die Derwischtrommel: Historischer Roman

Eufemia von Adlersfeld-Ballestrem
Gesammelte Werke: Historische Romane, Krimis, Liebesromane & Erzählungen: Die weißen Rosen von Ravensberg, Die Falkner vom Falkenhof, Trix, Maria Schnee, ... Die Herzogin von Santa Rosa, Rosazimmer...

Walter Scott
Der Talisman: Historischer Roman aus dem Zeitalter der Kreuzzüge

Elisabeth Bürstenbinder
Um hohen Preis

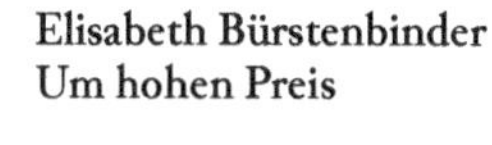

Eufemia von Adlersfeld-Ballestrem
Detektiv Dr. Windmüller-Krimis: Weiße Tauben, Die Erbin von Lohberg, Das Rosazimmer, Die Fliege im Bernstein & Povera Farfalla - Armer Schmetterling

Elisabeth Bürstenbinder
Die Alpenfee

Elisabeth Bürstenbinder
Ein Gottesurteil (Historischer Roman)

Friedrich Glauser
Matto regiert: Kriminalroman

Alfred Schirokauer

Alarm

Historischer Krimi

e-artnow, 2018
Kontakt: info@e-artnow.org

ISBN 978-80-273-1496-6

Inhaltsverzeichnis

John Rutland warf die Serviette auf den Tisch, der Butler zog den Stuhl unter ihm fort. Das Diner hatte wieder genau 9½ Minuten gedauert. Es war die hastige lieblose Mahlzeit eines einsamen Mannes.

Rutland ging zur Tür der Bibliothek. Wisdom, der Butler, öffnete sie, der Herr nickte ihm kurz zu, Wisdom flüsterte: »Gute Nacht, Sir«, und damit war sein Dienst für heute erledigt.

Abend für Abend, wenn den leitenden ersten Direktor von Killick & Ewarts, der größten Waffenfabrik und mächtigsten Schiffsbauwerft Englands, nicht gesellschaftliche Pflichten riefen, schloß sich um halb neun hinter ihm die Tür der Bibliothek seines stillen Hauses in Egerton Terrace im Viertel Brompton zu London.

Unten im Souterrain saß geruhsam die Dienerschaft und plauderte. Dem weiblichen Teil des Personals spendete der geheimnisvolle Herr des Hauses einen unerschöpflichen Gesprächsstoff.

»Ich bin überzeugt«, sagte Amy, das sehr hübsche Stubenmädchen, das erst kurze Zeit hier in Stellung war und sich bisher vergeblich bemüht hatte, einen bewußt aufmerkenden Blick Rutlands zu erhaschen, »ich bin überzeugt, er haßt die Frauen.«

Die Köchin Jane, die seit fünf Jahren hier unten das Regiment führte, schüttelte gelassen ihr üppiges Doppelkinn.

»Unsinn, Kind«, wehrte sie, »Männer mit solch guten traurigen Augen hassen uns Frauen nicht. Ich sage, was ich immer gesagt habe, dem hat ein Weib mal sehr böse mitgespielt. Ich kenne das. In meiner vorigen Stellung —«

Und sie berichtete zum fünfhundertdreiundsechzigsten Male die Geschichte ihrer verflossenen Stellung. Keiner wagte, sie zu unterbrechen. Denn Jane neigte dazu, sehr ungehalten zu werden und darauf hinzuweisen, daß diese behagliche Küche ihr Reich sei, aus dem sie rechtmäßig unliebsame Persönlichkeiten ausweisen könne. Und darum getraute sich niemand, ihren Redefluß zu dämmen.

Amy spielte nervös mit den Spitzen ihrer Tändelschürze. Der Chauffeur tat, als ob er gespannt dem Märchen aus fünfhundertzweiundsechzig und einer Nacht lausche. Er trug Heiratsgedanken im Busen, bei denen das hochziffrige Sparkassenbuch der Köchin eine gewisse Rolle spielte. Der Butler Wisdom paffte dicke Wolken der Teilnahmslosigkeit aus seiner kurzen Shagpfeife. Er war viel zu erhaben, sich an »Dienstbotentratsch« aktiv zu beteiligen.

Als Jane ihre Memoiren der früheren Stellung beendet hatte, rief Amy erlöst: »Aber, das war doch ein ganz alter Mann. Den Fall kann man doch nicht mit unserem hier vergleichen! Das Sonderbare ist doch gerade, daß unser Herr trotz seiner Jugend niemals ausgeht, wenn er nicht bei offiziellen Festlichkeiten das Werk vertreten muß.«

Killick & Ewarts hießen sie im Hause »das Werk«.

»Nun, so jung ist er grade nicht«, fiel der Chauffeur ein wenig eifersüchtig ein. Das hübsche Mädel gefiel ihm nicht übel. Leider war bei ihr von einem geladenen Sparkassenbuch nichts bekannt. »Seine Vierzig hat er auf dem Buckel. Die Schläfen sind ja ganz weiß.«

»Das kommt von der vielen Arbeit«, belehrte die Köchin autoritativ. »Ich gebe ihm höchstens fünfunddreißig.«

»Auch die kaum«, stimmte Amy eifrig bei. »Diese schlanke Gestalt und der jugendliche Gang und die helle junge Stimme! Und überhaupt.«

Sie machte eine umfassende verliebte Bewegung mit der kleinen, wohlgepflegten manikürten Hand, die keine allzu schwere Hausarbeit verriet.

Der Butler rauchte stumm in unnahbarer Würde. Der Chauffeur begründete, durch Amys offene Neigung aufgestachelt, seine Ansicht, daß der Herr mindestens Vierzig sei.

Er hatte Unrecht. Rutland war vierunddreißig. Aber auch die Köchin irrte, wenn sie das Weiß seiner Schläfen auf seine Arbeit zurückführte. Sein Haar war vor sechs Jahren ergraut in drei furchtbaren Tagen und Nächten, die er auf einer Planke im Stillen Ozean getrieben war. Doch davon wußten nur er und drei kleine zierliche japanische Perlenfischerinnen, die den Bewußtlosen an die Felsenküste der Insel Kyushu geborgen hatten. — — —

Die Dienerschaft täuschte sich auch in dem Glauben, daß ihr Herr von halb neun bis zwölf in der Bibliothek arbeitete.

Abend für Abend kam die Zeit, da Rutland aus den Akten und Papieren, über die er gebeugt saß, aufschreckte und gehetzte scheue Blicke in die dunklen Ecken des großen matterleuchteten Raumes schleuderte. Dann standen dort böse Erinnerungen und stumme, mahnende Gespenster.

Da sank er in sich zusammen, und das Gedenken finsterer Vergangenheit sauste über ihn hin. Lange kauerte er so, gekrümmt und gebeugt unter der erbarmungslosen Faust der Geister aus verklungenen Tagen. Bis er sich jählings aufraffte, emporsprang, mutig und entschlossen in die düsteren unheimlichen Winkel des Zimmers vordrang, den Spuk zu zertreten. Dann schritt er stundenlang auf und nieder und zwang seine Gedanken mit aller zähen Energie und Verbissenheit seines Charakters in andere Richtung, die zermürbende Erinnerung zu betäuben.

Diese nächtlichen Wanderungen in die brütenden schwarzen Ecken der Bibliothek waren seine furchtbarsten Augenblicke.

In dieser krampfhaften Niederzwingung der Vergangenheit gebar er die titanischen Pläne und Ideen, da keimten die Entschlüsse von weltumspannender Weite, die ihn in fünf Jahren zum gebietenden Leiter dieses englischen Riesenwerkes erhoben hatten. Alles, was er ersonnen hatte, war ein Narkotikum gegen die folternde Rückschau seines Hirns. Freilich hatte er es kühl und berechnend im hellen Lichte des folgenden Tages in klug erwogene Tat umgesetzt. Doch erstanden waren diese kühnen, über alle Kontinente greifenden Projekte aus dem Nachtmar der gespenstisch raunenden Vergangenheit.

Und aus einer leidenschaftlichen, fressenden Sehnsucht!

Es war gegen neun Uhr. Da schlug der Klopfer der Haustür gegen den metallenen Buckel. Betroffen horchte Rutland auf. Wer klopfte zu dieser Stunde an seine Tür? Eine böse Ahnung umspülte ihm eiskalt das Herz. Er starrte auf die Tür der Bibliothek.

Dort stand Wisdom, der Butler. Er suchte seine pflichtmäßige Gemessenheit und Hoheit zu wahren. Doch in den Augen flackerte eine Erregung, die er nicht zu meistern vermochte.

»Eine Dame, Sir, wünscht Sie zu sprechen«, meldete er beherrscht. Aber es schien Rutland, als vibriere seine Stimme.

Es war das erstemal, daß eine Frauenhand an diese Pforte pochte.

»Eine Dame?« fragte er bezwungen ruhig und fühlte, wie ihm das Herz in der Brust flatterte.

»Ja, Sir. Sie will ihren Namen nicht nennen. Ich soll nur melden: eine Lady. Der Herr würde schon wissen.«

Eine kurze, belastete Pause.

Dann befahl Rutland mit bemühter Gleichgültigkeit:

»Führen Sie die Dame herein.«

»Sehr wohl, Sir.« Wisdom verneigte sich und ging.

Rutland blickte auf die Tür. Seine Hände zitterten, trotz aller Anstrengungen, sich in der Gewalt zu halten.

Eine hochgewachsene Frau trat ein, schlank, trotz des dichten Persianerpelzes, der sie umschloß. Der helle Chinchilla-Kragen war hochgeschlagen und verhüllte Kinn und Mund. Der kleine, tief in die Stirn gedrückte Hut verbarg den oberen Teil des Gesichts. Nur die großen dunklen Augen waren sichtbar und leuchteten.

Sie blieb an der Schwelle stehen, Rutland schwankte sacht. Wisdom schloß die Tür. Die Frau stand. Ihre Augen glühten in Erwartung.

Da stieß Rutland einen Schrei aus, unbeherrscht und wild, wie ein Jauchzen. Im nächsten Augenblicke war er an der Tür. Die Frau lag stöhnend vor Glück an seiner Brust. –

Sekunden verrannen, erfüllt nur von dem Keuchen der ekstatischen Wiedersehensfreude von Mann und Weib. Er hielt sie umklammert, sie hing matt mit gelösten Gliedern in seinen Armen, die Schläfe gegen seine Brust gepreßt, als lausche sie auf den Schlag seines Herzens.

Endlich richtete sie sich mit einem ächzenden Seufzer der Erfüllung auf, er öffnete die Arme. Mit einer brüsken Bewegung, wie ein ungeduldiger Flügelschlag, warf sie den Pelz von den Schultern, aus der dunklen Umhüllung schälte sich die schmale Geschmeidigkeit ihres weichen biegsamen Körpers.

Er faßte ihre Arme unterhalb der Schultern. Hielt sie vor sich. Sie war ihm an Größe gleich. Ihre Gesichter standen dicht voreinander, ihr erregungsheißer Atem dampfte sich entgegen. Er saugte mit lechzenden, verdurstenden Augen die Schönheit ihrer Züge in sich hinein.

Dann zog er sie wieder an sich. Sie preßte sich gegen ihn, schmiegte sich in ihn ein, er fühlte jetzt ihren von dem Pelze befreiten Körper durch das dünne Seidenkleid hindurch, fühlte ihr Blut in den Gliedern sieden, fühlte ihre Glut, ihre Hingabe, ihr sehnsüchtiges Entgegenströmen. Die jäh erfüllte jahrelange Sehnsucht, das urplötzlich befriedigte Verlangen nach ihr betäubte ihn, überflutete sein Gehirn. Mit letzter verdämmernder Kraft riß er sich von ihr, gab sie frei.

Sein heftiger Rückzug weckte sie gewaltsam. Sie öffnete die Augen weit und blinzelte erstaunt. Dann warf sie mit einem ruckartigen Schleudern des Kopfes die aufgescheuchte Leidenschaft von sich. Mit einer fast schmerzlichen Bewegung ihrer schönen großen Hand strich sie das Haar aus der Stirn, blau-schwarzes, selbst in der halben Beleuchtung des Zimmers glitzerndes und sprühendes Haar, das sich in natürlichen Locken um den edel geformten Kopf wellte, strich es zurück aus der intelligenten Stirn, zurück hinter das kleine Ohr-, das in mattrosa Perlmutter aus dem tiefen Schwarz hervorleuchtete.

Wieder seufzte sie mit festgeschlossenen Lippen und stieß den Atem mit einem hellen Laut durch die leicht gebogene kühne Nase, Erbe ihrer arabischen Ahnen. Die Nasenflügel zitterten. Dann ließ sie die Arme schlaff herunterfallen, eine Geste wunder Enttäuschung. Ihre Augen wanderten durch die Bibliothek, feucht schimmerndes Schwarz in zartem, bläulich-porzellanenem Schmelze, und sagte mit einer weichen, kosenden, jetzt etwas belegten Altstimme auf deutsch, ihrer Vatersprache: »So also wohnst du!«

Er nickte fassungslos und befangen. Wie alle klugen Frauen in heiklen bestürzenden Lagen, übernahm sie die Haltung und Führung. Sie bückte sich zu dem Pelze nieder, der auf dem Teppich am Boden lag. Er sprang hinzu, raffte ihn auf, warf ihn über einen Sessel.

Sie setzte sich. Ihr Rock raschelte rauschend in die Stille der Verlegenheit.

»Darf ich dir etwas anbieten?« fragte er in ihren Lauten, die er als Knabe gelernt hatte. Seine Eltern waren Kinder deutscher Einwanderer in Kalifornien.

Sie schüttelte den Kopf. »Es ist besser, deine Dienerschaft sieht mich so wenig als möglich«, sagte sie, und ihre Stimme hatte jede Schwingung der Erregung verloren. »Gib mir eine Zigarette.«

Er reichte ihr das silberne Kästchen. Sie klemmte das Mundstück zwischen starke aufblitzende Zähne und bot dem Streichholz, das er ihr hielt, die Lippen hin. Das Licht der kleinen rotblauen Flamme beleuchtete ihr Gesicht, die schmalen ovalen Wangen, den köstlichen Mund, das selbstbewußte Kinn, den weißen Hals mit den durchschimmernden violetten Adern, die langschattigen Wimpern. Es schien ihm, als dringe in der Helle des plötzlichen Lichtes auch ihr Duft, diese Mischung von diskretem Parfüm und Ausströmung ihres Haares und ihrer Haut stärker, verwirrender auf ihn ein.

Das Streichholz erlosch. Sie blies dünne blaugraue Strahlenschwaden durch die Nase und sah stumm aus enggezogenen, sinnlich prüfenden Augenschlitzen zu ihm hinüber. Er fühlte wieder die Verführung ihn umfangen. Begehren riß ihn zu der Frau, nach der er sechs Jahre verzehrend verlangt hatte.

Er warf sich ihr gegenüber in einen Sessel und umkrampfte die Armlehnen, als suche er Fesseln gegen seine Wünsche und Betörung.

»Wie kommst du hierher?« fragte er. Doch er mußte sich räuspern, die Sperrungen aus der Kehle räumen, ehe verständliche Worte kamen.

»Wir sind hierher an die Botschaft versetzt. Der Herzog ist erster Botschaftsrat, Vertreter des Gesandten geworden.«

Er machte eine Bewegung mit dem Kopfe, als fange er ihre Nachricht aus der Luft auf.

Sie fuhr fort: »Gestern sind wir aus Madrid eingetroffen.«

Er schwieg. –

Da sprach sie weiter: »Mein Mann ist heute abend dienstlich beim Botschafter. Da habe ich die erste Gelegenheit benutzt − −«

Sie lächelte, sah plötzlich lieb und mädchenhaft aus unter diesem Lächeln, das die Unendlichkeit ihrer Liebe bloßstellte.

»Ich danke dir«, sagte er verstehend, rückte den Stuhl dicht an sie heran, daß ihre Glieder sich berührten, und reichte ihr die Hand. Sie umspannte sie fest. Und da flammte sie auf.

»Du«, flüsterte sie, »John, sei ehrlich zu mir. Sechs Jahre sind eine lange Zeit. Endlos. Wenn du mich nicht mehr liebst, sag es offen. Ich habe mich verändert, ich weiß. Ich bin alt und häßlich geworden unter dieser zerreibenden Sehnsucht nach dir. Wenn man eine Frau mit neunzehn zuletzt gesehen hat − −«

Jetzt lächelte er. Sein gerades scharfes Gesicht, das herbe Gesicht eines großen Konzernmenschen, quer und kantig, war mit einem Male jung und entspannt. Als habe eine Hand darüber gewischt, alle Runen und Runzeln getilgt, tauchte während dieses kurzen Lächelns ein hübsches schalkhaftes Jungengesicht unter der Maske des großen ernsten Chefs einer Weltfirma hervor.

»Du bist schöner geworden und lockender«, bekannte er. Dann erloschen die Züge des Sportjungen, und im Sessel saß wieder der erstarrte Lenker der gewaltigsten Waffenfabrik und Schiffswerft dieser Erde.

Es war, als sei wieder der Vorhang gefallen über das kurze Aufflackern einer erstickten Innigkeit und Nähe.

Doch sie zwang sich mutig vorwärts. Sie wollte zu ihm hindurchdringen.

»Du hast es weit gebracht«, raunte sie und versuchte abermals ihr zauberbelebtes Lächeln.

Er machte eine schroffe, abweisende Bewegung mit der Hand.

»Es ist alles nur Verzweiflung«, preßte er hervor.

Sie bog sich im Sessel noch dichter an ihn heran.

»Verzweiflung? Worüber?«

»Um dich!«

Die Worte flammten auf, wie ein lauter Aufschrei, obwohl er kaum flüsterte. Sie schlugen Angelita in den Stuhl zurück. Sie lag gegen die Lehne mit geschlossenen, zuckenden Lidern. Die Zigarette in ihrer Hand qualmte mit einem dünnen blauen Rauchstreifen, der kerzengrade zur Höhe stieg. Ihre Lippen bewegten sich lautlos.

Da fügte er leise hinzu: »Mein Leben war nur Sehnsucht nach dir, meine Arbeit Betäubung.«

Sie hatte ihre Rechte von ihm losgerissen. Jetzt tastete sie wieder nach ihm, umklammerte ihn und schwieg. Die Zigarette verbrannte ihre Finger. Sie warf den glimmenden Stummel in die Schale.

Dann kamen die Worte leise, singend fast:

»Ich wußte, daß du mich nicht mehr hassest. Ich fühlte es. Schon lange, lange. Ich habe diese Versetzung nach London betrieben. Ich ging an meiner Sehnsucht zugrunde.«

Er beugte sich über ihre Hand und preßte lange seine Lippen auf die duftende heiße Haut.

»Ich habe dich nie gehaßt«, bekannte er.

»Doch«, beharrte sie, den Kopf gegen die hohe Lehne des Stuhles zurückgeschmiegt. »Damals in Tokio hast du mich gehaßt. Wäre ich nicht feige gewesen, hätte ich dich getötet. Nein, es war nicht Feigheit. Es war auch nicht Haß. Es war alles nur Liebe, diese Liebe zu dir, die alles birgt, was an mir lebt und atmet.«

3

In Tokio hatten sie sich kennengelernt.

Rutland führte damals das kümmerliche Dasein eines Gelegenheitsdolmetschers, suchte seine englischen, deutschen, spanischen und japanischen Sprachkenntnisse an den Mann zu bringen. Diesen Mann traf er nach vielen Wochen des Elends in der düsteren Halle des Imperial-Hotels, dieses bedrückend wüsten, planlosen Zyklopenbaues.

Es war Septimus Egan, der Japanvertreter von Killick & Ewarts. Der Dolmetscher mit den tragischen Augen, den weißen Schläfen und dem Gesicht eines Dreißigjährigen gefiel ihm. Besser noch gefiel ihm sein intelligentes Japanisch.

»Mann, wo haben Sie das her?« fragte Egan perplex.

»Ich habe es gelernt«, erwiderte Rutland lakonisch und so abschließend, daß der große Vertreter der Weltfirma keinen weiteren Aufschluß zu fordern wagte. Er verhandelte just wegen der Lieferung dreier Schlachtkreuzer an die japanische Marine. Die Aufträge gingen durch viele Instanzen, langsam, schwerfällig, mit unendlichem Zeitverlust und aufreibender Saumseligkeit, wie jeder behördliche Weg in Nippon. Auf dieser langen Route war mancher, der nicht englisch sprach. Egan hatte bislang seinen japanischen Dolmetschern wenig vertraut. In Unterhandlungen mit der Regierung waren sie weder unparteiisch noch zuverlässig. Mit Freuden griff er die Dienste dieses jungen verschlossenen weißen Mannes auf.

»Sie sind Amerikaner?« fragte er.

»Nein, Engländer«, sagte Rutland.

Egan stutzte. Der Mann sprach doch das Englisch eines Weststaatlers von Nordamerika. Irgend etwas schien ihm verdächtig. Er beobachtete ihn scharf diese erste Zeit. Seine Menschenkenntnis erkannte sehr bald die Treue und Ehrlichkeit Rutlands und eine erstaunliche Tüchtigkeit im Verhandeln mit diesen verschlagenen hartnäckigen kleinen gelben Leuten sowie eine verblüffende Kenntnis und Erfahrung in Dingen der Kriegsschiffe, Geschütze, Ausrüstung.

»Woher wissen Sie das alles?« fragte Egan und starrte dem schweigsamen Manne in die traurigen grauen Augen.

»Ich war im Kriege auf einem Hilfskreuzer!«

»Auf welchem?«

»Der Macedonia.« Es klang Egan irgendwie unwahr, Rutland hatte einen Herzschlag lang gezögert, ehe er den Namen seines Schiffes nannte.

»Sind Sie denn Seemann?«

»Ja, Mr. Egan.« Er griff in die Tasche und zeigte seine Papiere. Sie waren zerrissen und vom Seewasser verwaschen. Denn, erläuterte er bündig, den Handelsdampfer, auf dem er gefahren war, hatte der Taifun gegen die Klippen Japans geworfen. Die Papiere waren in Ordnung. Erster Offizier John D. Rutland auf dem Handelsdampfer »Nancy«, Heimathafen Liverpool.

Und dennoch ward Egan in diesen ersten Wochen das Gefühl nicht los, daß irgendein tragisches Geheimnis hinter seinem Dolmetscher stehe. Unter der Hand erkundigte er sich bei der britischen Botschaft in Tokio nach dem Untergang des Handelsdampfers »Nancy«. Es stimmte. Von dem überlebenden Ersten Offizier J. D. Rutland wußte man dort freilich nichts. Aber das wollte wenig besagen. Engländer waren keine Anhänger amtlichen Meldewesens.

Mit der Zeit wurden die Männer intimer, und Egans Argwohn schwand. Sie wurden Freunde. Doch immer blieb Rutland einsilbig und zurückhaltend. Nie sprach er von sich und seiner Vergangenheit. Da Egan ein Mann war, den die Vergangenheit weit weniger interessierte als die Gegenwart und Zukunft, tat Rutlands Schweigsamkeit über sich ihrem guten Verhältnisse keinen Abbruch. Er war in Japan, Geschäfte zu machen und Geld zu verdienen, große Geschäfte und großes Geld. Hierbei hatte er einen genialen Helfer und Könner gefunden. Längst war Rutland nicht nur sprachgewandter Dolmetscher, sondern Berater und Kampfgenosse. Egan beteiligte ihn, er ließ ihn an seinen reichen Gewinnen teilnehmen. Er führte ihn, den die Kleidung, die er sich jetzt leisten konnte, in einen vollendeten Weltmann verwandelt hatte, in die diplomatischen Kreise ein, in denen er, eins der angesehensten Mitglieder der europäischen Kolonie, verkehrte. Der stille Mann mit dem schönen energischen Gesicht fand begeisterte Aufnahme unter den Damen des Gesandtenviertels.

Auf dem Tennisplatze der englischen Botschaft begegnete er der Gattin des Ersten Sekretärs der spanischen Botschaft, der Herzogin Angelita Breton de Los Herreros.

Sie spielten gegeneinander in dem Tourniere des diplomatischen Korps, beide Meister des Raketts. Aus dem Spiele wurde fanatischer Ernst, erstand eine Liebe, eine Leidenschaft, eine Raserei der Herzen und der Sinne.

Angelita forderte von dem Herzog ihre Freiheit. Seit dreiviertel Jahren war sie sein Weib. Sie haßte ihn. Seine Kälte hatte in der Tochter des deutschen Fürsten Oybin nie etwas anderes als eine Repräsentantin seines Namens, ein Mittel seiner Stellung und seines politischen Ehrgeizes gesucht.

Als Antwort auf ihre kühne Forderung befragte er den Botschaftsarzt, fürchtete, der tropische Sommer Japans habe ihr Hirn angegriffen. Da floh sie zu dem Geliebten. Klopfte eines glutheißen Tages an die Tür des kleinen japanischen Hauses, das er in der Torisaka bewohnte.

Er stieß sie von sich, entsetzt, in panischem Schrecken.

»Ich kann nicht in eine fremde Ehe einbrechen«, wiederholte er immer wieder, starrsinnig wie unter einer Suggestion, unbeugsam.

Da sprühte in ihr Hohn und Haß empor.

»Feigling«, schrie sie ihm entgegen. »Du weißt wohl, daß der Herzog der beste Florettfechter Spaniens ist?«

Da zuckte er zusammen. Der Hieb saß. Er sprach nichts mehr, bis sie ging, nachdem sie ihm ihre tödliche Verachtung noch einmal ins Gesicht gespien hatte. Ging gebrochen zurück zu ihrem Manne und ihrer verlorenen Ehe.

4

In der Bibliothek im Hause der Egerton Terrace zu London schwelte wieder ein Schweigen, das geladen war von ahnender Ergriffenheit und erinnerungsschwülem Gedenken.

Dann sagte Angelita, ohne sich zu bewegen, ganz leblos: »Ich muß dich etwas fragen, John.«

Er neigte kaum merklich den Oberkörper.

»Bitte.« Doch er sprach das Wort nicht, es blieb eine pantomimische Geste.

Plötzlich erwachte sie aus der Erstarrung, beugte das Gesicht heftig zu ihm hinüber und sprach lebhaft und eindringlich:

»Es hat mich alle diese Jahre gequält. Ich habe gegrübelt und gegrübelt und nie eine Antwort gefunden. – Warum hast du mich damals in Tokio zurückgestoßen?«

Sie fragte es ganz matt, die Stimme wie Sammet, ohne Groll, bebend vor Zärtlichkeit und Verlangen nach Verstehen.

Er bewegte sich nicht, saß steif und scheinbar unberührt von ihrer leidenschaftlichen Innigkeit. Nur die grauen klaren Seemannsaugen wurden tiefer und dunkler.

Als keine Antwort kam, fuhr sie fort, Liebkosung in der Stimme: »Damals nannte ich dich Feigling. Gegen mein Wissen und meine Überzeugung. Meine grenzenlose Enttäuschung schrie es hinaus, meine verletzte Eitelkeit wollte dir weh tun, mein verwundetes Frauentum wollte dich erniedrigen. Geglaubt habe ich niemals, daß du mich aus Furcht vor dem Herzog abwiesest. Aber warum? Warum? Sag es mir heute!«

Seine Augen glitten über sie hin. Und als er sie dicht vor sich sah, zu ihm geneigt, ganz menschlich, ganz weiblich, ganz traut und zu ihm gehörig, löste sich etwas Totes in ihm und schmolz dahin. Die Vereisung dieser langen erfrorenen Jahre taute auf. Da war endlich ein Mensch, der Mensch seines Lebens, der ihn rief, liebend und hingebend, der einzige Mensch auf dieser Erde, der ihm nicht fremd war und bedrohend, dem alles zuströmte, was in ihm nicht Pflicht und Arbeit war, der Inbegriff war alles Guten und Zarten, alles Gefühls und alles Glücks dieser Welt. Ein Verlangen umkrallte ihn, seine Brust zu erschließen, dieses Geheimnis von sich zu schleudern, das ihn umschiente, den Stahlpanzer, der ihn umgürtete, zu zerschlagen und zu zerfetzen und endlich wieder frei zu atmen, nach dem Bekenntnis. Er öffnete die Lippen zur Beichte.

Doch die jahrelange Schulung in der Behütung seiner Worte, sein Verstand und seine automatisch arbeitende Vernunft wich von dem geraden Wege des Geständnisses ab, trotzte dem weichen Impulse in seiner Brust.

»Ich tat es«, sagte er rauh, »weil ich damals nichts war und nicht wagte, die Herzogin Breton de Los Herreros an mich zu binden.«

Ihr bewegliches Gesicht stutzte in Staunen, dann verengten sich die Augen im Zweifel. Mit einem sanften Lächeln bedeutete sie: »So wäre heute diese Hemmung gefallen?«

Er schnellte empor. Ging rasch durch das Zimmer.

Dann blieb er vor ihr stehen und stieß fast barsch hervor: »Heute verkörpere ich zu viele und zu wichtige wirtschaftliche Interessen Englands, um mir einen gesellschaftlichen Skandal gestatten zu dürfen.«

Da federte ihr geschmeidiger Körper auf unter dem Seidenkleide. Ihr Schoß bäumte sich gegen den Rock. Dann lag ihr Leib steif in dem Sessel. Die großen dunklen Augen, dieses Erbteil der maurischen Beherrscher Spaniens, mit denen die Mutter sie verband, glühten rötlich auf in einem heißblütigen Zorn und lebten allein in ihrem erbleichten Gesicht. Doch ebenso rasch löste sich der Bann der Empörung, der Körper wurde wieder saftvoll und gelenkig, die Augen blickten versöhnt und voller Liebe zu ihm empor. Mit einem leisen Erschauern, als friere sie plötzlich, sagte sie klanglos:

»Ich bin nicht zu dir gekommen, um dich zum zweiten Male auf die Probe zu stellen, John. Zeit und Leid dämpfen. Ich bin nicht mehr die impulsive Frau, die ohne Überlegung ins Leben hinausläuft und Gefolgschaft fordert.«

Er stand vor ihr und schwieg und fühlte, wie töricht, elend, klein und jämmerlich er dieser Frau gegenüber war, die heute abend wieder ihre Liebe zu ihm getragen hatte, ohne prüden Stolz, hoch über jeder Vergeltung für die Beleidigung, die er ihr damals angetan hatte. Er rang und kämpfte mit sich und seinem Geheimnis, während sie leise weiter sprach:

»Ich wollte nichts als dir sagen, daß ich in London bin und – dich – liebe!«

»Ich liebe dich auch!« schrie er unterdrückt und verrenkte die Finger.

»Ich weiß es«, nickte sie. »Sonst wäre ich nicht hier.«

»Warum bist du nie zu mir gekommen, als ich in Madrid war?« fragte er unvermittelt. »Du mußt doch gehört haben, daß ich dort war – bald nach unserer Trennung in Japan.«

Sie sah zu ihm empor. »Ja, ich wußte es, aber damals glaubte ich noch, daß ich dich hasse.« Sie lächelte weh.

»Ich war oft vor deinem Palais«, bekannte er.

»Ich weiß.«

»Das weißt du?!«

Sie nickte schelmisch. »Ich habe dich einmal gesehen. Und dann immer erwartet. Tagelang habe ich am Fenster meines Boudoirs gesessen und auf dich gewartet.«

»Geliebte –!« flüsterte er erschüttert.

Sie hob in einer hilflosen Bewegung beide Arme und ließ sie wieder matt in den Schoß zurückfallen. »Aber jetzt, John, jetzt wollen wir –«

Sie sprang auf. Plötzlich standen sie wieder voreinander. Gesicht dicht an Gesicht.

»Jetzt will ich wissen, was uns wieder trennt«, rief sie inbrünstig aufflammend. Es schien, als wollten ihre Lebenskräfte, ihr Ungestüm, ihre blutvolle Lebendigkeit das eng umschließende Kleid sprengen. »Durch das lange Leid um dich bin ich so sehr ein Teil von dir geworden – wie mein Kopf – mein Herz. – Nichts von dir kann mich mehr beleidigen, so gehörst du zu mir. – Meine Sehnsucht nach dir hat mich in dich hineingebrannt. Nie waren zwei Menschen mehr eins, durch Schmerz und Entbehren zusammengeschweißt. Ich weiß, es ist etwas außer dir, das nicht du bist, eine Macht, die stärker ist als meine Liebe, als deine Liebe, als meine Anziehung, als mein Reiz, meine Ausstrahlung auf dich. Ich möchte dieses Fremde, dieses tödlich Feindliche, erwürgen – morden, wenn es lebte. Aber es ist nichts Lebendiges, Greifbares. Es ist etwas Geisterhaftes. Das fühle ich.«

Sie stand von Leidenschaft geschüttelt vor ihm. Jahrelang Gestautes barst aus ihr hervor. Ergebnis von tausend Stunden verzweifelnden, hirnzermarternden Suchens und Grübelns.

Er fühlte die lautere Flamme weiblicher Menschlichkeit, die ihm aus ihr entgegenschlug, empfand die reine Glut, in der sie brannte, und – wandte das Gesicht ab.

»Ich kann es dir nicht sagen«, quälte er hervor zwischen festgeschlossenen Zähnen.

Sie schluckte.

Dann rannte sie wieder mit ihrem vollblütigen Temperament gegen das Bollwerk seiner erbitternden Verstocktheit an.

»John«, rief sie, »ich kann nicht glauben, daß es etwas gibt, das du mir nicht sagen kannst. Warum denn nicht? Warum denn bloß nicht?! Ich bin dir doch so nah wie ein Mensch dem andern sein kann. Oder nicht?!«

Sie blickte ihn fordernd an und warf mit einem nervösen Ruck die Locken hinter das Ohr zurück.

»Doch«, gestand er.

»Und dennoch gibt es zwischen uns etwas, das du mir nicht sagen kannst?! Etwas Lebenswichtiges, das immer wieder zwischen uns steht! Nur deshalb will ich es wissen. Ich will mich nicht in Geheimnisse drängen, die mich nicht kümmern. Aber dieses – dieses Würgende, Feindliche! Sag es mir, sag es mir! Und wenn du ein Verbrecher wärst, wenn du gemordet hättest – was wäre mir das? Sag es mir doch ganz menschlich – ich verstehe alles – alles, was dich betrifft!«

Sie wartete. Er wich ihrem Blicke aus.

»Vielleicht warst du noch sehr jung, hast gesündigt – was heißt zwischen uns gesündigt?! Ein albernes leeres Wort. Vor mir kannst du nicht gesündigt haben. Ich liebe dich, wie du bist – mit allem – mit deiner Vergangenheit, wie sie auch ist. Nur sprich endlich! Hab Vertrauen! Vernichte nicht unser Leben durch eine falsche unselige Scham. Laß mich begreifen, warum du mich immer wieder von dir stößt, und laß mich dir dann sagen, daß es nichts an meiner Liebe und meinem Aufgehen in dir ändert. Allein finde ich nicht den Schlüssel zu diesem vernichtenden Geheimnis.«

Sie sah, wie er grausam mit sich rang. Da trat sie zu ihm, legte die Hand – sie zitterte – auf seinen Arm und flüsterte innig:

»Es ist nicht Neugier – es ist doch nur Zu-Dir-Gehören, Mit-Dir-Sein-Wollen, Mit-Dir-Tragen.«

Da war er überwältigt. Da riß er sie in die Arme und dicht an ihrem Munde raunte er: »Du Herrliche – du Wunder! Ich will es dir sagen. Nichts soll mehr zwischen uns stehen. Setz dich!«

Er preßte sie in den Sessel nieder. Ging, sich sammelnd, durch das Zimmer. Sie wartete, blickte zu Boden in dem Gefühle, ihn jetzt nicht stören, nicht unterbrechen, das Losringen des Bekenntnisses von seiner Seele durch ihre betonte Gegenwart nicht hemmen zu dürfen.

Er ging mit kleinen Schritten auf und nieder. Seine Brust arbeitete. Fast sieben Jahre trug er wortlos sein tragisches Geschick. Das eingefressene Schweigen scharrte mühsam nach Worten.

Da schlug die große Standuhr in der Ecke mit ihrem herrlichen Orgeltone zehnmal. Angelita sprang empor. Stand vernichtet – verängstigt.

»Ich – muß – fort«, stöhnte sie verzweifelt.

Verwirrt fand er sich zurück aus der Qual der Loslösung von dem Mysterium seines Lebens und starrte sie ohne Verstehen an.

»Ich muß fort«, wiederholte sie verstört. »Der Herzog darf nicht wissen, daß ich das Haus verlassen habe. Er ist fanatisch eifersüchtig.«

Er war noch immer so verloren an den Entschluß, endlich zu sprechen, zu bekennen, daß er nicht begriff.

»Ich muß vorsichtig sein«, klagte sie.

»Warum gehst du nicht fort von ihm, wenn du ihn nicht liebst?« fragte er hart.

»Wozu? Eine Ehe besteht nicht zwischen uns. Schon damals in Japan nicht mehr. Wo ich bin, ist doch gleich, wenn ich nicht bei dir bin. Wozu dann Skandal und Aufregungen, Erörterungen, Mißhelligkeiten?! Wozu? Alles ist doch so gleichgültig, wenn ich nicht mit dir leben darf. Alle diese Jahre habe ich nur für diese Stunde der Aufklärung gelebt.«

Sie suchte mit den Augen ihren Pelz. Er holte ihn. Während er ihr beim Anlegen half, fragte er: »Wann kommst du wieder?«

»Ich weiß es nicht. Sobald ich kann. Und dann – wirst du mir alles sagen?«

Er nickte schwer.

»Ich will es nicht in Eile und Hast hören, und dann mit deinem noch warmen Bekenntnis, der höchsten Gabe deiner Liebe und deines Vertrauens, davoneilen. Ich habe Jahre gewartet. Ich kann noch Tage warten. Ich habe dich nun ja gesehen und gefühlt und geatmet. Gute Nacht, du geliebter Mensch, der du mein Leben bist!«

Da schrie er aufgewühlt auf, und Tränen stürzten ihm aus den Augen, zum ersten Male, seit er ein Mann geworden war.

5

Angelita war längst gegangen, hinaus in den triefenden gelben Nebel der Londoner Januarnacht. Sie duldete nicht, daß er sie begleitete.

»Wir müssen vorsichtig sein, so lange ich die Herzogin Breton de Los Herreros bin«, lächelte sie traurig zum Abschied. »An der nächsten Ecke finde ich sicher eine Taxi – nein, laß keine holen.«

Sie war gegangen. Die düstere Bibliothek war wieder leer und stumm, wie sie seit Jahren gewesen war. Doch anders – anders. Ihr Odem lebte zwischen den dunklen Wänden. Es war nicht mehr die Verzweiflungsstätte eines vergrämten, verlassenen Mannes, der sich heimlich in Sehnsucht und in spukhafter Erinnerung eines furchtbaren blutigen Tages seiner Vergangenheit aufrieb und zerfleischte. Die Gnade seines Lebens hatte nun dieses Zimmer, dieses Totenhaus geweiht und verklärt. Alles war anders geworden, geheiligt und neu belebt.

Rutland saß wieder an dem Schreibtische vor den Papieren und Akten seines »Werkes«. Sein Gesicht war gelöst, die Schultern zuckten. Der Panzer seiner Züge und seiner Brust war geborsten. Er fühlte und wußte, hatte es voll Ohnmacht in jeder Sekunde ihrer Gegenwart empfunden, wie leblos, kalt, brutal und engstirnig er ihrem großen heißen Frauentume gegenüberstand und ihrer rückhaltlosen freien Menschlichkeit. Er schämte sich seiner schmerzlichen Unzulänglichkeit. Es war ihm unmöglich gewesen, gleich durch die eiserne Schicht – hart wie die Stahlplatten, die sein Werk fabrizierte –, die sein Gefühlsleben umpanzerte, hindurchzudringen. Er bekannte sich, daß er klein gewesen war, ihrer Größe, ihrem großzügigen Allesgewähren gegenüber – damals in Japan und heute wieder.

Alle diese Jahre in diesem Hause hatte er nur dieses Wiedersehen erharrt, nur ihm gelebt, ohne Hoffnung, daß es je Wirklichkeit werden könne –, und als sie gekommen war, hatte die leichenhafte Vergangenheit wieder über die lebensvolle Gegenwart triumphiert.

Er erhob sich und durchmaß den Raum.

Sie hatte den Weg gewiesen. Er wollte ihn gehen.

Er wollte beichten, ihr alles bekennen und erklären.

Es würde für ihn eine Befreiung sein und für sie ein Begreifen. Ein tragisches, vielleicht vernichtendes. Sie würde dann einsehen, daß von allen Menschen dieser Erde er am unfähigsten war, in eine fremde Ehe hineinzugreifen, er am wenigsten dazu berechtigt war, ja, daß er vor sich und seinem Gewissen ein Recht auf Leben nur beanspruchen konnte, wenn ihm die Ehe das unantastbarste Heiligtum unter allem Heiligen dieser Welt war. Das würde sie dann begreifen und erkennen und sein lähmendes, entmannendes Entsetzen vor jedem leidenschaftsbetäubten Tasten an fremde Eherechte verstehen und nachempfinden.

Ja, heute konnte er darüber sprechen. Heute vielleicht doch. Damals, in Tokio, stand er diesem eben erst erlebten Grauen noch zu nahe, damals bluteten noch alle Wunden. Doch jetzt lag das alles weit zurück, vieles war vernarbt. Jetzt wollte er ihr alles erläutern, erklären und bekennen. –

Als Angelita in ihr Haus in Halkin Street, dicht hinter dem Schloßgarten des Buckingham-Palace, zurückkehrte, das sie mit allem Zierat und aller Behaglichkeit von dem Amtsvorgänger des Herzogs übernommen hatten, erwartete Breton sie bereits voller Eifersucht und schäumender Ungeduld.

Sonst vermißten die Eheleute einander nicht, lebten fremd und unbeteiligt Seite an Seite dahin. Doch heute abend hatte der Herzog bei der Rückkehr von dem Chef nach seiner Gattin gefragt. Er hatte seine triftigen Gründe.

Der Botschafter hatte seinem Ersten Rate nahegelegt, seine Besuche in der diplomatischen und gesellschaftlichen Welt möglichst zu beschleunigen, die Gegenvisiten würden sicher umgehend erfolgen, dann sollten er und die Herzogin ihre erste Festlichkeit veranstalten, um rasch in London und der »Society« warm zu werden.

Aber dieser Wunsch des Botschafters, der ein Befehl an seinen Untergebenen bedeutete, hätte nicht unbedingt eine Aussprache der Ehegatten zu dieser Abendstunde erfordert. Im Laufe der politischen Debatte, die, nach diesem gesellschaftlichen Wink, zwischen den beiden spanischen Edelleuten einsetzte, überreichte der Chef dem Herzog ein Schreiben des Außenministers in Madrid, das wichtige diplomatische Anweisungen enthielt.

»Lesen Sie es ruhig«, lächelte Seine Exzellenz, »wenn sich auch einige Bemerkungen über Ihre Gattin und Sie darin finden.«

Breton las das umfangreiche amtliche Schreiben.

Er lächelte geschmeichelt bei dem Passus: »Sie werden an dem Herzog eine vortreffliche Stütze finden. Er dürfte unser bester kommender Mann und Diplomat sein.«

Er las mit Gleichgültigkeit die Worte: »Die reizende, geistvolle und intelligente Herzogin ist sicher ein Gewinn für unsere Vertretung in London. Sie dürfte neben Ihrer hochverehrten Gattin, liebe Exzellenz, die weibliche Anmut und Schönheit Spaniens vorteilhaft vertreten.«

Er stutzte und beherrschte sich, wie er, der hervorragende Diplomat, sich überall beherrschte, außer in seinem Hause, außer seiner Frau gegenüber – ein Gehenlassen, eine Art Ausgleich, den er mit vielen Männern des öffentlichen Lebens teilte, als ihm aus diesem Briefe die Enthüllung einer kleinen politischen Intrigue entgegen sprang.

»Übrigens wird die Duquesa sich in London sicher sehr wohl fühlen. Denn sie ist, wenn ich mich so ausdrücken darf, die Mutter der Idee, Breton nach London zu schicken. Wir hatten ihn wegen seines früheren längeren Aufenthaltes in Japan und der dort gesammelten Erfahrungen eigentlich für den ersten Posten in Tokio bestimmt. Aber que femme veut, dieu le veut.

Seine Majestät bestimmte Breton für London – auf eine Anregung der Herzogin hin. Sie hatte auch mir davon gesprochen in ihrer feinen unmerklich verführerischen Art. Ich hatte, wie gesagt, andere Pläne. Auf einem Ball im Stadtschlosse ehrte der König sie durch eine Ansprache.

Sie äußerte den Wunsch, nach London zu gehen. Und Seine Majestät in seiner gütigen Ritterlichkeit sagte zu. Nun, liebe Exzellenz, auch in London können wir tüchtige Leute brauchen.«

Der Herzog verzog keine Linie seines markanten schmalen altaristokratischen Gesichtes.

»Ich wollte gern noch einige Zeit unter Ihrer bewährten Schulung arbeiten, Exzellenz, ehe ich die Verantwortung eines so wichtigen leitenden Postens übernahm«, log er gleisnerisch. »Meine Frau hat nur meinem Wunsche Ausdruck verliehen.« Und ging überlegen zur Erörterung der politischen Anregungen des ministeriellen Schreibens über.

Doch in ihm bohrten und schwärten die verräterischen Worte des Leiters der auswärtigen Angelegenheiten des Königreiches.

Also sie hatte diese überraschende, ihm bisher unverständliche, seine Laufbahn hemmende und verzögernde Mission nach London verursacht! Seine Eifersucht brannte in seinem Gemüte wie Salzsäure im weichen Fleische. Denn das wußte er sofort, daß hinter dieser politischen List ein Mann stand. Ein Mann, der sie nach London lockte.

Er liebte Angelita nicht. Hatte sie nie geliebt. Es war für ihn eine spanische Konvenienzehe gewesen. Weiter nichts.

Die Breton de Los Herreros waren ein uraltes, aber armes Geschlecht. Ein Breton war schon in der Schlacht von Xeres de la Frontera ruhmreich gefallen, jenem Kampfe, der den Arabern die Herrschaft in Spanien sicherte. Es waren Haudegen gewesen und tüchtige Staatsmänner, doch keine guten Kaufleute und Erwerber. Selbst jener Breton, der Pizarro in das Goldland Peru begleitet hatte, kehrte – fast als einziger – arm, wie er hingezogen war, in das Vaterland zurück.

Angelita war die Tochter des Fürsten Olbrich Oybin aus einem alten deutschen, ehemals reichsunmittelbaren Geschlechte, das im Rheinlande wertvolle Kohlengruben und Montanwerke besaß. Da ihm auch reiche Silber-und Erzminen in den Pyrenäen gehörten, waren von alters her die Beziehungen der Oybin zu Spanien eng und gepflegt gewesen.

Fürst Olbrich hatte im Verfolg dieser spanischen Verbindung eine Tochter des andalusischen Hochadels, die Condesa Geronima de la Matanza heimgeführt. Reichtum gesellte sich zu Reichtum. Die Matanza hatten fast zur gleichen Zeit, zu der jener Breton arm wie ein Pilger aus Peru heimgekehrt war, in der Havanna vorsichtiger für sich und ihre Nachkommen gesorgt. Sie gehörten noch heute zu dem begütertsten Adel des Landes.

Doch aus den Tagen der Maurenherrschaft haftete diesem Geschlechte ein Makel an. Don Ruiz de la Matanza hatte aus dem feenhaften Lustschlosse Abdul Raman III., aus Medina-Az-Zahra zu Cordoba, diesem Märchen aus Elfenbein und Ebenholz, eine Tochter des großen und weisen Kalifen entführt. Trotz der dreitausendsiebenhundert Pagen und zwölftausend Eunuchen, die seine sechstausend Lieblingsfrauen bewachten. Seitdem strömte das orientalische Blut der Omajjaden in den altspanischen Adern der Grafen de la Matanza.

Nach der Vertreibung der Araber aus dem Lande im Jahre 1492 war dieser fremde Einschlag ein Schönheitsfehler des Stammbaumes geworden, doch nicht seiner Früchte. Er gab den Frauen dieses Geschlechts die sehnsuchtsvollen heißen Augen, den dunklen Elfenbeinhauch der Haut, die hemmungslose Glut der Sinne und Gefühle. Er verlieh ihnen die Schönheit zweier schöner Stämme. In Angelita, der Tochter dieser schönen Mutter, kreuzte sich die dritte Rasse, die deutsche.

Ramon Breton de Los Herreros heiratete die Prinzessin Angelita Oybin bewußt wegen ihres Geldes. Die diplomatische Laufbahn fordert Reichtum. Er war ein ehrgeiziger, zielbewußter Streber schon als Zwanzigjähriger. Er sah Angelitas bizarre Schönheit. Sie lockte ihn nicht. Ihre Intelligenz war ihm eher peinlich. Seine eigene Klugheit genügte ihm. Mit dieser anspruchsvollen Gabe war er selbst hinlänglich versehen. Durchtränkt von einem durch lange Generationen genährten Familiendünkel und Adelsstolz war er einer der Wenigen, die heute noch das Araberblut in seinem Weibe als Makel kannten und empfanden. Er sah auf sie von Anfang an, ob dieser uralten Rassenmischung, etwa mit jener törichten Verachtung herab, die ein hundertprozentiger Yankee gegen den Abkömmling eines Negers hegt.

Er brachte mit dieser Heirat seinem Ehrgeiz und seiner Karriere ein schweres Opfer. Doch er brachte es, weil sich ihm just keine andere gleich reiche Partie bot.

Angelita liebte den Bewerber, den sie bei einem Besuch ihrer mütterlichen Verwandten in Spanien kennenlernte.

Sie sah nur den Mann mit den bedeutenden Zügen und der schillernden Klugheit. Er war damals sechsundzwanzig und hatte bereits einen gewissen Ruf als junger Attaché in Berlin erworben. Die Liebe blendete sie noch. Sie sah nicht seine Fehler, seine einseitige Beschränktheit, ahnte nichts von der Kühle seines überalterten Blutes.

Den Eltern war die Heirat in jeder Hinsicht willkommen.

Das erste Jahr ihrer Ehe bekehrte Angelita zur erbitterten Feindin ihres Mannes. Bald nach der Hochzeit, die mit vielem Pomp in Mühlheim gefeiert wurde, erhielt der Herzog den Posten des Dritten Sekretärs an der Botschaft in Tokio.

Dort war sie seiner Willkür preisgegeben, fern der deutschen Heimat, den Eltern, ihren Beziehungen. Sehr bald erkannte sie mit Erschütterung seine eisige, egoistische Natur und seine Grausamkeit der lateinischen Rasse. Auch seine leise Verachtung. Ihr stolzes Gemüt empörte sich. Hinzu kam, daß er sie als Weib vernachlässigte. Er war ein Gehirnmensch ohne Sinne –, entartet in jahrhundertlangen Ehen im engsten Kreise verwandten Hochadels. Ein geschlechtlich müder, erloschener Mann.

Als er sie kaum zum Weibe erweckt hatte, erstarb sein matt aufgeflackertes Verlangen. Sie verlor für ihn jede Lockung. Als Mann trennte er sich von ihrem Leben. Sie staunte, begriff nicht, zögerte lange, ehe sie ihn über sein Meiden befragte.

»Ich habe wichtigere Dinge im Kopf als diese Cochonnerien«, entgegnete er verächtlich.

Sie schwieg, litt und entbehrte. Aus ihrer Unzufriedenheit erwuchs Entfremdung, bald Feindschaft und Haß.

Und dann trat John Rutland in ihr Dasein. Da forderte sie von dem Herzoge ihre Befreiung. Er schob ihr Ansinnen auf den Einfluß der entnervenden feuchten Hitze des Landes. Vielleicht aus wahrer Überzeugung, vielleicht aus Diplomatie. Seinem spanischen, stockkatholischen Adelstick dünkte eine Scheidung eine irre Unmöglichkeit des Standes und des Glaubens.

Er hatte indessen auch sehr weltliche Gründe, eine Scheidung seiner Ehe weit von sich zu weisen. Jeder Familienskandal mußte seiner diplomatischen Laufbahn nachteilig werden. Und dann – mit Angelitas Trennung von ihm verlor er ihr reiches eingebrachtes Gut. Was wurde dann aus seiner kostspieligen Karriere? Er hatte diese »Araberin« aber nicht auf seinen erlauchten Stammbaum gepfropft, um nach einem Jahr wieder vermögenslos dazustehen. Caramba!

So tat er ihr Verlangen nach Scheidung als Wahnwitz ab.

Doch ihre Forderung hatte seine Eifersucht aufgestört. Keine Eifersucht auf ihre Liebe und ihre Person. Auf beides legte er minderen Wert. Doch Eifersucht auf seine Ehre und seinen Namen. Diese Idole bedeuteten ihm neben seiner Karriere, mit der sie eng verknüpft und verwoben waren, die höchsten Kostbarkeiten seines Lebens. Aus dieser Anbetung erwuchs auch seine bebende Angst vor dem Skandale.

Seine Eifersucht war mit einem guten Teile Furcht vor Hahnreitum und Schande vermischt. Er war zu klug, nicht zu wissen, daß die treibende Kraft bei dieser Revolte seines Weibes eine Liebe war. Er begriff, daß eine Frau ihre Freiheit nur begehrt, um sie einem anderen zu schenken. Er suchte den Nebenbuhler. Rutland traf sein forschender Argwohn nicht. Ein einfacher Dolmetscher stand für seinen Grandenhochmut viel zu tief, um bemerkt zu werden. Er suchte unter den Kollegen der anderen fremden Missionen. Und suchte vergebens.

Später, in Spanien, ging seine Unrast zur Ruhe. Angelita erschien ergeben und gefügig. Aber heute abend hatte die Bemerkung im Briefe des Ministers die alte Furcht und Eifersucht sehr unsanft aufgerüttelt.

Als er heimkam und Angelita nicht antraf, erhielt sein Verdacht seine Bestätigung. Jetzt war ihm alles klar. Von damals, von Japan her, schlug sich die Brücke herüber nach England. Diese langjährige Ruhe und Ergebenheit war nur schlaues Abwarten und trügerischer Schein gewesen. Brieflich war sie mit dem Halunken in Verbindung geblieben. Wer war es? Natürlich einer, der damals in Tokio gewesen war. Wer von diesen Männern war jetzt in London? Er riß die diplomatischen Jahrbücher aus den Schränken, suchte, prüfte, verglich.

Da klingelte es unten. Er horchte. Sie kam. Ging die Treppe hinauf zu ihren Zimmern. Er öffnete die Tür seines Arbeitsraumes, der im Zwischenstock lag. Er machte nur eine stumme, herrische Bewegung mit dem dunklen Spanierkopfe.

Sie blieb stehen.

»Was wünschst du?« fragte sie kalt.

»Ich habe mit dir zu sprechen«, entgegnete er schroff.

»Jetzt?«

»Jetzt!«

Sie trat in das Arbeitszimmer und lüftete den Pelz von den Schultern.

»Wo warst du?« fuhr er sie grob an und starrte ihr mit seinen harten, undurchsichtigen schwarzen Augen spionierend ins Gesicht.

Da schien es ihm, als sehe er an ihr eine nicht zu deutende, doch ganz unverkennbare Veränderung. In den Augen schimmerte etwas Neues, das er seit Jahren nicht an ihr gesehen hatte. Ein weißer Funke des Glückes, ein Glanz an Stelle der stumpfen Trauer, die immer wie ein Flor die bläulichen Augäpfel umhüllt hatte, funkelte ihm entgegen.

Sie setzte sich und warf den Pelz mit einer harmlos tuenden, graziösen Bewegung in den Nacken.

»Wo warst du?« wiederholte er scharf.

»Spazieren«, erwiderte sie nachlässig.

»Spazieren? Jetzt, um halb elf, läufst du spazieren? In diesem eiskalten Nebel?«

»Gerade das Ungewohnte des Nebels hat mich gelockt.«

»So!«

»Ja. Ich weiß aber wirklich nicht, mit welchem Recht du mich hier verhörst.«

Sie stand auf und ging auf die Tür zu.

Er packte ihr rechtes Handgelenk und riß sie zurück.

»Hiergeblieben!« wetterte er, »wir sind noch lange nicht zu Ende.«

Sie suchte sich zu befreien. Er preßte ihr Gelenk fester in aufschäumender Wut, jenem Gefühlsüberschwang, den er sich in seinen vier Wänden gestattete, als Gegengewicht gegen die Beherrschung, die sein Beruf von ihm heischte.

»Du tust mir weh«, ächzte sie und rang, ihre Hand aus seinem schmerzenden Griffe zu lösen.

»Ich werde dir noch ganz anders weh tun«, keuchte er, »ich werde dich – erwürgen werde ich dich, wenn du mich öffentlich blamierst.«

»Ich blamiere dich nicht öffentlich.«

»So?« Er schwenkte sie um ihre Achse. Sie schrie auf vor Schmerz. Dann erwachte der Stolz ihrer dreifachen Abstammung in ihr.

»Laß mich sofort los!« drohte sie, »oder –«

»Oder?« fragte er verächtlich.

»Ich verlasse noch heute nacht dein Haus.«

»Um zu deinem Galan zu laufen?« höhnte er.

Doch er ließ sie los.

Sie ging wieder auf die Tür zu. Er vertrat ihr den Weg.

»Ich begreife durchaus«, spottete er ruhiger, »daß du dieser Erörterung entgehen möchtest. Leider kann ich deinen Wunsch nicht so rasch erfüllen. Ich ersuche dich um Aufklärung, warum du hinter meinem Rücken intrigiert hast.«

»Ich habe nicht hinter deinem Rücken intrigiert!«

»So?! Und wer hat den Minister des Äußeren und den König um meine Versetzung nach London gebeten?«

Es war in Madrid durchaus nicht üblich, den Missionsmitgliedern Gründe ihrer Verwendung im Auslande anzugeben.

Auch diesmal hatte der Herzog den Anlaß seiner Berufung nach London nur durch die harmlose zufällige Indiskretion des Gesandten erfahren.

Der Schlag traf Angelita daher völlig überraschend und unvorbereitet. Doch sofort faßte sie sich. Wie allen Frauen, gab der Kampf um ihre Liebe auch ihr gesteigerte Fähigkeiten.

»Ich habe nicht um diese Versetzung nach London gebeten«, sagte sie mit einem verächtlichen Ton auf dem letzten Worte. »Ich habe lediglich, als Seine Majestät und der Minister in einem Gespräche andeuteten, wir würden nun wohl bald Madrid verlassen, geäußert, ich würde mich freuen, wenn das Ziel deiner neuen Entsendung England wäre.«

»Weshalb?« hieb Breton ihr entgegen.

»Weil ich England liebe.«

»Auf einmal? Merkwürdig! Von dieser großen Liebe habe ich bisher nie etwas gemerkt.«

»Du hast sehr vieles an mir bisher nicht bemerkt«, entgegnete sie bitter und anzüglich.

Der Herzog überging diesen peinlichen Vorwurf. Er bog ab.

»Du willst mir einreden«, höhnte er, »eine Frau liebe jemals ein Land, ein Volk?«

»Ich habe nicht den Ehrgeiz, dich zu einem Sachverständigen in Dingen der Frauenpsyche zu machen«, antwortete sie und zuckte die Achseln.

»Mag sein. Jedenfalls weiß ich, daß eine Frau ein Land immer nur liebt – wegen eines Mannes, der diesem Lande angehört oder sich dort aufhält.«

»Du überraschst mich durch deine tiefe Frauenkenntnis«, lächelte sie überheblich.

Ihr Lächeln reizte ihn aufs neue. »Ich weiß auch, wer dieser Mann ist, um dessentwillen du England so explosiv liebst«, schrie er.

Sie fühlte, wie sie erblaßte. Bot alle Kraft ihres starken Willens auf, unberührt zu erscheinen. »Ich bin sehr neugierig«, sagte sie, und es gelang ihr, der Stimme ihren natürlichen, gleichgültigen Klang zu geben.

»Es war nicht sehr schwer, das herauszufinden«, bekannte er herablassend. »Ich brauchte nur festzustellen, wer von den Männern, die jetzt in London sind, damals in Tokio waren, als du an mich jene wahnsinnige Forderung wagtest.«

Da schwieg sie. Ihre mühsam errungene Sicherheit war plötzlich entwurzelt. Er wußte alles!

Doch jetzt überkam sie der Trotz der Liebe. Mochte er wissen! Desto besser. Desto rascher die Entscheidung. Sie verlor jede Vorsicht. Kämpfte nun mit offenem Visiere.

»Du hast wahrhaftig keine Ursache, dich zu wundern und den Moralhelden zu spielen, wenn ich dir untreu würde«, rief sie in weißglühender Empörung.

»Ich habe keine Ursache?!«

Ihr halbes Geständnis warf ihn über den Haufen.

»Weiß Gott nicht!«

»Was sagst – du – da?!« stammelte er.

Er hatte in Wahrheit doch nicht an einen Grund seiner Eifersucht geglaubt, trotz aller großen grimmigen Worte.

»Ich sage, daß ich ein Recht habe, dich zu betrügen«, erwiderte sie kühn.

»Ein Recht?!« fauchte er. »Welches Recht?!«

»Soll ich dir das erst erläutern?« rief sie außer sich.

»Bitte!«

Da brach sie aus. »Seit sechs Jahren bin ich nicht mehr dein Weib.«

»Mein Weib nicht«, rief er betont, »aber die Herzogin Breton de Los Herreros bist du.«

»Darauf pfeif ich!«

Vor ihrer Heftigkeit wurde er beherrscht.

»Du ergehst dich in Ausdrücken einer Frau aus der Hefe des Volkes«, tadelte er hochmütig.

»Es scheint eben auch alte Geschlechter zu geben«, spottete sie, »die noch nicht ganz degeneriert und verbraucht sind – deren Mitglieder noch das rote Blut, den Saft und die Kraft einer Frau aus der Hefe des Volkes haben.«

Die Parade entwaffnete ihn. Des Herzogs bewegliches Südländergesicht erstarrte. Es dauerte einige Zeit, bis er das innere Gleichgewicht und die Sprache wiedergewonnen hatte.

»Du suchst deine Schuld hinter Pöbeleien zu verstecken«, verwies er mokant. »Ich nehme das nicht so tragisch. Beleidigen kannst du mich nicht. Es ist die Semitin, die aus dir spricht.«

Sie lachte heiser auf. »Eine temperamentvolle kleine Prinzessin muß sie gewesen sein, diese Omajjadin, daß sie nach sechshundert Jahren noch so lebendig aus mir spricht. Schade, daß ihr Bretons nicht auch eine so ausgiebige Ahnfrau gehabt habt!«

Ohne auf ihren Spott zu achten, fuhr er fort: »Aus dir höhnt nur dein ohnmächtiger Zorn, daß ich hinter deine Schliche gekommen bin. Aber das sage ich dir: merke ich die geringsten Beziehungen zwischen dir und diesem Laffen Lord Hastings –«

Sie horchte auf. Er mißverstand das jähe Heben ihres Kopfes.

»Ja, ja, Lord Hastings! Ich habe wohl gemerkt, wie er sich in Tokio um dich bemüht hat. Jetzt ist er hier im Auswärtigen Amt. Ich durchschaue euch. Aber wehe dir, wenn ich das Geringste zwischen euch merke. Dann töte ich dich und ihn. Wenn meine Karriere zum Teufel gehen soll, zertrete ich sie selbst, ehe du mich der Lächerlichkeit preisgibst und sie mir verdirbst.«

Sie hörte kaum noch seine Worte. In ihr jubelte es, alles andere übertönend.

Er war auf falscher Fährte!

Alles war gerettet. Alles war gut. Verwegen, wie ihr Ahnherr, der Räuber der schönen Kalifentochter, hielt sie ihn auf der unrichtigen Spur.

»Hüte dich!« – warnte er noch einmal ernst und schicksalsschwer.

Sie lächelte ihn keck an. »Lord Hastings ist ein – Mann. Und eine Frau aus der Hefe des Volkes kann man nicht durch leere Drohungen einschüchtern«, warf sie ihm hochfahrend über die Schultern zu und ging hinaus.

6

Trotz Angelitas ungeduldigem Verlangen und Rutlands entschlußfroher Sehnsucht dauerte es lange, bis sie sich wiedersahen. Tagsüber arbeitete er in seinem Büro im Verwaltungspalaste der Killick & Ewarts-Werke, während sie von den zahllosen Pflichten einer großen Dame der Gesellschaft gehetzt und getrieben wurde. Visiten, Empfänge, Theater, Konzerte, Diners, Bälle forderten jetzt in der »Season« ihre Kraft und Teilnahme bis in die späte Nacht. Suchte sie sich einer dieser Veranstaltungen zu entziehen, um einen Abend der Freiheit zu gewinnen, erweckte sie sofort den spürenden Verdacht des Herzogs. Er sagte dann ebenfalls kurz entschlossen ab und wich nicht aus dem Hause. Auch sonst gewahrte sie an vielem seine spionierende Überwachung.

Dennoch gelang es ihr, den Geliebten täglich auf kurze Augenblicke telephonisch zu sprechen. Bald rief sie ihn im Büro, bald abends in seiner Wohnung an, wie die Gelegenheit sich bot. Nur kurze konventionelle Worte, doch sie hörten gegenseitig ihre Stimmen, fühlten über die trennende Entfernung hin das Leben und die Nähe des anderen. Und empfanden auch sonst zu allen Stunden die umtastenden, nahen, liebkosenden Gedanken, die einander suchten und fanden.

Angelitas Ungestüm umgürtete sich mit einer zähen, krampfhaften Geduld. Sie wollte die Beichte des Geliebten hören. Ohne Zaudern und Schwanken erwartete sie ihren Tag. Sie wußte, daß er ihr und sie ihm gehören würde, wenn durch sein offenes Bekenntnis alle Hemmungen zwischen ihnen verscheucht, das lähmende Gespenst aus seinem Hirn und Herzen vertrieben war. Dann würde er frei und bereit sein für bedenkenlose Liebe und ein Glück ohne Ballast und Schwere. Dann würde er mannhaft handeln. Vielleicht mit ihr fliehen. Vielleicht bleiben und allem gesellschaftlichen Aufruhr und Entsetzen trotzen. Sie wußte es nicht. Sie vertraute ihm. Nur eins war ihr gewiß, daß dann endlich, nach diesen verflossenen Jahren des Harrens, das Leben, das tiefste, wahre Leben des Glückes mit ihm beginnen würde. In dieser Zuversicht war sie getrost und wollte diese kurze Spanne Zeit bis zu diesem alles lösenden Augenblicke in Geduld und Vorsicht und beherrschter Fassung ertragen.

Am Tage vor ihrer ersten großen Gesellschaft rief sie ihn an.

Der Herzog hatte auch bei den Spitzen der englischen Wirtschaft Karten abwerfen lassen. Zu diesen gehörte der Präsident von Killick & Ewarts, dieser wichtige Faktor in der Land-und Seerüstung Spaniens. Nach dem Marokkokriege hatte das Kriegsministerium in Madrid den größten Teil der Neuarmierung des Heeres und der Flotte von der englischen Weltfirma bezogen.

Rutland hatte bald darauf seine Visitenkarte in Halkinstreet durch den Butler Wisdom abgeben lassen.

So kam es, daß er zu diesem ersten Fest im Hause des Ersten Rates der spanischen Botschaft in London als Gast geladen war.

»Ich freue mich auf morgen abend«, rief Angelita durch den Fernsprecher.

»Ich auch«, antwortete Rutland, »sehr.«

»Leider kann ich Sie nicht zu Tisch führen. Da ist eine Königliche Hoheit, der die Dame des Hauses zukommt.«

»Ich bedauere zum ersten Male meine schlichte Abstammung«, scherzte er.

»Ich auch. Sie bekommen übrigens eine sehr schöne Tischdame.«

»Hoho«, rief er übermütig. Seit ihrem Besuche und seinem Entschluß, ihr alles zu bekennen, war eine Erlösung über ihn gekommen. Es war, als hätten schon jetzt die Geister der Vergangenheit ihre niederdrückende Macht über ihn verloren. Er fühlte sich frei und unbeschwert wie in den Tagen vor der großen Katastrophe seines Lebens.

»Aber ich bitte mir aus, daß Sie sich nicht in sie verlieben.«

»Kann keine Garantie übernehmen. Wer ist es denn?«

»Die schöne Amerikanerin, die zur Zeit allen Londoner Lebemännern die Köpfe verdreht, Mrs. Jan Bouterweg. Sind Sie ihr schon begegnet?«

»Nein. Aber mit dem Manne habe ich täglich zu tun. Wir haben sehr freundschaftliche Geschäfte miteinander.«

»Ich bitte, diese freundschaftlichen Beziehungen nicht auf die Frau zu erstrecken«, drohte sie lächelnd.

»Wollen sehen, was sich machen läßt.« Dann ernst:

»Ich freue mich so ungeduldig auf morgen.«

Nach einer kleinen Pause des Glückes, es war ihm, als fühle er ihre sinnenwarme Nähe über den Draht hin erregend und körperlich, sagte sie unvorsichtig und leise: »Vielleicht finden wir einen Augenblick zur Aussprache. Leb' wohl! Oh, wenn es erst morgen abend wäre!«

Dann hing sie ein. Ihre Zofe war in das Boudoir getreten. Sie traute keinem mehr in ihrem Hause. –

*

Vor der Villa des Herzogs Breton de Los Herreros staute sich eine prunkvolle Auffahrt. Die ragenden Gipfel der staatlichen, diplomatischen, wirtschaftlichen und künstlerischen Welt Londons kamen zu diesem Balle zu Gaste, mit dem der Vertreter des spanischen Botschafters und seine Gattin sich in der englischen Gesellschaft einführten.

Zwei Zimmer des Erdgeschosses waren ausgeräumt und dienten als Garderoben, links für die Damen, rechts für die Herren.

Rutland hatte gerade seinen Pelz den betreuenden Händen eines Lakaien übergeben. Er plauderte dabei in strahlender Laune und herzpochender Erwartung mit zwei Herren der englischen Regierung, die nicht wenig verwundert waren, den verdüsterten Gebieter von Killick & Ewarts heute abend so aufgeräumt und sprühend zu finden.

Da rief der eine, der sich der offenen Tür zukehrte, leise: »Dort ist die bezaubernde Gattin des amerikanischen Flottenkrösus!«

Unwillkürlich wandte Rutland den Kopf. Der »amerikanische Flottenkrösus« konnte nur Jan Bouterweg sein, mit dem er morgen den Vertrag über den Bau von fünf Vierzigtausend-Tonnen-Passagierdampfern abschließen wollte. Seiner diplomatischen Verhandlungskunst und großzügigen Preisbildung war es gelungen, die Heimatskonkurrenz des USA.-Mannes siegreich aus dem Felde zu schlagen.

Er sah eine kleine, zierliche, pelzumbauschte Gestalt in die Tür der gegenüberliegenden Damengarderobe huschen und verschwinden. Es war nur eine flüchtige Vision. Doch sie entschied.

Er hatte das Gesicht der Dame deutlich gesehen. Untrüglich deutlich.

Und taumelte. Mußte sich an einen der Kleiderständer halten, um nicht kraftlos niederzuschlagen. So umstürzend hatte der Anblick dieses schönen Frauengesichtes in sein Lebensmark gegriffen.

Sein Gesicht war kreidig-fahl, die Augen erloschen, die Hand, die sich an den Kleiderhalter krallte, zitterte; die Knie schlugen gegeneinander und knickten ein, vermochten den Körper nicht zu tragen. Ein gefällter Mann stand in der Herrengarderobe.

Jan Bouterweg, der seiner Frau auf dem Fuße folgte, war breit lärmend und jovial eingetreten. Der in Amerika eingebürgerte hünenhafte Holländer wollte Rutland mit ausgestreckter Hand begrüßen.

»Hallo, Rutl –«, da stockte er perplex. »Nanu, Mann, was ist Ihnen? Sehen ja aus wie der leibhaftige Tod!«

Die anderen wurden aufmerksam.

Man umringte bewegt den Leiter von Killick & Ewarts, der gebrochen und schlotternd den Kleiderständer umklammerte. Rutland fühlte die gebieterische Notwendigkeit des Augenblicks. Er riß alle Spannkraft seines Willens zusammen.

»Mir ist nichts«, lallte er und blickte mit irrenden, toten Augen über die bestürzten Männer hin, die ihn umringten. »Eine momentane Schwäche – ein Schwindel –«

»Einen Arzt!« rief irgendwo eine Stimme.

»Bitte nicht!« wehrte Rutland matt. In ihm brannte nur der eine Gedanke: kein Aufsehen erregen! Fort aus diesem Hause, aus der Nähe dieser Frau.

Ratlos umstand ihn der Chor der Herren.

»Bitte, Mr. Bouterweg, entschuldigen Sie mich bei der Dame des Hauses und –« fügte er rasch hinzu – »dem Herzog. Um alles in der Welt, machen Sie kein Aufheben von – dieser kleinen Sache.« Er sprach mühsam. »Stören Sie nicht das Fest. Ich fühle mich – schon wohler. Bitte, meinen Pelz.«

Der Lakai brachte ihn mit mitleidiger Miene.

Die Gäste standen unentschlossen und verdutzt in ihren Fräcken umher.

»Guten Abend, meine Herren. Morgen wird wieder alles gut sein. Ein nichtiger Anfall meiner alten Tropenmalaria.«

Er versuchte ein verzerrtes Lächeln.

Man wollte ihm helfen, ihn stützen, führen.

Er wehrte ab.

»Danke sehr. Es ist wirklich nichts. Kümmern Sie sich nicht um mich. Und ich bitte Sie – sprechen Sie nicht mehr davon. Bitte Diskretion. Guten Abend. Nein, danke, Sie brauchen sich wirklich nicht zu bemühen. Ich finde meinen Wagen schon allein.«

Man öffnete ihm die Tür, die jemand im ersten Augenblick der Bestürzung zugeworfen hatte, und wagte nicht, sich dem störrischen kranken Manne aufzudrängen.

Er spähte ängstlich auf die Tür der Damengarderobe, schleppte sich dann hastig zum Portal, drängte sich überstürzt durch die dichte Schar der hereinflutenden Gäste, wurde verwundert angerufen, gefragt, lächelte wieder verzerrt und ausweichend, war endlich draußen, auf der Straße, arbeitete sich mit rücksichtslosen Ellbogen durch die lebende Mauer der Gaffer hindurch, die den Eingang der Villa flankierte, scherte sich nicht um Murren, Unwillen und Püffe, gewann die freie Dunkelheit, lief jetzt dahin, dicht an den Vorgärten der Häuser entlang, als hetze die aus dunklem Tore hervorgebrochene Vergangenheit hinter ihm her wie eine dem Käfig entsprungene Bestie.

Es war gut für seinen Ruf und sein Ansehen, daß ein schwerer schwefliger Nebel in den Straßen hing und den laufenden eleganten Herrn gegen staunende Blicke barg und umhüllte.

An einer Querstraße zwang der Verkehr ihn anzuhalten. Die Pause in der Bewegung gab ihm ein wenig Überlegung zurück. Langsam schritt er weiter. Besonnenheit stieg in ihm auf.

Zum ersten Male war heute die Vergangenheit sichtbar vor ihn getreten.

In der ersten Zeit nach der Tat hatte er gefürchtet und immer unter dem Drucke der Angst gelebt, einem Menschen aus dem alten Lebenskreise zu begegnen und erkannt zu werden. Mit den Jahren hatte sich diese Furcht gelegt, war schließlich völlig von ihm gewichen, nachdem er in seinem Wirkungskreise mit zahllosen Amerikanern zusammengetroffen war, die einst in den Zeitungen sein Bild gesehen hatten als – den berüchtigten Helden einer blutigen Sensation und einer schaurigen Untat, ohne daß ihnen das Geringste an ihm aufgefallen wäre.

Einmal hatte er auch beruflich mit amerikanischen Seeoffizieren zu tun, Leuten, die er früher dienstlich flüchtig gekannt hatte. Auch sie hatten nichts gemerkt. Ja, einmal war sogar die Rede auf seinen Fall gekommen, man hatte ihm sein Schicksal haarklein erzählt, freilich entstellt, freilich in Muriels erlogenem Berichte. Und er hatte interessiert zugehört, vollkommen gefaßt und unbeteiligt beherrscht.

Doch auf eine Begegnung mit Muriel war er nicht vorbereitet.

Dieses unerwartete Wiedersehen mit dem Unheil seines Lebens hatte ihn hinterrücks niedergeworfen. Er fühlte nichts mehr für diese Frau. Hatte seit der Katastrophe, seit der Auslösung seiner ersten vertrauenden Liebe in die mörderische Tat nichts mehr für sie empfunden. Nicht Zorn, nicht Rachsucht, nicht Haß, nichts.

Auch heute, als ihn ihre Gegenwart unerwartet überfallen hatte, entmannte ihn kein Empfinden seelischen Zusammenhanges. Es war nichts als spontane Angst vor der Entdeckung. Nichts anderes. Die nackte Furcht, daß nun alles vorbei sei. Daß alles zusammenstürze, was er sich in diesen langen bitteren Jahren aufgebaut hatte. Daß sie aufschreien würde, mit dem Finger auf ihn zeigen und rufen:

»Dort steht der Mörder Stephen Jerrams!« Das war es, was ihm jede Vorsicht und jeden Halt geraubt hatte. Weiter nichts.

Ganz langsam schlich er jetzt dahin durch den dichten Nebel. Ziellos. Doch der Instinkt führte ihn seiner Wohnung zu.

Hm. Sie war verheiratet! Mit seinem Millionen-Dollarkunden Jan Bouterweg. Ausgerechnet von allen Menschen auf der weiten Welt mit seinem Kunden Bouterweg!

Verrücktes Leben!

Warum übrigens nicht mit Bouterweg so gut wie mit irgendeinem anderen? Daran war im Grunde nichts Seltsames. Oder doch? Und gerade auf Angelitas erster Gesellschaft mußte er sie treffen.

Sie hatte sich so auf ihn gefreut! Was würde sie denken, wenn sie erfuhr, daß ihm in ihrem Hause schlecht geworden sei? Töricht hatte er sich gehen lassen. Es kam aber zu plötzlich. Und dann – er mußte fort aus diesem Hause. Durfte dieser Frau nicht vor die Augen treten. Sie hätte ihn erkannt. Sie sicher.

Daß sie ausgerechnet Jan Bouterweg heiraten mußte, seinen Millionenkunden, und mit ihm nach London kommen. Irrsinniger Zufall des Lebens!

Seine Gedanken irrten im Kreise.

Ohne Staunen, ohne es bewußt zu bemerken, kam Rutland vor sein Haus und ging hinein. In der Halle erschien Wisdom, der Butler, und nahm dem Herrn den Pelz ab. Sein Gesicht war so verdutzt, daß es Rutland auffiel.

»Ach so!« sagte er. »Ja, ich fühlte mich nicht ganz wohl. Sagen Sie dem Chauffeur, daß er mich nun nicht abzuholen braucht«, fügte er töricht hinzu, nur, um etwas zu sagen und ging im Frack, wie er war, in die Bibliothek.

Wisdom zögerte vor der Tür, zuckte dann ergeben die Schultern und stieg hinab zur Küche, den anderen zu berichten, daß der Herr schon von der Gesellschaft heimgekehrt sei. –

»Aber wenn er krank ist, müssen wir uns doch um ihn kümmern!« bedachte Jane, die Köchin, erregt.

»Ich werde hinaufgehen und ihn fragen, ob er etwas braucht«, schlug Amy, das Hausmädchen, hilfsbereit vor und sprang auf. Eine herrliche Gelegenheit, sich dem Herrn bemerkbar zu machen! Doch Wisdom winkte sie hoheitsvoll auf ihren Küchenstuhl nieder.

»Sie werden nichts dergleichen tun, Miß Amy!« gebot er gemessen. »Wenn einer mit dem Herrn spricht, bin ich derjenige. Aber ich werde mich hüten. Der Herr sah düsterer aus, als ich ihn je gesehen habe.«

»Düsterer?!« staunte die Köchin. »Wo er diese letzten Tage, seit die geheimnisvolle Dame abends bei ihm war, so lustig und fröhlich war. Sogar gepfiffen hat er in seinen Zimmern!«

Der Chauffeur nickte gewohnheitsmäßig pflichtbewußt dem Sparkassenbuche seiner Erkorenen Zustimmung.

»Düsterer!« erhärtete Wisdom. Dann kniff er abschließend die schmalen Lippen ein. Er hatte schon fast mehr gesprochen, als sich mit seiner Würde vertrug.

Alle schwiegen und horchten gespannt zur Decke hinauf. Die Bibliothek lag über der Küche. Dort oben hörten sie, wie so oft, den Schritt des Herrn, der den Raum durchmaß, von einer Seite zur anderen, ruhelos, »wie ein böses Gewissen«, hatte die Köchin es einmal zur allgemeinen Empörung und unter scharfem Verweise Wisdoms genannt.

»Wenn dahinter man bloß nicht diese geheimnisvolle Dame steckt«, bedachte endlich eifersüchtig Amy. Und damit war wieder, wie allabendlich seit diesem ungewöhnlichen mysteriösen Besuche, das ergiebige Thema der ruhevollen Unterhaltung des Personals im Gange.

Oben in seinem Zimmer erwog Rutland kühl und überlegen die neue Lage. Er hatte sich nun wieder fest in der Hand. Tief in ihm wucherte nur noch eine Erbitterung auf sich über seinen Mangel an Geistesgegenwart und Haltung dem Streiche des Schicksals gegenüber. Doch das war nun vorbei und einmal geschehen.

Vielleicht war diese Überrumpelung seiner Lebensgeister diesmal sogar das Beste für ihn gewesen. Seine Schwäche hatte ihm den willkommenen Anlaß geboten, dieser Frau auszuweichen. Was wäre geschehen, wenn er sie nicht zufällig in der Diele erblickt hätte?! Wenn er ihr erst oben im Saale plötzlich unvorbereitet gegenübergestanden hätte! Welch ein Glück in diesem

Unglück, daß sein guter Stern ihn noch rechtzeitig gewarnt hatte. Doch nicht unfruchtbar darüber grübeln!

Er zwang seine entrinnenden Gedanken zum Übersinnen der jetzt gebotenen Schritte.

Morgen um zehn Uhr kam Bouterweg zu ihm ins Büro, die notariellen Verträge über den Schiffskauf zu unterzeichnen. Dann war das Geschäft endgültig abgeschlossen, der Zweck der Europareise des mächtigsten amerikanischen Reeders erfüllt. Er würde wohl bald mit seiner Gattin England verlassen.

Bis dahin mußte er jeder Möglichkeit einer Begegnung mit ihr ausweichen. Verreisen! Ja, auf seinen Landsitz in Northampton fliehen. Dort war er sicher. Ja, sofort nach der Unterzeichnung der Verträge nach Lowick Manor reisen. Dann war das Unheil beschworen.

Beruhigt, im Gefühle der Geborgenheit und Abwendung der Gefahr, schritt er auf und nieder. Aber plötzlich stand mit einer greifbaren Deutlichkeit, wie kaum je zuvor, das bleiche Gesicht des getöteten Jerram in einer dunklen Ecke des weiten Raumes.

Lautlos öffnete Rutland den Mund. Unterdrückte mühsam den Schrei des Entsetzens, der sich seiner Kehle entrang. Blickte sich wirr im Zimmer um. Auch dort war das weiße Gesicht, mit der entsetzten, in Todesfurcht verzerrten Entstellung, die es trug, als er auf ihn abgedrückt hatte. Auch dort – dort –

Rutland preßte die Lider über die Augen und ballte in starrer törichter Angst die Hände in den Taschen der Frackhose.

Blödsinn! Wahn! Haltung! Er schritt zur Tür und drehte den großen Lüster an. Das Zimmer erstrahlte in hellem grellem Lichte. Der alberne Spuk in den Winkeln war gewichen.

Schwer atmend, immer mit dem lästigen Druck im Rücken, als ob hinter ihm jemand schleiche, nahm Rutland die Wanderung wieder auf. Blickte sich ab und zu vorsichtig forschend um und hätte sich vor Wut über seinen überreizten Angstzustand ohrfeigen mögen.

Die Toten ruhen, das wußte er doch. Erbärmliche Feigheit und gefühlsduselige Schwäche!

Doch plötzlich, aus der Zerrüttung seiner Nerven geboren, flüsterte in ihm eine warnende Stimme. Es schien ihm mit einem Male unvorsichtig, morgen Bouterweg noch zu treffen. Wußte selbst nicht, weshalb. Konnte sich keine logische vernünftige Erklärung für dieses schwimmende Bedenken geben. Hatte einfach Angst und Besorgnis.

Er blickte sich mit hastenden Augen im Zimmer um. Nun ja, er konnte ja ganz zeitig verreisen. Eine Notiz ins Büro schicken. Oder noch besser, vorgeben, daß er krank sei. Nach dem Anfall heute abend würde jeder ihm glauben.

Aber, was gewann er damit? Nur er kannte alle Einzelheiten dieses Riesengeschäftes. Er allein hatte alle Verhandlungen geführt. Kein anderer würde die Verantwortung übernehmen und diese Verträge für ihn unterzeichnen. Er gab den Leuten nur unnötig zu denken. Weiter nichts. Erregte Aufsehen, Aufmerksamkeit. Nein, es war ja lächerlich! Was –

Da schrillte das Telephon auf seinem Schreibtische. Er machte einen nervösen Sprung vorwärts, so aufgepeitscht war sein Gemüt.

Zögernd, verzagt nahm er den Hörer auf.

Es war Angelita.

»John«, flüsterte sie fassungslos, »ich bin in Todesangst um dich!«

»Aber nein, Liebste. Es geht mir schon wieder sehr gut. Eine kleine Attacke meiner alten Malaria.«

»Bist du im Bett?«

»Noch nicht. Ich lege mich aber sofort.«

»Laß dir einen Arzt kommen. Ich flehe dich an. Ich vergehe vor Angst um dich.«

»Aber Kind!«

»Soll ich zu dir kommen?!«

»Nein, nein! Um alles nicht! Du kannst doch von deiner Gesellschaft nicht fortlaufen!«

»Ich kann alles. Für dich – alles!«

»Nein. Ich schwöre dir, es geht mir ausgezeichnet. Ich bin nur so traurig, daß ich dich heute abend nicht gesehen habe.«

»Wenn du nur gesund bist –. Ich komme morgen – in jedem Falle.«

»Lieb, ich muß morgen vormittag ins Büro. Unbedingt. Ein wichtiger Abschluß.«

»Nein, tu das nicht! Schone dich.«

»Ich muß.«

»Dann komme ich abends.«

»Sei vorsichtig, Kind.«

»Mir ist alles gleich.«

»Ich wollte morgen eigentlich auf meinen Landsitz fahren. Ausspannen.«

»Fahr übermorgen. Ich muß dich vorher noch sehen.«

»Gut. Mach dir keine Sorgen um mich.«

»Ich muß jetzt zurück zu meinen Gästen. Gute Nacht, mein Geliebter. Gute Besserung!«

»Danke, du Gute.«

»Also morgen!«

Sie hing ab. Ging zu ihrer Gesellschaft zurück, in sich gekehrt und verstört. Ihre Gäste waren über sie verwundert und enttäuscht. Man hatte so viel von dem Charme, der Klugheit und den gesellschaftlichen Talenten der jungen Herzogin gehört. Alles Bluff.

Stumpf war sie und höchst langweilig.

Lord Hastings war zugegen, scharf bewacht von dem Herzog. Angelita hatte mit ihm flirten wollen, den Gatten auf der falschen Fährte zu halten. Sie vergaß es in dem Leid und der Sorge um den Geliebten. Der Herzog wurde stutzig, glaubte dann aber in seiner Diplomatie diese List der Liebenden zu durchschauen. Diese Enthaltsamkeit, diese Fernhaltung war Schlauheit und Tücke. Doch ihn betrog man so leicht nicht. Er ließ sich nicht täuschen. Er wachte! Jetzt war er seiner Sache sicherer als je. Und wehe den Betrügern, wenn er sie erwischte! –

Rutland ging wieder durch das Zimmer. Jetzt war es entschieden. Morgen früh konnte er nicht abreisen. Erst übermorgen. Aber was lag daran! Er würde die Verträge unterzeichnen. Nicht unüberlegt und vernunftswidrig handeln! Es war doch lächerlich! Was konnte ihm in seinem Büro geschehen?!!

Er ahnte nicht, was ihm dort geschehen konnte.

Denn kaum waren die Verträge unterzeichnet, kaum hatte der Notar sich verabschiedet, da rief Jan Bouterweg in seiner saftigen holländischen Urwüchsigkeit:

»So, Rutland, nun wollen wir uns gegenseitig die Patsche hinhalten und uns gratulieren. Ich glaube, wir haben alle beide ein gutes Geschäft gemacht. Und nun wollen wir es feste begießen.«

Rutland schüttelte kräftig die dargebotene Tatze des Dutch-Amerikaners.

»Ich kann leider nicht«, lehnte er ab. »So gern ich es täte, lieber Bouterweg. Erstens fühle ich mich nicht ganz wohl. Sie wissen ja, gestern abend. Und –«

»Och, ein guter Tropfen schadet nie. Im Gegenteil.«

»Und dann – ich habe noch einige wichtige Besprechungen.«

»Och«, machte der blonde Riese wieder, ernsthaft traurig, »ich habe mich so darauf gefreut, mit Ihnen unser hübsches kleines Geschäft zu befeuchten.«

Rutland machte eine liebenswürdige bedauernde Geste mit beiden Händen.

»Mann, nu machen Sie es doch möglich«, drängte der Reeder. »Was soll ich denn meiner kleinen Frau sagen? Sie ist schon so neugierig auf Sie. Ich habe ihr doch Wunder was von Ihnen und Ihrer Tüchtigkeit vorgeschwärmt. Und nun wollten wir zusammen ein hübsches kleines Frühstück –«

Etwas hastig unterbrach Rutland: »Ich würde gewiß sehr gern die Bekanntschaft Ihrer schönen Gattin machen – auch ich habe viel Rühmendes von Mrs. Bouterweg gehört. Aber – – –«

Mit schwerfälliger Begeisterung fiel der amerikanische Holländer ein: »Es lohnt sich, sage ich Ihnen. Kommen Sie! Ohne zu prahlen, so eine Frau sehen Sie hier nicht alle Wochentage. Ihre englischen Damen in allen Ehren. Sind 'ne feine Sache. Prima Fregatten. Aber meine Kleine –«

Er wiegte feinschmeckerisch den großen, vierkantigen, gutmütigen Kopf und schnalzte knallend mit der Zunge –

»So was wächst hierzulande und, im Vertrauen, auch bei den Yankees nicht wild. Also, Mann, wenn Sie auch das nicht lockt, habe ich mein Verführungspulver verschossen.«

»Bester Bouterweg, Sie dürfen es mir nicht übelnehmen. Ich kann nicht. Sie müssen mich bei Ihrer Gattin entschuldigen.«

»Das tun Sie man selbst, wenn Sie den Mut dazu aufbringen«, lachte der Reeder und ging auf die Tür zu.

Verblüfft starrte Rutland auf seinen Gast.

»Wohin gehen Sie?!« rief er mit sehr wenig Atem. Eine böse Ahnung umkrallte ihm den Hals.

Bouterweg drehte sich in der Tür um.

»Das brave Täubchen wartet doch da draußen im Vorzimmer, bis wir fertig sind. Weil wir Sie dann gemeinsam entführen wollten.«

Damit ging er hinaus.

Jetzt hatte Rutlands Willenskraft und Geistesstärke ihre Meisterprobe zu bestehen. Nur Sekunden blieben ihm zur verzweifelten Sammlung. Schon trat Bouterweg wieder herein, die kleine, graziöse, elegante Frau, deren Kopf kaum an seine breite Hünenbrust heranreichte, täppisch vor sich herleitend.

»Da ist der Mann«, rief er mit seinem tiefen Seemannsbaß – er war lange als Kapitän gefahren –, »der uns unsere Prachtflotte bauen wird. Und der jetzt vor unserem hübschen kleinen Frühstück kneifen will. Verführe du ihn, Muriel. Meinen bestrickenden, massierten Reizen ist es nicht gelungen.«

Muriel löste sich von der wuchtigen ehemännlichen Fassade und ging auf Rutland zu. Hob die Hand und hob den Kopf. Der Rand des Hutes, der tief in die Stirne gedrückt war, bedeckte fast ihre Augen. Jetzt erst sah sie Rutlands Gesicht.

Da entrang sich ihrem Munde ein verflatternder Schrei, wie das Angstzirpen eines kleinen Vogels.

Die erhobene Hand blieb steif und leblos in der Luft stehen.

Ihre Wangen wurden weiß wie der Hermelinkragen ihres Mantels.

Rutlands Hand, die er zur Begrüßung ausgestreckt hatte, irrte haltlos umher.

»Nanu –! Was ist – –?!« rief Bouterweg verblüfft.

Doch da hatte Muriel die erste verräterische Bestürzung schon überwunden. Sie war nicht umsonst die Frau, die sich schon mit zwanzig aus der vernichtenden, bloßstellenden Katastrophe ohne Schaden für ihren Ruf herausgewunden hatte. So wenig überragend ihre Klugheit war, so bewundernswert war ihre gerissene Schlagfertigkeit und zielsichere Geistesgegenwart. Sie war ein Musterbeispiel für die Überlegenheit des Weibes über den Mann in bestürzenden Lebenslagen.

»O nichts«, zwitscherte sie mit ihrer überhellen, einschmeichelnden Stimme mit starkem amerikanischen Akzent. »Ich hatte mir den mächtigen Präsidenten dieser großen Gesellschaft nach deinen Schilderungen nur viel älter vorgestellt. Daher meine Überraschung.«

Sie gab ihm kräftig und burschikos die Hand. Völlig ihrer selbst sicher. Nur dünne rote Streifen in dem noch blassen Gesicht verrieten die ungeheure Anstrengung ihres Willens.

Bouterweg lachte, daß das Tintenfaß auf dem Schreibtisch gläsern klirrte.

»So, so?« dröhnte er dazwischen, »du hast dir eingebildet, ich verhandle hier mit einem Mummelgreise! Was sagen Sie, Rutland, mein Püppchen dachte, in England werden die Überseedampfer in einem Altersheime gebaut.«

Er lachte, daß sein Riesenleib den Fußboden erzittern ließ. –

Auch Rutland hatte sich wieder vollkommen im Zaume. So sehr, daß der umwälzende Augenblick seines Lebens, in dem er dieser Frau zum ersten Male wieder von Angesicht zu Angesicht gegenüberstand, fast nichtig und unbedeutend an ihm vorüberging.

Noch gestern abend war diese Möglichkeit ihm zerschmetternd und seine ganze Zukunft vernichtend erschienen. Heute war die vollzogene Wirklichkeit schon etwas fast Selbstverständliches und durchaus kein schicksalsgestaltendes Geschehnis. Er übersah dabei freilich, daß die grandiose Haltung Muriels diesem Ereignisse die Panikstimmung nahm.

»Ich freue mich«, sagte er, ohne daß in seine Stimme eine Gemütsbewegung hineinklang – er empfand in diesem ersten Augenblicke sonderbarerweise auch nicht die geringste seelische Erschütterung –, »die Gattin meines lieben Geschäftsfreundes zu begrüßen und bin froh, Sie, gnädige Frau, durch meine Jugend zu überraschen. Ein solch angenehmes Erstaunen erwecke ich leider nicht alle Tage.«

»Oh, er fischt, der alte Sünder!« lachte Bouterweg.

»Auch ich freue mich sehr, Mr. –«, sie zögerte vor dem angenommenen Namen, nur ganz leicht, ganz kurz, doch es entging Rutland nicht – »Mr. Rutland – so war doch der Name?«

»Nun kennt sie den Namen Rutland nicht, den ich ihr täglich stundenlang wiedergekäut habe!« entrüstete der Mann sich gutmütig. »Und nun sage du ihm, Darling, daß du ihm zürnst und nie vergeben wirst und schrecklich beleidigt bist, wenn er nicht mitkommt und den Geschäftsabschluß mit uns feiert!«

»Oh«, rief sie überschwenglich, »ich bin überzeugt, daß Mr. Rutland« – es war wieder, als stolpere sie über den Namen – »uns diese Freude nicht vorenthalten wird.«

Sie blickte kokett und faszinierend zu ihm auf. Der Blick schlug ihm mitten ins Herz. Lebhaft stand die Vergangenheit auf. Wie oft hatte sie ihn mit diesem niedlichen Getue und dieser bestrickenden Lockung angesehen in den alten, alten, toten Zeiten.

»Ich komme«, sagte er heiser, völlig unberührt von dem flirtenden Reize ihrer schönen blauen Augen. Doch weiterer Widerstand schien ihm jetzt unnötig und gefährlich.

»Bravo«, jubelte Bouterweg. »Ich wußte ja, dem Zauber widersteht kein gesunder Mann.«

Schon hatte Muriel in ungezwungener Lebhaftigkeit ihren Arm bei Rutland eingehakt – er erschauerte unter der Berührung –, lustig hing Bouterweg sich in den anderen Arm seiner Frau.

So verließen sie den Arbeitsraum in scheinbar ausgelassenster Laune.

Und nichts verriet, daß hier soeben der zweite Akt einer blutigen Lebenstragödie begonnen hatte.

Während die Herren draußen im Vorzimmer ihre Garderobe in Empfang nahmen, zweifelte Rutland nicht einen Augenblick, daß Muriel ihn erkannt habe. Trotz seiner veränderten Lebensumstände, trotz des fürstlichen Verwaltungspalastes, in dem sie ihn als unumschränkten Gebieter wiedertraf, trotz des usurpierten Namens, trotz der Wandlung, die in seinem Äußeren das Verhängnis, die Tage und Nächte, die er auf der Planke im Stillen Ozean getrieben war, die Not der ersten Zeit, die Jahre, die seitdem verronnen waren, und der Schnurrbart gewirkt hatten, den er sich gleich nach der Tat zur Maskierung hatte wachsen lassen.

Unter allen Menschen mußte trotz alledem sie ihn wiedererkennen. Sie gewiß. Ihr Aufschrei, ihr Erblassen und die gleich danach aufsteigende Röte ihres Gesichts, ihr Zögern vor seinem neuen Namen – alles verriet ihr Erkennen.

Zugleich erfüllte ihre Beherrschung ihn mit bewundernder Hochachtung. Aber freilich, sie war immer eine Frau gewesen, die wie Kork auf den erregten Wogen des Lebens schwamm. Gerade weil sie innerlich so leicht war, ohne Ballast an Hemmungen, Bedenken und Moral. Wenn einer an ihr diese Veranlagung erfahren hatte, war er es doch, dachte er bitter. Weil sie ohne Inhalt war, trieb sie stets sofort empor auf die Höhe jeder Situation und war ihr gewachsen. Weil keine Widerstände in ihr zu überwinden waren. Und dennoch imponierte ihm die überlegene Art gewaltig, in der sie diese unerwartete Begegnung meisterte.

Er irrte. Zunächst überfiel Muriel die erschreckende Ähnlichkeit Rutlands mit dem Manne, dem die Liebe ihrer ersten Jugend gehört hatte. Dann begann sie zu schwanken. Wie sollte der Mann, den sie mit gutem Rechte seit sechs Jahren für tot hielt, der für sie in den endlosen Tiefen des Stillen Ozeans versunken war, ihr plötzlich lebendig als Präsident von Killick & Ewarts, in London, als Engländer, in einer der ersten wirtschaftlichen und gesellschaftlichen Stellungen der Erde entgegentreten?! Für ihr kleines, real denkendes Gehirn geschahen keine Wunder. Nonsens! Und wenn er es wäre, hätte doch auch er sie erkennen müssen. Dann hätte sie bestimmt ein Zeichen seiner Bestürzung, Überraschung wahrnehmen müssen. Sie kannte doch ihren lieben George. Impulsiv, heftig, ungebändigt, wie er war! Kein Mann der Beherrschung, bei Gott nicht. Sonst hätte er sich niemals zu jener unbesonnenen, törichten Tat des Affektes hinreißen lassen. Niemals. Nein! Zu einer solchen Komödie der Verstellung war der brave George nicht fähig. Nie und nimmer.

Dabei vergaß Muriel aber die umgestaltende Macht von sechs Jahren des Kampfes ums Dasein, der bitteren Notwendigkeit und des zähen Lebenswillens eines jungen Menschen. Das in Rechnung zu stellen, war Muriel Bouterweg bei aller ihrer weiblichen Verschlagenheit nicht intelligent genug.

So schwankte sie und blieb ungewiß und unsicher. Jetzt sprach er. Die Stimme riß sie zu ihm herum. Es war seine Stimme, unverkennbar. Die Stimme, die ihr die ersten Liebesworte ihres Lebens zugeflüstert hatte. Aber diese weißen Haare an den Schläfen, diese tiefen Runen um Mund und Nase, diese Augen, die so ganz anders – irgendwie tiefer, klüger, ganz fremd blickten –, diese hoheitsvolle, unnahbare Art, in der er dem Diener zunickte – nein, das war nicht ihr flotter, unbekümmerter; jungenhafter kleiner George! Nein, das war er nicht!

Sie fuhren in das Hotel, in dem die Bouterwegs wohnten. Dort hatte der Reeder schon am Morgen einen festlichen Lunch bestellt. Das Mahl sollte einen würdigen Abschluß der erfolgreichen sympathischen Geschäftsverhandlungen bilden.

Seine behäbige Fröhlichkeit lag ahnungslos über dem kleinen Tische. Er merkte nicht, daß er allein das Wort führte, Schnurren und Abenteuer aus seinem buntbewegten Seemannsleben zum besten gab, daß die Tischgenossen still und einsilbig saßen, die Speisen kaum berührten und mechanisch lachten und ab und zu nichtige Zwischenrufe des Staunens oder der Bewunderung einflochten. Er trank und aß, ließ es sich schmecken, unterhielt sich trefflich und sah nicht das heimliche Suchen und Tasten und Prüfen der Augen und Sinne der beiden.

Jetzt erst, in der Ruhe der Mahlzeit, wurde es Rutland eindringlich bewußt, daß er auf Armeslänge neben der Frau saß, die ihm einst das Teuerste, dann das Verruchteste unter der Sonne gewesen war. Aber auch jetzt war keine aufwühlende Erregung in ihm, keine Liebe, kein Haß. Nur Staunen und eine matte Gleichgültigkeit und Verwunderung ob dieser fahlen Gleichgültigkeit und über die Liebe und Leidenschaft seiner Jugend.

Was hatte er, töricht verblendet bis zum Morde, an dieser Frau geliebt?! Was bloß?! Hatte sich sein Geschmack, seine Schätzung des Weibes seit jenen Tagen so fundamental geändert? Hatten die Tat, die Kummerjahre, die verbissene Arbeit in London ihn so von Grund auf gewandelt? Oder war es nur Angelitas Schönheit, Geist, Menschlichkeit, die ihm einen anderen, höheren Begriff der Weiblichkeit gegeben hatten? Er wußte es nicht.

Er suchte immer wieder dieses Gesicht, in dem er jeden Zug kannte, in dem jede Linie ihm von Minute zu Minute heimischer und vertrauter wurde, diesen Körper, den er tausendmal im höchsten Rausche und letzter Ekstase in den Armen gehalten hatte. Und der heute schwieg und tot war und nicht die leiseste Regung in seinem Gemüte belebte.

Nichts hatte sich in ihren Zügen verändert. Die Jahre und die Katastrophe waren spurlos an dieser glatten, gepflegten Schönheit vorübergegangen. Keine Falte, keine Runzel, keine Schmerzenslinie kündete, daß diese Frau das Furchtbarste durchschritten hatte, das einem Weib begegnen kann. Die blauen Augen strahlten ungetrübt, die Wangen blühten pfirsichrosa und frisch, der kleine Mund lächelte kindlich, lieblich, die Zähne leuchteten blendend und gesund, das sorgsam ondolierte Haar glitzerte silbrigblond. Neben ihm thronte eine verführerische, reiche, mondäne, junge Frau, der das Glück und das Leben lacht.

Gewiß, grübelte er, ist sie duftig und voller Liebreiz. Aber doch ein Allerweltsgesicht, wie man es in der Fünften Avenue zu Neuyork am Nachmittag zwischen fünf und sieben, wenn die Damen bummeln und Schaufenstern gehen, zu Dutzenden sieht, und in Rudeln auf dem Boulevard zu Hollywood. Der echte, hübsche, scharmante amerikanische Frauentyp. Und sie hatte er einmal für die schönste Frau auf dieser Welt gehalten und geliebt und behütet als kostbarstes Kleinod dieser Erde!!

Er begriff sich nicht mehr.

Muriel hingegen fand diesen Mr. Rutland ungemein interessant und anziehend. Hübscher, ja viel hübscher, als George je gewesen war, viel mannhafter, härter. Nein, diesen Mann da hätte sie niemals betrogen. Niemals! Zu diesem da wäre ihre Liebe niemals erlahmt. Neben ihrem dicken, klotzigen Manne erschien er ihr wie eine Toledaner Klinge neben einem Küchenmesser. Doch dieser Vergleich kam ihr nur, weil sie ihn kürzlich irgendwo gelesen hatte. Nein, diesen kernigen, bezwingenden, aufrüttelnden Mann, ohne Weichheit, Verzärtelung – sie geheimniste brutale Instinkte in ihn hinein –, hätte sie nie betrogen.

Auch diese Erregung, diese wohlige Sinnlichkeit, die sie neben Rutland durchzitterte, war ihr ein sicheres Zeichen, daß sie sich nicht täuschte, daß dieser Beherrscher der größten Waffenfabrik und Schiffswerft des Erdballs nicht ihr kleiner, harmloser, ewig fröhlicher Georgy war, den sie so schmählich betrogen hatte.

Und dennoch glitt sie einher zwischen Gewißheit und Zweifel.

Wenn er zu Bouterwegs saftigen Erzählungen lachte, war es doch Georgys jungenfrohes, unbeschwertes Lachen. Aber gleich darauf blickte das ernste, scharfe, kantige, gefurchte Gesicht eines englischen Großindustriellen zu ihr hinüber.

Nein, nein. Ihr George war tot. War von Haifischen gefressen oder lag in den Tiefen des Pazifik. Sie konnte an diese plötzliche Auferstehung nicht glauben. Es war Spuk, Täuschung, Narretei ihrer Sinne.

Aber seine Hände, die das Besteck führten! Das waren seine Hände, seine Hände, die sie so oft geliebkost und aufgepeitscht hatten mit ihren magnetischen Ausstrahlungen, wenn sie hypnotisierend über ihre Augen und über ihre Stirn gestrichen waren. Es war doch George Paterson! –

Doch nein, diese unergründlichen, herben, verschleierten Augen! Die hatte Georgy nie besessen. Seine Augen waren die lustigen, strahlenden, jungen Lichter eines Marineleutnants gewesen, scharf wie Falkenaugen, leuchtend wie Scheinwerfer.

Nein, nein, – es war Wahn, – es war unmöglich, – völlig – unmöglich!

»Ja«, erzählte Bouterweg, »das war damals, als ich Kapitän bei der United Fruit Line war und die ›Heredia‹ führte. Wir lagen in Havanna und hatten für hunderttausend Dollar Bananen an Bord. Drei andere Dampfer unserer Gesellschaft mit ähnlich großer Fracht lagen auch noch im Hafen, und draußen im Golf wütete der Sturm. Ausfahrt schien unmöglich. Wir standen dabei, ohnmächtig, die Hände in den Hosentaschen verkrampft, und mußten zusehen, wie die Bananen und die Dollars verfaulten. Zufällig waren zwei von den Direktoren der Fruit Line in Havanna. Sie beschworen uns Kapitäne auszufahren. Trotz des Hurricanes. Wir schüttelten die Köpfe. Es war Selbstmord. Verzweifelt sahen die Direktoren, wie der Schaden in die Hunderttausende stieg. Sie wissen ja, wie schnell Bananen faulen. Da setzten die Burschen eine Belohnung von zehntausend Dollar aus für Kapitän und Mannschaft des Dampfers, der ausfahren würde. In Neuorleans, müssen Sie wissen, war der Ausschiffungshafen für die Bananen. Die anderen lehnten ab.«

Rutland nickte vag. Er hörte kaum zu.

»Ich war damals gerade dreißig, der jüngste Kapitän der Linie. Mich lockte weniger das Geld, obwohl ich es damals verdammt nötig hatte, als daß meine Ehre und Tüchtigkeit als Schiffsführer mich prickelte. Prost Rutland, prost Darling! Ihr trinkt ja gar nicht!«

Die beiden anderen schreckten unmerklich aus ihrem Prüfen, Beobachten und Erwägen auf und griffen automatisch zu den Gläsern.

»Also«, fuhr Bouterweg im Banne seiner Erzählung fort, »ich sprach mit meinen Leuten, überließ ihnen die ganzen zehntausend Dollar. Mir war es um meinen Ruf als Kapitän zu tun. – ›Wenn Sie es riskieren, Kaptän‹, sagten die Leute, ›wir machen mit.‹ Na, da fuhren wir hinaus. Die anderen Kapitäne waren mir nicht gerade gewogen. Das könnt Ihr glauben. Übrigens fabelhaft das Perlhuhn, was? Ja, wo war ich doch? Richtig – wir also hinaus aus dem Hafen von Havanna. Ich kann Ihnen sagen, Rutland – Sie verstehen ja was von Schifffahrt – draußen tat sich allerhand. Ich bin in manchem Sturm gewesen. So was habe ich nie wieder erlebt. Der ganze Golf von Mexiko war eine grau-weiße, brüllende Hölle. Wir immer hinein. Von Kurs keine Rede. Lavieren, durchschleichen, die Linie des geringsten Widerstandes suchen, unten durch, war die Losung. Ich hatte oben auf meiner Brücke Augenblicke, wo ich alles verloren gab. Da habe ich gelernt, was es heißt, wenn einem das Herz in die Buxen sackt. – Ja! – Waiter, ich denke, jetzt können wir zu dem Sekt übergehen. Stellen Sie einige Flaschen Heidsick Extra Dry kalt.

Die Jungen hielten sich wundervoll. Muß ich sagen. Der Kasten krachte und splitterte. Von der Reeling und den Aufbauten war nach dem ersten Tage schon verflucht wenig übrig. Da – in der zweiten Nacht, fängt mein Funker Hilferufe auf, S –O –S, Schiff in Not. Ein großer Passagierdampfer, den's gepackt hatte. Unterwegs. Beide Schrauben gebrochen. Wir unterhandeln über die Luft-und Golfwellen hin. Er bietet eine Million Dollar Bergegeld, wenn wir ihn nach Havanna zurückschleppen. Mich packt der Satan. Ein gutes Geschäft für die Gesellschaft, für die Mannschaft, für mich. Der Teufel hole die faulenden Bananen! Wir riskieren es. Nie werde ich die Rückfahrt durch den Höllengolf vergessen, den großen Liner an den Stahltrossen – Kinder, ehe wir die festgemacht hatten! – Also, Prost Rutland, auf weitere gute Geschäfte miteinander. Prost, Muriel. Hm, nicht schlecht, der Heidsick – noch'n bißchen warm.

Also – wir brachten den Burschen heil nach Havanna hinein. Die Million wurde prompt geblutet. Ich erhielt daran auf meinen Teil zweihunderttausend Dollarchen.«

»Bravo!« warf Rutland ein, um endlich seine Gegenwart und Teilnahme zu bekunden.

»Ja, sehen Sie, so fing es bei mir an. Mit dem Gelde kaufte ich mir den ersten kleinen Kahn und verschiffte nun selbst Bananen von Jamaika nach Neuorleans. Machte meiner eigenen früheren Gesellschaft Konkurrenz. Und so entstand die Reederei Jan Bouterweg in Neuyork. Aber von dem ersten Nachen von dreitausend Tons bis zu den Vierzigtausendern, die wir heute abgeschlossen haben, ist noch eine lange Geschichte. Wollen Sie die auch noch hören?«

»Aber natürlich«, willigte Rutland eifrig ein. Seine Gedanken und Empfindungen waren viel zu sehr beschäftigt, als daß er ein regelrechtes Gespräch hätte führen können.

»Muß Sie als Schiffsmann ja auch bannig interessieren«, nickte Bouterweg und wollte mit der Erzählung seines werdenden Wohlstandes und Reedertums in See stechen.

Doch Muriel unterbrach mit ihrem gewinnendsten Lächeln.

»Erzähle ruhig, Jan. Ich kenne ja die Geschichte. Ich bin im Augenblick zurück. Muß nur mal rasch telephonieren. Mein Schneider erwartet mich.«

»Mrs. Bouterweg«, fiel Rutland rasch ein, »ich bitte Sie dringend, sich nicht durch mich abhalten zu lassen. Wenn Sie eine Verabredung haben –«

Bouterweg machte ein besorgtes Gesicht. Man saß hier so gemütlich beisammen.

»Nein, nein«, wehrte Muriel, »es ist gar nicht wichtig. Ich komme sofort wieder.«

»Kann ich es nicht für dich tun?« fragte der Gatte mit der galanten Höflichkeit, die ihn sein Adoptivvaterland gelehrt hatte.

»Nein, Jan. Beginne inzwischen nur ruhig deine Erzählung. Es dauert keine fünf Minuten.«

Damit eilte sie davon. Während Bouterweg sich mit Verve in die Schilderung seiner Bananenverfrachtung auf eigene Faust warf, blickte Rutland der Enteilenden nach.

Gewiß, eine allerliebste, biegsame Figur. Aber doch nur zierlich und graziös. Kein Vergleich mit Angelitas königlicher Gestalt, dem Adel ihres Ganges, der Belebtheit ihrer Bewegungen, den – – –

Seine Gedanken schwirrten ab zu der Geliebten, die er heute abend sehen würde, endlich wieder, endlich nach den quälenden Tagen des Harrens.

Er hörte kein Wort von Bouterwegs drastischem Berichte über den Werdegang seiner Millionen.

In Muriels sachlich gescheitem Kopfe war eine praktische Idee aufgesprungen. Sie war ihrer wechselvollen Zweifel müde. Sie wollte ihre Gewißheit haben. Wollte Rutland auf eine letzte untrügliche Probe stellen. Deshalb verließ sie den Tisch. Wagte einen kühnen Handstreich. Wußte, sie konnte ihn wagen. Der gute Jan würde nichts merken, trotz der verblüffenden Ähnlichkeit.

Der wackere Holländer war kein sehr feiner Beobachter.

Sie kam nach kaum fünf Minuten zurück. An der Hand führte sie ein kleines Mädchen von etwa sieben Jahren. Sie hatte listig einen Umweg durch das Hotel und den Speisesaal genommen, kam nicht aus der Richtung, in der sie verschwunden war, um plötzlich, unversehens an den Tisch heranzutreten. Ohne jede Vorbereitung, ohne Muße und Möglichkeit, sich zu fassen, auf den Anblick vorzubereiten, wollte sie ihn mit seinem Kinde überrumpeln.

Sie lief dabei keine Gefahr. Sie kannte den Mann nun gut genug, um zu wissen, daß er sich Bouterweg gegenüber nicht verraten würde. Dieser Mann, der ihr jählings begegnet war, ohne mit der Wimper zu zucken, würde, wenn er wirklich George Paterson war, auch den Anblick seines Kindes mit gewappneter Geistesgegenwart ertragen. Doch sie würde sehen, vor ihren scharfsichtigen, beobachtenden Augen würde seine Vaterliebe sich offenbaren. Sie würde hinter seine Maske blicken. Sie wußte, wie er dieses Kind vergöttert hatte.

Sie täuschte sich nicht.

Als sie plötzlich dicht an seinem Ohre sagte: »Mr. Rutland, unsere kleine Esta will Ihnen Guten Tag sagen«, als ihre Worte ihn aus fernschweifenden Gedanken aufscheuchten, schnellte er zu ihr und dem Kinde herum.

Zwar fing er sich sofort wieder auf. Doch der Blick, der das kleine Mädchen umkoste, die Augen, in denen alle seine zurückgestaute brachliegende Vaterliebe bloßlag, verrieten ihr alles, gaben ihr endlich eine niederschmetternde, verzweifelte Gewißheit.

Ihr entging nicht, daß die Hand, die er dem Kinde bot, leise zitterte. Er zog das Mädchen dicht an sich heran, legte den Arm um seine schmale, schüchterne Gestalt und sprach mit ihm, wie ein guter Onkel mit einem Kinde spricht. Doch die Zärtlichkeit der Hand, die auf ihrem braunen Haare – Ebenbild seines Haares – wie segnend ruhte, war für Muriels spionierenden Blick eine laute Verkünderin des gemeinsamen Blutes.

Das Kind gab klug Antwort auf die üblichen Fragen. Es sah ungewöhnlich reif aus. Seine Augen waren Rutlands Augen erschreckend ähnlich. Große, schöne graue Augen voller Tragik.

Das Herz krampfte sich ihm zusammen, als er in der Kleinen diese Augen eines Erwachsenen sah, der durch unnennbares Leid gegangen ist.

Da lachte Bouterweg schallend auf.

»Sieh nur, Darling«, rief er und deutete mit dem feisten Zeigefinger, »sieh mal. Esta sieht Mr. Rutland ähnlich! Wahrhaftigen Gott, wie aus dem Gesicht geschnitten! Donnerdoria, solch ein wunderbares Spiel der Natur habe ich noch nicht gesehen.«

»Unsinn!« wehrte Muriel unwillig. Sie hatte also doch die Beobachtungsgabe ihres Mannes unterschätzt.

»Lehn mal dein Gesicht an Mr. Rutlands!« gebot der Stiefvater dem Kinde. »Ja – so. Sieh nur, Muriel, dieselbe Nase, der Mund, das Kinn! Nein, so was!«

Bouterweg prustete vor Staunen und Stolz ob seiner Entdeckung.

Rutland hatte keinen Sinn für die drohende Gefahr der Lage. Er fühlte nur die weiche, streichelnde Wange seines Kindes an seinem Gesichte, fühlte seine Wärme und sein Leben und empfand eine wohlige Innigkeit und Güte. Doch Muriel wachte.

»Aber Jan«, schalt sie, »du belästigst Mr. Rutland. Ich sehe auch keine Spur von Ähnlichkeit. Genug, Esta. Geh jetzt auf dein Zimmer, so, sag hübsch artig good bye.«

Die Kleine gehorchte. Sie warf noch einen langen Blick staunenden Instinktes auf den fremden Herrn, knixte und ging.

Bouterweg beruhigte sich sehr rasch über seine Feststellung, vergaß sie und segelte wieder hinaus auf die purzelnden Wogen seiner Erzählung.

Rutland dachte an sein Kind und dessen Augen voll reifer Trauer.

Muriel aber überkam das hetzende Entsetzen ihrer Gewißheit.

In einem Wirrsal der Gefühle erwartete Rutland am Abend Angelita. Sie hatte ihm gestern versprochen, zu kommen. Sie würde Mittel und Wege finden, ihre Verheißung wahr zu machen.

Tief zusammengekauert saß er in einem der weichen Klubsessel seiner Bibliothek und grübelte. Es war gut, daß sie kam, gerade heute kam. Denn nun war er für sie bereit, nun war sein Leben für sie geöffnet, weit, weit. Jetzt, nach dieser Begegnung heute morgen, war die Vergangenheit endgültig tot und abgetan.

Weit stärker als in ihrer wirklichen Gegenwart empfand er jetzt nachkostend das Zusammentreffen mit der Frau, die sein Leben verdorben, ihm eine andere Richtung gegeben, die er gehaßt hatte als das Unheil und den Abgrund, in den sie ihn gestoßen hatte.

Und sie hatte ihn nicht erkannt! Daran zweifelte er nun nicht mehr. Während der Mahlzeit hatte er immer noch gefürchtet. Ihr aufbäumendes Stutzen bei der Begrüßung, ihr Aufschrei waren verräterische Warnungssignale. Es entging ihm nicht, wie sie später gierig in seinem Gesicht forschte, wie sie auf den Klang seiner Stimme lauschte, wie sie in ihm nach dem Manne ihrer ersten Liebe fahndete. Er hatte nicht gewagt, Wesen und Stimme zu verändern, aus Furcht, solche Wandlung könne Bouterweg auffallen, der ihn aus wochenlangen Verhandlungen genau kannte. Er sah, wie sie zwischen Erkennen und Fremdheit einhertaumelte.

Doch beim Abschiede gewann er die frohe Zuversicht, daß sie jetzt mit sich und mit ihm im klaren war, daß sie sich nun abschließend ihre Meinung gebildet und von ihrem Anfangsirrtume überzeugt hatte. Denn beim Aufbruche nach dem Lunch sagte sie zu ihm mit einer gesteigerten, ostentativen Liebenswürdigkeit: »Mr. Rutland« – kein Stolpern und Zögern mehr vor seinem angenommenen Namen! – »ich habe mich außerordentlich gefreut, Ihre Bekanntschaft zu machen. Dieser Tag mit Ihnen wird zu meinen liebsten Erinnerungen an England gehören.«

Bouterweg stand daneben und strahlte. Strahlte vor Freude, daß der Mann, den er lieb gewonnen hatte, auch Muriel so gut gefiel und war stolz auf seinen »Darling«, der so hübsche Sachen so hübsch zu sagen wußte.

»Wir fahren leider übermorgen heim«, fuhr Muriel fort, nachdem Rutland auch ihr mit einem feinen Komplimente gehuldigt hatte. »Ich würde mich sehr freuen, Sie recht bald als unseren Gast in Neuyork zu begrüßen.«

Ganz unbefangen, mit aufrichtiger Herzlichkeit, hatte sie gesprochen und den Mann, der ihre schauspielerischen Gaben doch hätte kennen sollen, wieder einmal getäuscht. Er ahnte nicht, daß diese Worte schon auf dem Theater ihrer Heuchelei gesprochen wurden.

Nein, diese Gefahr, die ihm gestern abend noch so verderblich und lebenzerstörend erschienen war, daß er feige und kopflos floh und weitere Flucht plante, war in nichts zerronnen. Eine Seifenblase, die harmlos zerplatzt war.

Der Mann im Klubsessel faltete entlastet die Hände. Plötzlich löste er die Finger und preßte beide Handflächen gegen die Stirn. Er dachte an sein Kind. Diese Begegnung hatte tiefe Furchen des Grames in seinem Gemüte gezogen. Oft hatte er voll Sehnsucht und Fragen an seine kleine Tochter gedacht. Wie hatte sie sich entwickelt? Wie sah sie aus? Was wußte sie von ihrem Vater?

Nun hatte er sie gesehen mit diesen Augen eines Erwachsenen, dessen Gemüt weh ist von einem geheimen verborgenen Kummer. Und Sorge und Angst um dieses Kind und ein körperlich schmerzendes Verlangen nach ihm klaffte in seiner Brust wie eine offen blutende Wunde.

Mit einer heftigen Bewegung sprang er empor. Vorbei! Er fegte mit der Rechten durch die Luft. Vorbei! Die Vergangenheit war nun endgültig tot. Auch das Kind mußte er aus seiner Erinnerung tilgen. Das war ihm auf ewig verloren. Fort mit allem, was ihn noch an das Ufer jenseits band.

Hinüber zu neuen Gestaden!

Er schritt gewohnheitsmäßig in der Bibliothek auf und nieder und zwang mit Anstrengung Angelita in seine Gedanken. Ihr gehörte nun sein Leben. Ihr allein. Vor der Vergangenheit war jetzt das Tor zugeschlagen für immer. Jetzt lebte nur die Gegenwart und die Zukunft. Sie hieß Angelita.

Eine scheue Freude wallte in ihm auf. Ja, nachher, wenn sie kam – er blickte auf die Uhr, es war kurz nach acht –, wenn sie kam, wollte er ihr alles bekennen. Jetzt war er zu dieser großen Beichte bereiter als je zuvor. Jetzt wollte er ihr sagen, warum er sie in Tokio und neulich hier in diesem Raume im Augenblicke drohenden Taumels von sich gestoßen hatte. Sie würde dann mit ihrer feinfühligen Klugheit begreifen, daß sie für ihn unberührbar bleiben mußte, so lange sie das Weib eines anderen war. Daß sie ihm Tabu sein mußte, wenn er leben, wenn er für sich noch das Recht auf Leben beanspruchen wollte, er, der einen anderen, seinen besten Freund, getötet hatte, weil er ihm sein Weib genommen hatte.

Sie würde mit ihm fühlen, daß ein Rächer seiner Ehe nicht eine andere Ehe schänden kann, wenn er vor sich und seinem Gewissen bestehen will. Nur, wenn ihm die Ehe ein heiliges Sakrament war, konnte er vor sich den Tod des Freundes rechtfertigen und leben.

Das würde sie begreifen.

Er blickte wieder auf die Uhr. Unruhe packte ihn. Nein, sie würde kommen.

Sie hielt Wort über alle Hindernisse hinweg.

Sie mußte sich scheiden lassen. Ihre Ehe lösen. Es mußte Mittel und Wege geben, den Herzog zu zwingen. Dann würden sie heiraten. Trotz allem. Obwohl seine Ehe mit Muriel gesetzlich nicht gelöst war. Unsinn! Auch Muriel hatte geheiratet. Keine törichten unwirklichen Bedenken. Er war es satt, Sklave und Märtyrer seiner Vergangenheit zu sein. Nein, jetzt wollte er endlich wieder der Gegenwart leben und glücklich sein. Erst die Trümmer forträumen, freies Baugelände schaffen für das neue Glück.

Er schritt auf und nieder, voller Ungeduld, und die alten, nie verblichenen Geschehnisse jenes Junitages vor sechs Jahren drängten auf ihn ein. Ja, alles wollte er ihr erzählen, alles. Noch einmal die alten Gesichte beschwören, dann das Tor zuschmettern und den Schlüssel von sich schleudern, es niemals, niemals mehr zu öffnen.

Da klopfte es an der Haustür.

Er schrak zusammen vor freudevoller Erwartung. Das war sie! Endlich! Das war das Glück und das Leben, das endlich an sein Haus pochte. Er starrte mit trunkenen Augen auf die Tür der Bibliothek.

Wisdom klopfte und trat ein.

»Eine Dame, Sir!« sagte er mit schlecht verhehltem Staunen und geheimnisvoller Bedeutung, wie das erstemal.

»Lassen Sie die Dame eintreten«, gebot er gemessen und war dabei kein besserer Behüter seiner Gefühle als sein Diener. Die Freude brach ihm aus den Augen.

Der Butler ging.

Rutland eilte zum Eingang, stand dicht an der Schwelle, das Glück und das Leben zu empfangen.

Wisdom öffnete die Tür.

Die Dame trat ein.

Es war – Muriel.

Rutland prallte zurück, taumelte, schwankte.

Wisdom schloß die Tür.

Muriel stand stumm und lächelte. Die Kehle des Mannes würgte. In seinen Augen leuchtete noch – wie eingefroren – der letzte Schimmer seiner erwartungsvollen Freude.

»Muriel!« formten seine erbleichten Lippen.

Sie nickte lächelnd.

Plötzlich war über ihm etwas aus den alten Tagen, eine Wehrlosigkeit gegenüber dieser Frau, ein Unterliegen unter ihrem Lächeln.

»Also – hast – du mich doch erkannt?« flüsterte er, den Oberkörper weit zu ihr vorgebeugt.

»Aber natürlich, George«, sagte sie leichthin, »habe ich dich erkannt. Zuerst nicht, aber als du unser Kind begrüßtest, war ich meiner Sache sicher.«

Er blickte sich hilflos um.

»Sei doch nicht so bestürzt«, ermunterte sie freundlich.

»Ich werde dich nicht verraten. Im Gegenteil. Deshalb bin ich doch gekommen.«

»Weshalb bist du gekommen?« fragte er mit Anstrengung, ohne Begreifen.

Sie lächelte wieder, fast ein wenig verächtlich.

»Ich habe mich doch in dir getäuscht, George.«

Er zuckte bei diesem Namen zusammen. Das erstemal hatte er ihn in seiner kopflosen Benommenheit überhört.

»Ich glaubte, du wärest nun ein gefestigter Mann geworden, den nichts mehr aus dem Gleichgewicht bringen kann.«

Dieser Vorwurf schlug durch die Wirrnis in seinem Schädel hindurch. Er riß sich zusammen. Biß die Zähne aufeinander, daß sie laut in die Stille knirschten. Seine Fäuste ballten, die Brust blähte sich von der unmenschlichen Anspannung.

Ruhiger, doch mit belegter, rauher Stimme fragte er: »Weshalb bist du gekommen? Was willst du noch von mir?«

»Mit dir alles besprechen«, entgegnete sie unbefangen.

»Was alles?«

»Nun – – alles.«

Damit löste sie sich von der Tür, an der sie noch immer stand und kam auf ihn zu. Obwohl er heute vormittag stundenlang neben ihr gesessen und nichts empfunden hatte, versagte ihm der Atem, als sie jetzt auf ihn zukam. Heute vormittag war sie so unpersönlich gewesen, so ganz die Frau eines anderen, so fremd und losgelöst von ihm, als wäre sie nie sein Weib gewesen.

Jetzt, hier in der Abgeschlossenheit und Vertrautheit seines Hauses, war plötzlich über die Jahre und Klüfte, die sie trennten, über die Tat und ihre Schrecken hinweg eine Brücke geschlagen, auf der sie zu ihm kam, wie sie einst Tausende von Malen in ihrer kleinen Wohnung in Manila auf ihn zugeschritten war.

»Wir wollen uns doch setzen, George«, schlug sie gemütlich vor – in »Gemütlichkeit« war sie immer groß gewesen – »und alles in Ruhe und Freundschaft besprechen.«

Sie setzte sich in den Klubsessel, in dem er kurze Zeit zuvor die Vergangenheit endgültig begraben und einer neuen, glücklichen, erlösten Gegenwart und Zukunft entgegengeträumt hatte, und schlug, völlig »zu Hause«, die Beine übereinander.

»Schöne Beine«, dachte er verworren. Dann fiel der Gedanke über ihn her, daß Angelita jeden Augenblick kommen konnte. Was würde –? Er mußte hinausgehen und Wisdom Bescheid sagen. Die beiden Frauen, die sich kannten, durften einander hier nicht begegnen. Der Butler mußte Angelita in ein anderes Zimmer führen.

Er ging auf die Tür zu, blieb aber wieder stehen. Wozu unnötig die Dienerschaft aufmerksam machen? Muriel mußte ja gleich wieder gehen. Er konnte Wisdom noch anweisen, wenn es draußen klopfte oder läutete.

Inzwischen sagte Muriel verweisend: »Aber, George, lauf doch nicht so nervös hin und her. Die Sache ist wirklich nicht so schlimm. Ich war ja zuerst auch erstaunt, als ich dich heute morgen sah. Und ganz entsetzt, als ich dich untrüglich erkannte. Aber im Laufe des Nachmittags habe ich alles überlegt und, wenn wir beide klug sind, ist es vielleicht gar nicht so furchtbar. Ich dachte doch bestimmt, wie alle, du wärest tot. Wärest damals bei dem Untergange deines Torpedobootes ertrunken. Es waren ja nur drei Überlebende. Und nun lebst du! Zuerst, als ich begriff, was das für mich bedeutet, war ich ganz außer mir. Denke dir doch bloß: Jetzt habe ich zwei Männer! Denn unsere Ehe besteht doch noch.«

Sie blickte mit einem kleinen koketten Lächeln zu ihm auf. Er sah ernst und zerfahren auf sie nieder.

»Zu drollig, du, zwei Männer! Jetzt habe ich mich schon ein bißchen an den Gedanken gewöhnt. Aber mein Mann – ich meine Jan – darf nie erfahren, daß du lebst. Nie. Darum bin ich zu dir gekommen.«

Sie griff nach seiner schlaff herabhängenden Hand und zog ihn dicht an sich heran, so dicht, daß ihre Beine ihn berührten. Er fühlte, wie sie die Waden in den dünnen Seidenstrümpfen an ihn schmiegte.

»Du, Georgy, nicht wahr? Du schwörst mir, daß Jan nie erfahren wird, daß du lebst?« schmeichelte sie und streichelte seine Hand.

Er trat von ihr zurück. »Ich habe nicht das geringste Interesse daran, deine neue Ehe zu stören«, stieß er hervor.

»Nicht wahr?! Du bist mir nicht mehr böse? Ich weiß, es war sehr schlecht von mir. Aber, Georgy, wirklich, ich habe nur dich geliebt.«

»Laß das jetzt«, wehrte er brüsk.

»Nein, wirklich. Du mußt mir vergeben. Das mit dem armen Stephen – ich weiß wirklich nicht mehr, wie das eigentlich gekommen ist. Sieh mal, Georgy, du warst so viel auf deinem Torpedoboot, immer Dienst, Dienst, Dienst! Und ich so viel allein, und das heiße Klima in Manila, so fern von meiner ganzen Familie, – ich habe mich so greulich gelangweilt, und da – ich weiß, es war furchtbar schlecht von mir –.«

»Laß es doch!« hemmte er wieder ihren Redestrom.

»Ich wollte nur, – du sollst nicht schlecht von mir denken, aber eigentlich, Georgy, ist ja noch alles ganz gut geworden. Damals wollte ich fast verzweifeln. Als ich aus meiner Ohnmacht aufwachte – du hast mir eine sehr schmerzende Wunde an der Schulter beigebracht –, erschießen wolltest du mich, du böser, unüberlegter Mann!«

Sie blickte ihn zärtlich schmollend an und streifte den Mantel, dann das Kleid darunter von der Schulter.

»Da – sieh – da ist noch die Narbe. Komm, küsse sie, Georgy, damit du einmal die Wunde geküßt hast, die du mir beibrachtest, du schlimmer, jähzorniger, verliebter Mann.«

Er war jetzt ganz ruhig geworden, hatte nur den einen Wunsch, sie los zu werden, ehe Angelita kam.

»Laß die Faxen«, sagte er unwillig.

Sie ließ das Kleid wieder auf die Schulter gleiten und blickte enttäuscht, gekränkt zu ihm auf.

»Du bist mir noch immer böse, Georgy«, schmollte sie. »Wie kann man so nachtragend sein! Nach so vielen Jahren! Wo es dir doch sehr gut geht. Präsident von so einer großen Gesellschaft! Und damals warst du doch nur ein kleiner Oberleutnant der amerikanischen Marine!«

»Ja, ja«, gab er drängend zu und dachte: wenn sie nur schon ginge!

»Wenn ich es recht bedenke, Georgy, verdankst du das eigentlich alles mir. Hätte ich dich damals nicht –, wenn du damals nicht so unvermutet nach Haus gekommen wärest – was wärest du heute groß? Vielleicht Admiral. Was wäre das schon Gewaltiges gegen deine jetzige Stellung.«

»Ja – ja«, sagte er wieder und überlegte, wie er sie fortbringen könne.

»Ich bin ja auch sehr zufrieden«, erzählte sie wieder versöhnt. »Jan ist sehr gut zu mir, ich habe ihn sehr gern. Er trägt mich auf Händen. Wir sind auch sehr reich. Wenn ich es jetzt so bedenke, hat sich alles zum Guten gewendet. Freilich, der arme Stephen! Aber, weißt du, er war schuld an allem; obwohl man ja über die Verstorbenen nichts Böses sagen soll. Aber es ist wahr. Er hat mich verführt. Und dabei war er doch dein bester Freund!«

»Laß die Toten ruhen«, mahnte er ungeduldig.

Sie schwieg einen Augenblick. Dann fragte sie mit ihrem reizenden Lächeln: »Wie gefällt dir Esta? Sieht sie dir nicht lächerlich ähnlich?«

Er nickte. Und sagte dann beteiligter: »Das Kind hat so erschütternd traurige Augen.«

Sie rückte ungeduldig in dem Sessel umher. »Setz dich doch, Georgy. Es ist so ungemütlich, wenn du da vor mir herumstehst.«

»Laß nur«, wehrte er wieder.

»Wie du willst«, gab sie nach. »Ja, denke nur, wie schrecklich! Sie hatte vor einigen Jahren eine Nurse. Jeder in Amerika kannte doch unsere traurige Geschichte. Es hat doch solches Aufsehen erregt. Und deshalb hat Jan mich ja auch geheiratet.«

»Deshalb?«

»Nun ja. Er ist doch so stark und hilfsbereit. Ganz Amerika hatte solches Mitleid mit mir. Alle Zeitungen brachten mein Bild. Und da kam Jan und nahm mich.«

Rutland schwieg. In ihm qualmte eine schmerzhafte Ironie.

»Du wolltest von dem Kind und der Nurse erzählen«, bedeutete er.

»Ja, richtig. Denke dir, Georgy, diese dumme Person erzählt doch dem Kinde, daß sein Vater ein Mörder ist!«

Ein unterdrückter, abwehrender Schrei gurgelte aus Rutlands Mund. Er stand einige Sekunden erstarrt, von Schmerz durcheist.

»Töricht, nicht wahr? Ich habe sie auch schön heruntergeputzt.«

»Sie – hat – Esta – natürlich deine Schilderung der – der Sache mitgeteilt?« arbeitete er mühsam hervor.

»Meine – Schilderung?!« rief Muriel verwundert und starrte zu ihm auf. Dann lachte sie klingend auf. »Ach so. Jetzt verstehe ich. Aber Georgy! Ich konnte doch unmöglich die Wahrheit sagen! Bedenk doch! In Amerika. Ich wäre doch moralisch tot gewesen. Ich hätte mir doch ganz einfach das Leben nehmen müssen. Was wäre mir bei dieser Schande anderes übriggeblieben? Und was wäre dann aus Esta geworden? Was hätten meine Eltern gesagt und alle meine Freunde?!«

Ein undeutliches Geräusch entquoll seinen Lippen.

»Das war doch unmöglich, Georgy!« fuhr sie eifrig fort. »Ich war außer mir, als ich aus der Ohnmacht erwachte und den armen Stephen tot neben mir sah. Oh – war ich da wütend auf dich! Mich in eine solche Lage zu bringen! Zuerst war ich ganz verzweifelt. Dann überlegte ich. Und dabei hatte ich solches Grauen vor dem Toten! Aber man durfte ihn doch unter keinen Umständen in meinem Schlafzimmer finden. Das siehst du doch ein, Georgy?«

Er rührte sich nicht.

»Ach, war das entsetzlich, den schweren toten Mann anzuziehen! Furchtbare Angst vor ihm hatte ich. Dann habe ich ihn ins Wohnzimmer geschleppt. Ich! Deine arme, kleine, schwache Muriel! Und dabei blutete die Wunde in meiner Schulter so und tat so weh! Dann mußte ich noch alle Spuren im Schlafzimmer verwischen. Und dann erst rief ich um Hilfe.«

»Ich weiß«, sagte er mit dunkler Stimme. »Ich habe mir später amerikanische Zeitungen verschafft.«

»War das nicht klug von mir?« rief sie eifrig mit argloser, ahnungsloser Selbstsucht. »Ich dachte doch, du bist tot. Dir konnte ich doch nicht mehr schaden. Da war es doch gleich, ob ich dich beschuldigte. Ich glaubte, ich lebte noch allein von uns dreien. Da war es doch natürlich, daß ich mich aus der furchtbaren, bloßstellenden Lage zu retten suchte, in die du mich gebracht hattest, nicht wahr?«

»Das hast du damals doch noch nicht gewußt«, stellte er gelassen fest.

Sie stutzte. »Wieso?«

»Du hast doch erst nachher erfahren, daß mein Boot gerammt worden war.«

Sie überlegte einen Augenblick. Dann hatte sie ihre kindliche Unverfrorenheit wiedergewonnen.

»Aber Georgy, wie kannst du bloß so kleinlich sein und dich an solche Belanglosigkeiten klammern! Ob ich das nun einen Tag früher oder später erfuhr, ist doch wirklich gleichgültig!«

»Natürlich«, nickte er und konnte den sarkastischen Ton nicht ganz unterdrücken. »Da hast du mich als einen gemeinen Mörder hingestellt.«

»Nein, Georgy, das habe ich nicht!« widersprach sie beleidigt. »Wie darfst du so etwas sagen! Das ist ungerecht von dir, so etwas zu behaupten. Ich habe nur gesagt, daß du immer schon auf den armen Stephen eifersüchtig warst.«

»Ohne Grund –«, schaltete er ein.

»Aber, Georgy, das mußte ich doch sagen. Sonst hätten doch alle Leute gewußt, daß – er – mich geliebt hat!« –

»Freilich, das vergaß ich.«

»Siehst du, wie du mir unrecht tust! Das andere kam dann alles ganz von selbst. Man fragte mich doch dann so viel. Die Polizei und alle. Ich mußte doch schwören. Da mußte ich doch bei dem bleiben, was ich zuerst gesagt hatte.«

»Ohne Zweifel.«

»Und dann sah es plötzlich so aus, als hättest du dem armen Stephen schon lange nach dem Leben getrachtet.«

»Und hätte ihm aufgelauert, wäre nach Hause geschlichen, hätte euch beide harmlos plaudernd im Wohnzimmer angetroffen und auf euch beide losgeknallt«, – ergänzte Rutland grimmig.

»Ja«, bestätigte sie etwas kleinlaut. Dann wippte sie impulsiv in dem Sessel auf.

»Richtig, Georgy, gut, daß du mich daran erinnerst. Das wollte ich dich ja immer fragen: Wieso bist du an jenem Abend eigentlich wieder nach Hause gekommen? Du hattest doch Nachtdienst!«

»Ja«, sagte er bitter, »ich hatte Nachtdienst. Das wußtest du und Jerram. Darum fühltet ihr euch so sicher.«

»Pfui, Georgy, wie kannst du so etwas sagen!« tadelte sie.

»Aber als ich zum Quai kam, war Alarm. Die ganze aktive Flotte der Marinestation von Manila sollte auslaufen zu einem großen Manöver. Eine andere amerikanische Flotte kam – als markierter Feind – von Japan her. Ich hatte noch fünfzehn Minuten Zeit. Da rannte ich nach Hause, dir zu sagen, daß ich vielleicht mehrere Tage fortbleiben würde. Ich fürchtete, du könntest dich um mich ängstigen.«

Er lachte hohl auf.

»Ja, ja«, raunte sie nachdenklich, »es war ein großes Unglück.«

Sie schwiegen beide.

Dann stand sie auf.

»Ich muß jetzt fort, Georgy. Sonst merkt Jan am Ende was. Und er darf doch nichts wissen. Das wäre entsetzlich, wenn er erführe, daß du lebst, und wir eigentlich gar nicht verheiratet sind. Also, zu keinem etwas sagen! Das schwörst du mir, Georgy. Ja, bitte, das mußt du mir schwören, sonst habe ich keine Ruhe mehr!«

»Ich schwöre es dir«, sagte er, von dem Wunsche beseelt, sie loszuwerden. Angelita konnte jeden Augenblick kommen.

»So – danke. Jetzt habe ich dein Wort. Jetzt bin ich viel ruhiger, obwohl ich ja wußte, du würdest es mir geben. Du warst immer so gut zu mir. Wirklich, Georgy, ich habe dich noch immer lieb.«

Und ehe er recht wußte, was geschah, hatte sie ihn umschlungen und ihn auf den Mund geküßt. Er spürte nur die Woge ihres Parfüms, Puders und Lippenstiftes, die ihn umwallte.

»So, Georgy, und nun gehe ich. Ich habe mich so gefreut, dich einmal wiederzusehen. Ich habe so oft an dich gedacht. Natürlich als Toten. Laß es dir recht gut gehen, mein lieber, alter Georgy.«

Er begleitete sie hinaus. Dort stand der Butler bereit, ihr die Tür zu öffnen. Sie gaben sich noch einmal die Hand. »Good bye.« »Good bye.« Dann ging sie.

»Wenn sie Angelita nur nicht im Vorgarten begegnet!« dachte er besorgt.

Dann war er wieder in der Bibliothek.

Im Munde hatte er einen faden, bitteren Geschmack.

11

Zehn Minuten später kam Angelita. Wisdom empfing sie mit nicht geringem Bedenken. Ja, war denn dieses stille, ehrwürdige Haus heute abend zum Versammlungslokal eines Frauenkongresses geworden? Er vergaß sich soweit, sich an der sensationsbewegten Debatte im Souterrain stimmführend zu beteiligen. »Das wird ja ein Harem hier bei uns«, zeterte er.

Die Köchin Jane machte runde erfahrene Augen und ließ sich vernehmen: »Ich sage es ja immer, stille Wasser sind tief. Da hat der Herr nun jahrelang getan, als könne er nicht bis drei zählen.«

»Es sind ja heute abend nur zwei«, wagte der Chauffeur einzuflechten.

Ihn traf ein zermalmender Blick des Sparkassenbuches.

Amy aber sann stumm über die Möglichkeit, vielleicht doch noch diese Dritte im Bunde zu werden. Wenn der Herr sich als solch wilder Casanova entpuppte, konnte sie vielleicht doch einmal riskieren, sich ihm etwas auffälliger und girrender bemerkbar zu machen. Sie würde ihm sogar die beiden anderen gönnen, sie würde sogar – –

Sie gab sich mit schwimmenden Augen ausschweifenden Möglichkeiten und Hoffnungen hin. –

Zu Häupten dieser sittlich und weniger sittlich erregten Versammlung spielte Zufall und Laune des Schicksals einen seiner tückischen und bösen Streiche.

Rutland war auf Angelita zugeeilt, hatte sie in die Arme geschlossen und zum ersten Male geküßt ohne Hemmungen, befreit, erlöst, bereit zu einem neuen Leben der Gemeinschaft.

In den wenigen Minuten zwischen Muriels Abschied und Angelitas Ankunft hatte er die schmerzliche Bitterkeit von sich geschleudert, mit der Muriels naiver Egoismus ihn überlaugt hatte.

Gut, sie hatte ihn erkannt. Wenn auch! Sie würde nicht sprechen. Ihr schloß primitivster Selbsterhaltungstrieb den Mund. Er würde nun Angelita alles bekennen. Den Namen der Frau natürlich verschweigen. Den Schwur getreulich halten. Doch die Tatsachen konnte er erzählen. Angelita wußte sicher nichts von jener Skandalgeschichte in Amerika. Sie würde keine Beziehungen zu Muriel finden. Und dann hinein in das Glück und das Wunder ihrer Liebe!

Ein froher, seines Weges bewußter Mann begrüßte Angelita mit stürmischer Leidenschaft.

Da war ihm, als fühle er einen warnenden Widerstand, eine steife Zurückhaltung in ihrem Körper, in ihren Lippen, die ihn kaum berührten. Betroffen gab er sie frei. Bisher war sie doch die Begehrende, Ungestüme, Flammende gewesen!

»Was ist, Angelita?« fragte er verstört. »Ist etwas geschehen?«

Sie sah ihn durchdringend an. In ihren Pupillen glühte etwas Hartes, Kaltes, Fremdes, das er nicht zu deuten wußte. Doch sie schüttelte den Kopf. Riß dann plötzlich mit einer heftigen Bewegung den Hut von den schwarzen Haaren, als umspanne er zu eng ihr Gehirn.

»Willst du nicht den Pelz ablegen?« bat er, irgendwie ahnungsvoll beunruhigt.

»Danke.« Sie sagte es schroff, lächelte aber sofort wieder besänftigend und fragte bewegt: »Wie geht es dir heute?«

»Danke, wieder gut.« Er fühlte eine Kluft zwischen ihr und sich, eine seltsame unerklärliche Ferne.

»Du willst morgen verreisen?« Ihre Augen ruhten forschend auf seinem Gesichte.

»Nein. Nicht mehr. Ich fühle mich wieder ganz wohl. Und dann habe ich sehr viel zu tun. Aber willst du dich nicht setzen!«

Sie sah sich um und nahm Platz. Ihre Lippen waren fest und herrisch verschlossen.

Er stutzte. Was war ihr? Einen Augenblick durchzuckte ihn die Furcht, sie habe Muriel aus seinem Hause kommen sehen. Er fegte den Verdacht von sich. Unmöglich. Er hatte Muriels Taxe davonfahren gehört. Erst Minuten später war Angelita gekommen.

Auch er setzte sich. Da sie noch immer schwieg, beugte er sich zärtlich zu ihr vor und sagte voll innigster Liebkosung:

»Du bist heute so – anders, Angelita. Habe ich dich unbewußt verletzt?«

Es war, als scheuchten seine Worte sie aus fernem Sinnen auf. »Wie? Nein, nein.«

»Hast du irgendwelche Unannehmlichkeiten gehabt? Vielleicht mit dem Fortkommen von zu Hause?«

»Es ging ganz leicht. Mein Mann ist heute abend im politischen Klub. Da Lord Hastings, der Held seiner Eifersucht, auch dort ist, war er ganz beruhigt.«

Sie hatte Rutland früher einmal telephonisch von der falschen Spur des Herzogs unterrichtet.

Sie schwiegen. Da hob Angelita das Gesicht, die Flügel ihrer feinen, leichtgebogenen Nase zitterten, sie zog witternd die Luft des Zimmers ein.

»War eine – Frau hier?« fragte sie mit nebliger Stimme.

Im selben Augenblicke durchbebte Rutland die Erkenntnis, Angelita habe bei ihrem Eintritt in die Bibliothek Muriels aufdringliches Parfüm gerochen.

»Nein«, log er im Zwange seines Eides.

Angelita sank in den Sessel zurück und schloß im Schmerze die Augen. Schon glaubte er, sie durchschaue seine Lüge, da hob sie die Lider mit den langen dunklen Wimpern, strich die losen Haare hinter die Ohren, lächelte ihm arglos zu und sagte mit einer schönen Bewegung der Bereitschaft:

»Ich bin gekommen, deine Beichte zu hören.«

Da kam wieder die Frohheit des Bekennens über ihn.

»Ja«, rief er, »jetzt werde ich dir alles sagen. Und dann – dann sollst du über unser Leben und unser Glück entscheiden.«

Er deckte die Linke über die Augen und überlegte, wie er beginnen sollte. Da vernahm er ihre Stimme. Sie klang dünn und wesenslos, als käme sie von sehr weit her.

»Was wollte Mrs. Bouterweg bei dir?« fragte diese fremde klanglose Stimme.

Er riß die Hand von den Augen, schnellte nach vorn und starrte sie an. Doch er war auf der Hut. Er glaubte, sie habe das Parfüm erkannt und wolle ihn übertölpeln. Er war überraschende Fragen aus seiner geschäftlichen Verhandlungspraxis gewohnt.

»Wie kommst du auf Mrs. Bouterweg?!« fragte er mit gespieltem Staunen.

»Ich habe sie aus deiner Haustür kommen sehen«, antwortete sie mit eisiger Ruhe.

Ehe er sich gefaßt hatte, sprang Angelita auf, schleuderte die Maske der Verstellung von sich und stand vor ihm wie eine Feuersäule der Empörung. Es schien ihm, als sprängen kleine silberne Flämmchen aus ihrem glitzernden Haare, das sich in der auflodernden Entrüstung blähte. Plötzlich lebten in ihr nur die leidenschaftliche spanische Mutter, die glühenden Sinne der maurischen Ahnfrau und erstickten das nordische Blut des Vaters, die deutsche Erziehung und Gesittung.

»Genug dieses erbärmlichen Spiels!« keuchte sie. »Du hast die Stirn, mir von unserem Leben und unserem Glücke zu sprechen und empfängst fünf Minuten, ehe ich komme, hier deine Geliebte!«

Jetzt stand auch er. Ihr leidenschaftlicher Zorn überraschte ihn nicht. Er hatte sie schon einmal, in Tokio, in der Glut ihres Temperaments gesehen.

»Angelita – du irrst dich«, sagte er ruhig und zögernd. »Ich habe nicht das Geringste mit dieser Frau!«

Ihr geschmeidiger Körper bäumte sich auf in den Hüften.

»Das wagst du mir zu sagen!« stöhnte sie. »Deine Backen riechen noch nach ihrer Schminke, auf deinem Munde haftet noch die Klebrigkeit ihres Lippenstiftes. Und du wagst es, noch zu leugnen!«

Vernichtet schwieg er.

Sie holte tief Atem und setzte ihm, bebend vor Demütigung, die Worte hin:

»Ich habe sie hineingehen sehen, damit du es nur weißt. An der Ecke habe ich meine Droschke entlassen, kam zu Fuß auf dein Haus zu. Da hielt eine Taxe. Mrs. Bouterweg stieg aus. Ich blieb stehen. Sie sah mich nicht. Aber ich habe sie deutlich erkannt. Sie ging ins Haus. Ich habe gewartet, bis sie wieder herausgekommen ist. Ja, du! Zum Spionieren erniedrigst du mich!

Zum Verstecken entwürdigst du mich. Als sie herauskam, habe ich mich hinter einem Baume verborgen!«

Sie schrie schluchzend auf. Die ungezügelte Wildheit ihrer Ahnen sprühte aus ihr hervor. Alles, was sich in dieser heißen Frau an Schmerz und gebeugtem Stolze, an Haß und Eifersucht angestaut hatte, während sie wie ein Dieb vor seinen Fenstern in der Kälte der Februarnacht wartete, bis die Nebenbuhlerin ging, schäumte jetzt reißend aus ihr heraus.

Er hatte seine erste Bestürzung und Ratlosigkeit niedergerungen. Kam auf sie zu, legte seine Hand auf ihren Arm und flehte:

»Angelita, frage nicht, forsche nicht. Ich –«

Sie schüttelte heftig seine Hand von sich ab.

»Berühr mich nicht!« drohte sie. »Das glaube ich, daß es dir nicht paßt, daß ich frage und forsche. Mir vorgelogen hast du vorgestern am Telephon, du kennst diese Frau nicht. Schien mir gleich seltsam, daß du die Frau des Mannes nicht kennen solltest, mit dem du wochenlang verhandelt hast! Ah!« sie federte innerlich auf in einer jähen Erkenntnis – »jetzt begreife ich! Du wolltest gestern abend nicht mit ihr bei mir zusammentreffen! Du hattest Angst, dich ihr vor mir zu verraten. Daher die plötzliche Krankheit!«

»Angelita!« rief er, schmerzlich entgeistert.

Sie schlug die Hände vor das Gesicht und klagte:

»Und ich Närrin habe jahrelang nur für dich gelebt. Du bist mein Leben gewesen. Und jetzt wollte ich alles von mir werfen, Ehre, Stellung, meine Ehe, alles, die Karriere meines Mannes vernichten, um dir zu gehören. Deine Geliebte wollte ich werden, wenn es sein mußte. Ich wahnwitzige Närrin!«

Sie brach nieder in einen Sessel und weinte, wie er nie eine Frau hatte weinen sehen. Ihr Leben war in wenigen Augenblicken niedergebrochen.

Er stand hilflos über ihr. Rang nach Worten der Erklärung. Fand keine. Was konnte er ihr sagen, ohne seinen Schwur zu brechen? Die Erkenntnis war ihm blitzhaft gekommen, daß seine Beichte nun auch für immer unmöglich geworden war. Jetzt konnte er nicht mehr sprechen, ohne Muriel zu verraten. Gebrochen, entmannt, aller Möglichkeiten beraubt, stand er vor der weinenden Frau. Und fühlte, er mußte erläutern, darlegen. Ihren Wahn zerstören. Die Sekunden, die alles zertrümmerten, verrannen. Er fühlte, wie er sie immer mehr verlor, wie sie ihm unwiderbringlich entglitt ins Bodenlose.

»Angelita«, begann er wieder. »Wie kannst du – – Du kennst mich doch. Du weißt, wie ehrlich ich dich liebe, wie –«

Sie richtete sich auf.

»Nichts glaube ich dir mehr. Gelogen und betrogen hast du mich. Oder willst du mir etwa weismachen, ich sei wahnwitzig geworden? Was meine Augen leibhaft sehen, sei Spuk und Traum? Ja? Hast du die Frau geküßt oder nicht?!«

Sie sprang auf und stand vor ihm wie eine Richterin.

»Angelita«, wich er aus. »Ein unseliges Verhängnis!«

»Antwort! Ja oder nein?!«

»Ich kann darüber nicht sprechen.«

»Warum?«

»Ich darf es nicht. Das mußt du mir glauben.«

»Ach so!« Sie lachte grell und verzweifelt. »Willst mir wahrscheinlich andeuten, daß auch diese Küsserei zu dieser famosen Hintertreppengeschichte deiner Vergangenheit gehört, zu diesem Geheimnis, mit dem du hausieren gehst, wie?«

Er schwieg, ehe er matt sagte: »Nein.«

Er log wieder, jeden Zusammenhang zwischen seiner Tat und Muriel zu zerreißen.

Sie sah ihn lange an. Ihr Atem pfiff, die Brust arbeitete hastig.

»Ich kann es nicht begreifen«, flüsterte sie, und ihre Augen irrten in den Höhlen, »ich kann es nicht begreifen, daß ein Mann so ehrlos und falsch sein kann.«

»Angelita, kannst du dir nicht vorstellen«, versuchte er wieder, »daß es Verhängnisse gibt –«

Sie hörte nicht auf ihn. Ihre Gedanken stoben. Neue Erkenntnisse krachten über ihre Erregung herein.

»Jetzt verstehe ich auch – –« Sie hob in vernichtendem Begreifen den Arm. – »Nie hast du mich geliebt. Schon in Tokio nicht! Deshalb hast du mich damals von dir gestoßen und neulich hier in diesem Zimmer wieder. Nie hast du mich geliebt. Meine Zärtlichkeit, meine Hingabe war dir peinlich. Dein Spiel hast du mit mir getrieben. Du, – den ich gemacht habe!«

Sie funkelte vor Verachtung.

Er horchte auf. »Du hast mich gemacht? Was meinst du damit?« flüsterte er verwirrt.

»Was ich damit meine? Weißt du das nicht?«

»Nein!«

»Hat der wackere Septimus Egan in Tokio dir das nicht verraten?«

»Egan? Wovon sprichst du?«

»Verstell dich doch nicht! Ich glaube dir doch kein Wort mehr.«

Da sagte Rutland ruhig: »Angelita, der Schein ist gegen mich. Das sehe ich. Ich kann dir nur wiederholen, daß ich mit jener Frau nichts habe, daß ich nichts in der Welt liebe, außer dir. Auch meine Arbeit ist nichts gewesen, alle diese Jahre, als Betäubung meiner Sehnsucht nach dir. Ich habe nichts gedacht, als an dich, alle diese Jahre, und bin dir seit dem ersten Tage unserer Bekanntschaft mit jedem Atemzuge treu gewesen.«

Sie lachte wieder bitter auf. »Sechs Jahre treu«, spottete sie. »Und hast das Pech, daß ich dich nach wenigen Tagen schon erwischen muß.«

»Angelita, auch Entrüstung hat ihre Grenze. Ich dulde es nicht länger, von dir mit diesem Hohne behandelt zu werden. Ich kenne deine Maßlosigkeit und Heftigkeit, die dir jede Vernunft raubt. Doch jetzt ist es genug!«

»So – so! Aufs hohe Roß willst du dich noch setzen! Du willst noch den Beleidigten spielen! Du hast wirklich Mut – und – Dreistigkeit.«

»Ich bitte dich, mir zu erklären, was diese Anspielung auf Egan bedeutet.«

»Tu nicht, als ob du es nicht wüßtest. Deswegen allein hast du doch geglaubt, mir Liebe heucheln zu müssen. Ausnutzen wolltest du mich!«

Sie war so erregt, daß er, wie einen Hauch, die Ausdünstung ihrer Haut empfand.

»Ich – dich ausnutzen?!«

»Ja – ja – ja –!«

Sie lohte wieder empor.

»Die Idee, daß du nach Spanien gehen solltest, war von mir.«

»Von dir?!«

»Komödiant!« schrie sie ihm zu.

»Ich schwöre dir –«

»Schwöre nicht! Was deine Schwüre bedeuten, weiß ich nun. Du hast heute schon mehrmals falsch geschworen.«

Er beherrschte sich mit aller Macht.

»Angelita, ich verbitte mir diesen Ton.«

Sie lachte voll Galle und Verachtung.

Da versuchte er es zum letzten Male. Alles war Irrsinn. So konnte diese Liebe nicht verenden durch Mißverstehen, Aneinandervorbeireden, grundlose Erbitterung. Dazu war das, was zwischen ihnen war, zu kostbar, zu teuer, zu heilig.

»Angelita, ich sage dir jetzt zum letzten Male, du siehst alles falsch. Ich kann nicht sprechen. Aber ich verlange von dir – bei unserer Liebe –«

Sie lachte wieder, eine Garbe voll Haß und Spott. Er ließ sich nicht beirren.

»Unser Leben steht auf dem Spiele. Ich will alles vergessen, was du mir heute gesagt hast. Ich begreife deinen Schmerz und deinen Zorn. Aber, Angelita, –«

Er beschwor sie: »Glaube an meine Liebe und meine Treue. Jahrelang habe ich mich gesehnt nach dir. Heute wollte ich dir alles bekennen, alles klären – und dich bitten, deine Ehe zu lösen und mein Weib zu werden!«

Der echte Klang seiner Stimme drang hindurch bis zu ihrem Herzen. Eine leise Hoffnung dämmerte in ihr auf. Ein Strohhalm, an den ihre Verzweiflung, ihr verletztes Frauentum, ihre verratene Liebe sich klammerte.

»Also – beichte«, sagte sie mit trauerndem Gewähren.

»Ich kann es nicht«, klagte er, »jetzt nicht mehr.«

Sie warf mit einem jähzornigen Ruck den Kopf zurück. Maßlos in ihrer Enttäuschung schrie sie ihm zu:

»Du elender Heuchler! Was willst du eigentlich von mir! Jetzt ist es aus zwischen uns. Aber du sollst mich kennenlernen. Du sollst erfahren, daß ich nicht mit mir spielen lasse. Rächen werde ich mich. Zu Bouterweg gehe ich und sage ihm, wo seine Frau sich abends herumtreibt!«

»Das wirst du nicht!« rief er entsetzt.

»Ha – wie er um seine Geliebte zittert!«

»Das darfst du nicht. Du vernichtest die Frau.«

»Das will ich!«

»Angelita, ich bitte dich!«

Sie lachte wieder dieses grausame Lachen, das ins Mark schnitt.

»Ich wollte dich nur auf die Probe stellen«, gestand sie voll tiefster Verachtung. »Du hast sie glänzend bestanden, du treuloser Troubadour! Um dich habe ich die besten Jahre meines Lebens vergrämt! Du stehst mir selbst für meinen Haß und meine Verachtung und meinen Abscheu zu tief.«

Sie raffte den Hut auf. Er schwieg. Sie hatte ihn zu schwer verwundet. Sie preßte den Hut hart auf das Haar und ging hinaus, ohne ihn noch einmal anzusehen.

Er stand noch lange auf demselben Flecke, hörte das Blut in seinen Ohren sausen und rührte sich nicht.

12

Wochen und Monate der Reue, Verzweiflung und Sehnsucht waren verronnen. Diese qualvolle Skala der Empfindungen durchlebte und durchlitt Angelita. Der Zorn und Haß war lange verraucht. Aus der Feuersbrunst ihrer Sinne, ihrer Leidenschaft, ihrer Liebe, ihres Temperamentes und ihrer fessellosen Rassenmischung blieb nur die Asche der Scham zurück.

Sie begriff jetzt nicht mehr, daß sie sich so haltlos hatte hinreißen lassen, daß sie ihrem Schmerz, ihrer Enttäuschung, ihrer verwundeten Eitelkeit mit den keifenden Ausdrücken eines schimpfenden Marktweibes Luft gemacht hatte. Es war das zweitemal, daß sie sich dem Geliebten gegenüber in dem Rausche ihres Blutes verloren hatte. Es war wie damals in Tokio, als sie zu ihm gekommen war, ihm sich und ihr Leben darzubringen, und er sie von sich gewiesen hatte. Nur tiefer der Riß, nur klaffender die Wunde, nur unüberbrückbarer der Abgrund.

Sie hatte ihm längst die vermeintliche Untreue vergeben. Sie betörte sich mit der Ausflucht, daß es bei ihm ein flüchtiges Auflodern der Sinne gewesen sei. Wer konnte sagen, mit welchem Raffinement die schöne Amerikanerin ihn verführt hatte! Männer sind nun einmal wenig widerstandsfähig. Auch die besten und lautersten. Ein Spiel der Natur, mit dem Frauen sich abfinden müssen. Zudem war Muriel Bouterweg ja auch seit langem weit fort in Neuyork.

Angelitas Liebe hatte längst über ihren tobenden Schmerz und ihre rachsüchtige Demütigung gesiegt und war glorreich wieder über seinem Dasein aufgestiegen, wie sommerliche Abendsonne aus schwarzen, ausgedonnerten Gewitterwolken. Mit der Zeit erschien ihr jene entwürdigende Szene wie etwas Schwarzes, Dunkles, aus dem nur in Flammenschrift die Worte hervorleuchteten, mit denen er ihr beteuert hatte, daß er allein sie liebe und alle diese Jahre geliebt habe.

Er hatte gelogen. Ja, ja. Aber es war doch nur die Waffe gewesen, mit der er die Zärtlichkeiten einer Frau verteidigte, die er als Kavalier nicht bloßstellen durfte. Sie, die so viel in ihren diplomatischen Kreisen in zwei Weltteilen gesehen hatte, war doch keine kleinbürgerliche Philisterin! Keine beschränkte Schmollsuse und weißblütige Moraltante! Mein Gott, ein Mann und eine Liebschaft! Eine Bagatelle. Und sie hatte eine hitzige Tragödie daraus gemacht. Sie wußte, wie tief sie ihn verletzt hatte, gerade weil er ein Mann von Ehre war. Er mußte sie verachten wegen dieses pöbelhaften Auftritts. Sie war ihm fremd und unbegreiflich geworden. Deshalb hatte er ihr auch sein Geheimnis nicht gebeichtet. Man beichtete keiner fremden Frau.

Sie wagte keine Annäherung. Sie litt. Litt qualvoller als in der ersten Trennung, die ihr rasendes Blut verschuldet hatte. Damals waren sie durch Meere und Länder getrennt, bis auf seinen kurzen Aufenthalt in Madrid. Jetzt wohnten sie wenige Straßen voneinander, aber waren sich ferner als je zuvor.

Das Leben und die Trennung wurden ihr zu einer unerträglichen Pein. Sie rang mit dem Verlangen, ihn anzurufen, ihn aufzusuchen und fürchtete seine Abweisung. Fürchtete sie als endgültige Vernichtung alles dessen, das sie noch an dieses Dasein band. Wenn er sie jetzt noch einmal von sich stieß, zerbrach die letzte Hoffnung. Sie wußte, dann blieb ihr nur der Tod. In Todesfurcht mied sie jede Annäherung.

Sie lebte wie ehedem neben ihrem Manne hin. Seine Eifersucht und Angst vor öffentlicher Schande war eingedämmert, seitdem Lord Hastings zur Botschaft in Rom versetzt worden war.

Angelita suchte sich zu betäuben, warf sich in den Trubel der Londoner Saison, suchte in Vergnügungen, in Wohltätigkeitsrummel aufzugehen. Vergeblich. Alles war schal und nichtig. Wert und Sinn hatte nur er, der so nah war und so unerreichbar weit. Sie verfiel, kränkelte, sie ertrug den naßkalten Winter Englands nicht. Und raffte sich auf und ging geradenwegs vom Bette, in dem sie fiebernd fröstelte, in Gesellschaften, zu Diners, zu Bällen, von der Hoffnung gestählt und gejagt, ihn zu treffen.

Sie traf ihn oft. Er begrüßte sie kühl und korrekt, ging vorbei und mied sie. Die Qual seiner gleichgültigen Nähe war tödlicher als seine Ferne, die erfüllt war von ihren Phantasien und Träumen seiner Liebe.

Doch seine Kälte war nur Schaustück. Auch er suchte nur die Gesellschaft, um ihr zu begegnen. Trotz der schwärenden Wunde, die ihm ihre Verachtung geschlagen hatte, trotz der Beschämung, die in ihm bohrte, weil er nun wußte, daß er ihr, ihr allein seine überragende Stellung verdankte.

Es half ihm nichts, daß er sich verbissener durch Arbeit zu narkotisieren suchte als in der Zeit des ersten Bruches. Die Liebe und Sehnsucht pulste durch jede Betäubung und Arbeitsbesessenheit hindurch. Vergeblich griff er mit den Armen seines Werkes über die Erde hin, vergeblich rang er die ausländischen Werften und Waffenfabriken in ihren eigenen Heimatländern nieder, vergeblich verdoppelte er die Aufträge von Killick & Ewarts, vergeblich beherrschte er eine Armee von zweihunderttausend Arbeitern, vergeblich begrub er sich unter Lawinen von Verträgen und Ausführungen, hetzte ein Heer von Ingenieuren zu immer neuen Erfindungen, Ideen, Konstruktionen, schuf eine neue Abteilung für den Bau von Luftfahrzeugen, deren Erzeugnisse alle anderen Engländer aus dem Felde schlugen.

Vergeblich tat er dies alles auch, um ihr, ihr allein zu beweisen, daß er des Platzes würdig war, zu dem sie ihn erhoben hatte. Unter dieser gigantischen Arbeit und ihrem laut bejubelten Erfolge schwelte die Liebe, die Sehnsucht und die Scham. Und wenn er sie traf, fand er nicht die Kraft, sich zu überwinden. Er hatte mehr von ihr ertragen, als seine Mannhaftigkeit hinnehmen konnte.

Wenn sie sich wieder finden sollten, mußte von ihr der erste Schritt getan werden. Sie hatte ihn erniedrigt und entehrt. In der hölzernen Würde der Männer war es ihm unmöglich, zuerst die Hand zur Versöhnung zu bieten. Trotz aller Liebe, trotz aller Sehnsucht, gerade wegen der tiefen Beschämung, die sie ihm durch ihre Hilfe angetan hatte.

Gleich am Tage nach Angelitas zerstörendem Besuche hatte er, jetzt der allmächtige Chef, an den Vertreter von Killick & Ewarts in Tokio, Septimus Egan, geschrieben und um Aufklärung der mystischen Andeutungen der Herzogin Breton de Los Herreros ersucht. Voll zermürbender Ungeduld erwartete er die Antwort. Selbst über die transsibirische Bahn erforderten die Briefe fünf Wochen.

Endlich traf Egans Bericht ein.

»Da die Herzogin selbst das Geheimnis gelüftet hat«, schrieb Egan, »erachte auch ich mich nicht mehr an mein Versprechen, Ihnen gegenüber, verehrter Freund, zu schweigen, gebunden. Die Sache war so: Eines Tages sprach die Herzogin, die ich gesellschaftlich nur ganz flüchtig kannte, mich bei einem Tee der amerikanischen Botschaft an. Sie brachte geschickt das Gespräch auf Sie und fragte mich, wie ich mit Ihnen zufrieden wäre. Ich war ein wenig verwundert über diese Teilnahme der großen Dame an meinem Dolmetscher. Aber, verzeihen Sie meine Offenheit, verehrter Freund, ich habe meiner Tage so viel gesehen und erlebt, daß nichts mehr mir wirkliches Erstaunen abnötigen kann. Ich begriff natürlich sofort. Warum sollte eine Herzogin, eine so schöne und kluge Herzogin, sich nicht für einen – verzeihen Sie meine Ehrlichkeit – sehr hübschen, begabten, tüchtigen jungen Dolmetscher interessieren?!

Ich erklärte der Dame, daß ich mit Ihnen ganz außerordentlich zufrieden sei, daß mich besonders Ihre ballistischen Kenntnisse und Ihre Vertrautheit mit der gesamten maritimen Ausrüstung frappierten, daß ich auch Ihre Gewandtheit im Verhandeln mit Vergnügen festgestellt hätte.

Meine Mitteilungen schienen der Herzogin angenehm. Und da schmiedete sie mit mir ein Komplott, das ich bis zu dieser Stunde geheimgehalten habe, und das ich mit ins Grab genommen hätte, wenn die Dame nicht selbst Ihnen Andeutungen gemacht hätte.

Sie sagte mir: ›Mr. Egan, bringen Sie diesen Mann zu Ihrer Firma Killick & Ewarts. Er soll in London verlangen, als Vertreter nach Spanien gesandt zu werden. Unser Krieg in Marokko verlangt Waffen. Er soll den Direktoren von Killick & Ewarts folgenden Vorschlag machen: Wenn die Lieferung, die er in Madrid abschließe, nicht außergewöhnlich groß sei, wolle er sich mit einer Provision begnügen, die unter der normalen Höhe bleibe. Wenn er aber mit einem Auftrage zurückkehre, der eine Million Pfund übersteige, verlange er einen Posten in der Leitung der Firma. Fordern Sie, mein lieber Mr. Egan‹, sagte sie zu mir, ›von diesem Abschluß, wie billig, Ihre Provision. Mein Mann und ich kehren sehr bald nach Spanien zurück. Ich werde hinter den Kulissen für Mr. Rutland arbeiten.‹

Sie erinnern sich, hochverehrter Freund, daß ich Ihnen damals diesen Vorschlag machte, aber tat, als sei er auf meinem Blumenbeete gewachsen.

So steht die Sache. Alles andere wissen Sie selbst. Ich hoffe, Sie verübeln mir nicht die Rolle, die ich in dieser Sache gespielt habe. Es war ja nur zu Ihrem Besten.«

Ja, weiß Gott, es war zu seinem Besten gewesen! Er erinnerte sich! Es war sein Schicksalsweg geworden. Er hatte »Egans« Rat befolgt. Hatte den Herren in London kühn den Vorschlag unterbreitet. Die Herren waren zuerst konsterniert gewesen, als ihnen ein unbekannter junger Mann, der nichts aufzuweisen hatte als ein sehr warmes Empfehlungsschreiben des erfolgreichen Vertreters in Japan, dieses ungewöhnlich selbstbewußte Anerbieten machte. Man hatte ungläubig gelächelt, ihn als Phantasten ohne Antwort entlassen. Doch dann ergab es sich, daß der Eindruck seiner starken Persönlichkeit durchaus geteilt war. Einer der Direktoren hatte nicht gelächelt, sondern ihn ernsthaft betrachtet. Er traute ihm den Erfolg seines großen Vorhabens zu. Die anderen wollten ihn als großsprecherischen Schwätzer abtun. Doch dieser eine trat für ihn ein, stellte den Kollegen vor, daß die Gesellschaft ja kein Risiko eingehe. Der Madrider Agent von Killick & Ewarts sei untüchtig, seine Rückberufung sei bereits beschlossen. Warum es also nicht mit diesem Mister – wie hieß er doch – man suchte die Visitenkarte, die ihn gemeldet hatte – dort auf dem Tische lag sie –, mit diesem Mr. John D. Rutland versuchen? Brächte er kleinere Aufträge, dann erhielt er die geringe Provision, die er verlangt habe. Brächte er aber einen Auftrag von über einer Million Pfund aus Madrid zurück – »Nun, meine Herren, dann hat er wohl den Beweis geliefert, daß ihm eine Stelle unter uns gebührt.«

So sprach der menschenkundige Leiter der Auslandsabteilung von Killick & Ewarts und drang durch. Von ihm selbst hatte Rutland die Ereignisse dieser denkwürdigen Sitzung erfahren.

Als er jetzt, den aufklärenden Brief Egans in der Hand, an seinen beispiellosen Erfolg in Madrid dachte, stieg ihm das Blut purpurn zu den ergrauten Schläfen empor. Alles, was er eitel und eingebildet seiner Klugheit, seiner Geschicklichkeit, seiner Energie und Kunst der Verhandlung zugeschrieben hatte, war Angelitas Werk gewesen! Trotz des Bruches in Tokio, trotz ihrer Entfremdung hatte sie heimlich für ihn in Madrid gearbeitet, ihre Beziehungen bei Hofe, in den Ministerien ausgespielt zu seinem Nutzen. Überall hatte er offene Türen gefunden und diese Verhandlungsbereitschaft damals seinem einnehmenden Wesen, seiner klaren Art der Darlegung der Geschäfte, seiner eindringlichen, erläuternden Sachkenntnis gutgebracht. Er hatte einen Auftrag von eineinhalb Millionen Pfund, der sich über drei Jahre erstreckte, nach London mitgenommen.

Und alles war Angelitas Werk, dachte er jetzt übertreibend. Denn einen Teil dieses Riesenauftrags hatte doch seine Tüchtigkeit in die Scheuer geborgen.

Das vergaß er in dieser Stunde tiefster Demütigung. Sie hatte ihn in den Sattel gehoben. Nur sie. Reiten konnten dann auch andere. Auf das Pferd kommen, das war die Schwierigkeit! Er schämte sich vor Septimus Egan, der alles wußte, er schämte sich vor den Kollegen, die nichts wußten und ihn beneideten. Er schämte sich am tiefsten vor Angelita.

Jetzt erschien er sich wirklich als Betrüger. Nein, schlimmer, alberner, entehrender: wie ein lächerlicher, radschlagender Pfau kam er sich vor. Er war im tiefsten Innern stolz gewesen auf seine Leistungen, auf seine Stellung. Hatte sich eingebildet, durch sie Angelita ebenbürtig zu werden. Und im Grunde hatte sie ihn – gemacht! Ein grotesk aufgeputzter Bajazzo war er vor ihr – weiter nichts.

Sein Entschluß stand fest. Er wollte zurücktreten, alle seine zu Unrecht angemaßten Ämter und Würden von sich schleudern und ins Dunkel verschwinden.

Da trat ein Ereignis ein, das seine Absicht vereitelte.

13

Er wurde vom König wegen seiner Verdienste um die englische Wirtschaft – geadelt. Er wurde Sir John Rutland. Er wurde zum Tee in den Buckingham Palace geladen, sich für diese Auszeichnung zu bedanken. Der König und die Königin drückten ihm die Hand, dieser erste Gentleman Englands sprach die Hoffnung aus, daß »Sir John« noch lange zum Segen und zur Ehre Großbritanniens seines Amtes walten werde. Nie erschien der neue Knight sich höhnischer als Betrüger und Gaukler als in diesem Augenblick beneideten höchsten Glanzes.

Jetzt war es unmöglich geworden abzutreten. Dieser Schritt hätte eine Brüskierung und Beleidigung der höchsten Person des Landes, seiner liebenswürdigen Anerkennung und seines Wohlwollens bedeutet. Es wäre ein unwürdiger, bösartiger Schlag gegen die Krone gewesen, der nicht im Bereiche des Möglichen lag.

Da ballte Rutland die Fäuste. Wenn er auf der Höhe bleiben mußte, auf die Angelita ihn gestellt hatte, wollte er ihr zeigen, wer er war. Wollte er ihr beweisen, daß sie keinen Unwürdigen zu schwindelnden Gipfeln emporgehoben hatte. Da warf er sich in die Arbeit wie nie zuvor in diesen Jahren, in denen er das verantwortungsvolle Steuer von Killick & Ewarts geführt hatte. Jetzt erst wurde die Firma das erste industrielle Unternehmen des ganzen Landes, jetzt erst ein nationaler Ruhm, in dem jeder Brite sich geehrt fühlte. Jetzt erst wurde Rutland der erste Mann des englischen Wirtschaftslebens.

Sein Ruf wurde international.

Schon am Tage nach seiner Erhebung in den Adelsstand erschien bei ihm im Verwaltungspalaste der Chefredakteur der »Nation« in höchsteigener Person, bat um ein Bild Sir Johns und einige Daten aus seinem Leben. Diese klassische Wochenschrift wollte ein Essay über den großen Heros der englischen Volkswirtschaft veröffentlichen.

Notgedrungen willigte Rutland in das Interview. Der Chefredakteur gestattete sich einige harmlose Fragen, ohne zu ahnen, in welche peinvolle Verlegenheit er den neuen »Sir« stürzte.

»Wo sind Sie geboren?«

Nach kaum wahrnehmbarem Zögern entgegnete Rutland: »In Liverpool.«

Damals, unmittelbar nach der Tat, war er auf sein Torpedoboot zurückgeeilt und mit den alarmierten Schiffen gegen die »feindliche« Flotte, die von Japan her ansteuerte, ausgelaufen. Es war ein Manöver größten Stils, eine gewollte Demonstration gegen Japan, als Warnung in der Spannung, die zwischen den Vereinigten Staaten und dem Reich der aufgehenden Sonne wieder einmal akut geworden war.

Bei dem Nachtangriff der Zerstörerflottille auf das »feindliche« Gros bei diesigem Wetter war einer der Unglücksfälle eingetreten, mit dem jede Marinenachtübung rechnen muß. Mit abgeblendeten Lichtern stürmte Rutlands Boot, das Führerschiff der Flottille, mit Vollkraft durch die schwarze Nacht. Da plötzlich sah er von der Brücke aus etwas Seltsames vor sich, etwas wie eine riesenhafte Fontäne, die geradeswegs auf sein Schiff zukam. Das Rätsel war über ihnen, ehe er noch erkannte, das es ein Kreuzer war, der mit seinem hohen Steven ungeheure Fluten aufwarf in seiner Sturmfahrt von achtundzwanzig Kilometern.

Er hatte kaum noch Zeit zu dem entsetzten Befehle: »Hart Steuerbord, Volldampf voraus beide!« Da platzten die Schiffe mit grausigem Krache zusammen. Das Torpedoboot stellte sich steil auf. Rutland sah noch, wie der Vormast herunterkam, hörte den Dampf aus dem aufgerissenen Leibe der vorderen Kessel herausbrüllen, sah weiße Schwaden gegen das Schwarz der Nacht und des Meeres – dann sackte das Boot davon.

Im Wasser packte er eine treibende Planke. Wellen trugen ihn davon, unheimlich rasch. Eine Strömung. Als sie die Unglücksstelle mit Scheinwerfern bewarfen, war er schon außerhalb ihres Lichtfeldes.

Drei Tage und Nächte trieb er. Bewußtlos bargen japanische Perlenfischerinnen ihn ans Land. Im Hause des Dorfältesten pflegte ihn liebevoll die kleine gütige Kikuyatko mit der unerreichbaren Anmut und Demut des japanischen Mädchens.

In der Stube des Schulzen hatte er, als er wieder zu Kräften gekommen war und umhergehen konnte, einen Haufen alter verwaschener Schiffspapiere gefunden. Der Taifun warf so manches Schiff an diese gefährlichen Riffe. Hier lag zu Stapel, was von den Mannschaften nach ihrer Beerdigung auf dem kleinen Seemannshügel geblieben war.

Er hatte die Wahl unter diesen verblichenen, vom Meereswasser ausgesogenen Dokumenten. Er wählte einen Seemannspaß, dessen ertrunkener früherer Besitzer im Alter zu ihm paßte. Das Ausweispapier des ledigen Steuermanns John D. Rutland aus Liverpool von dem zerschellten Dampfer »Nancy«.

Und begann unter diesem Namen das neue Leben.

Wohl war ihm später oft der Gedanke gekommen, nach den Verwandten seines Paten und toten Doppelgängers zu forschen, hatte diese Notwendigkeit aber im Drange der anstürmenden Geschäfte aufgeschoben und immer wieder verschoben. Wer fragte in England nach Paß und Ausweispapieren! Er hatte die Erkundung vertagt und schließlich vergessen.

Die Frage des Chefredakteurs der »Nation« erfüllte ihn mit peinlicher Reue ob dieser Vernachlässigung. Was wußte er von dem ersten Offizier John D. Rutland aus Liverpool? Nichts!

»Wie hieß Ihr Vater, Sir John?« fragte liebenswürdig der Chefredakteur.

»John David Rutland«, erwiderte Sir John aufs Geratewohl. »Er ist tot.«

Auch die Mutter ließ er sterben und phantasierte seine Jugend und Seemannslaufbahn kühn zusammen.

Eifrig notierte der Zeitungsmann.

Wenige Tage später erfuhr das Vereinigte Königreich zum ersten Male Einzelheiten aus dem Leben seines größten Wirtschaftsmagnaten.

14

Im Juli des Jahres tagte in Genf wieder eine der Abrüstungskonferenzen. An Sir John Rutland erging seitens der englischen Regierung der ehrenvolle Ruf, die britische Delegation als Sachverständiger zu begleiten. Er nahm an.

Diese erste politische Sendung begegnete seinen ehrgeizigen Plänen. Er suchte ein neues Feld der Betätigung und der Auszeichnung, immer noch von der fixen Idee besessen, Angelita zu beweisen, daß er auch ohne ihre heimliche Hilfe zu den steilsten Gipfeln männlichen Erfolges klimmen könne. Er wählte als Nächstliegendes, für einen Mann seiner wachsenden Volkstümlichkeit, die Politik.

Schon lange umbuhlten ihn die Parteien. Er wollte hineinspringen in die Arena der Staatsgeschäfte, sich bei den Neuwahlen als Kandidat für das Parlament aufstellen lassen und dann Angelita zeigen, wes Geistes Kind er war. Keiner seiner Bekannten zweifelte daran, daß er in ernsthafter Beschäftigung mit der Politik, bei seiner überragenden wirtschaftlichen Sachkenntnis, seiner Berufsenergie und Rednergabe, der kommende Mann Englands sei. Konservative und Liberale warben um seine Gunst und seinen offiziellen Beitritt zu ihrer Partei. In den Klubs weissagte man ihm die Karriere der größten englischen Staatsmänner, eines Pitt, eines Canning, eines Disraeli, Lloyd George und Lord Reading, der in wenigen Jahren vom unbekannten Anwalt Rufus Isaacs zum Vizekönig von Indien emporgestiegen war.

Die Regierung Baldwin griff zu und entsandte ihn, Englands besten Kenner des Rüstungswesens, in die Abrüstungskonferenz nach Genf.

Es war ein erster Schritt zu einer neuen ruhmreichen Laufbahn. Rutland wußte, daß Angelita, diese kluge, politisch geschulte Frau, verstehen und aufhorchen würde. Deshalb nahm er, trotz leiser Bedenken, die aus der Vergangenheit flüsterten, die Berufung an.

Die Hauptmächte der Konferenz waren England, Frankreich, Amerika und Japan. Es war in erster Linie eine Besprechung zur Herabminderung der Flottenbauten der beteiligten Staaten. Jedes Land entsandte unter Führung eines Staatsmannes seine hervorragenden Marineleute.

Rutland übersah durchaus nicht die Möglichkeit, in Genf mit Seeoffizieren der Vereinigten Staaten, vielleicht mit Kameraden von ehedem, zusammenzutreffen. Er lief keineswegs blind und unbedacht in die Gefahr. Doch er achtete sie gering, verachtete sie.

Gewiß, Muriel hatte ihn erkannt. Aber kein anderer Mensch hatte so nahe neben ihm gelebt wie sie, und sogar sie hatte zuerst gezweifelt und geschwankt, und erst, als er Esta begrüßte, ihre Gewißheit gefunden.

So verwarf er die Skrupel, die ihm kamen, in einer fatalistischen Gleichgültigkeit, einer ihm ungewohnten Nachlässigkeit, in einer allzukühnen Schicksalsversuchung. Vielleicht auch nur in dieser verblendeten Sucht nach neuen, nach politischen Ruhmestaten. In der Tiefe seines Gemütes wirkte als bestimmender Faktor all seines Tuns die Triebkraft, seiner Tüchtigkeit Achtung abzuzwingen, die nicht durch ihre Unterstützung flügge geworden war. Dahinter trat alles andere zurück. Er wollte Staatsmann werden, einer der großen Lenker des englischen Weltreiches. Für Angelita, gegen sie.

Doch er durfte diesen Weg, der durch das Herz, die Ehre und das Ansehen einer großen stolzen Nation führte, nur einschlagen, wenn er die verbürgte Gewißheit besaß, daß die Vergangenheit ein-für allemal vergangen war.

Nun, in Genf würde er sein Kind ja nicht begrüßen und sich nicht verraten. Übrigens war er schon wiederholt mit Offizieren der USA.-Navy zusammengetroffen, ohne daß er ihnen irgendwie aufgefallen war. Es wäre auch eine erstaunliche Duplizität der Zufälle, wenn er, nach fast sieben Jahren, nun innerhalb weniger Monate zweimal erkannt werden würde.

Allzu groß erschien ihm das Risiko nicht. Als er geadelt worden war, hatten nicht nur englische, sondern vor allem amerikanische Zeitungen und Wochenschriften sein Bild gebracht. Gerade in den Blättern war es hundertfach erschienen, die in den Marinekreisen Amerikas gelesen wurden. »Der König des Flottenbaues« nannten sie ihn jenseits des Atlantik. Viele seiner früheren Kameraden hatten sein Porträt gesehen. Und nicht eine Stimme des Erkennens hatte sich erhoben!

Nein; das Wagnis, das er einging, war nicht allzu groß. Ihm blieb auch keine Wahl, wenn er fest entschlossen war, die Leiter einer großen Staatskarriere zu ersteigen. Die Entsendung zu dieser wichtigen Konferenz, auf der endlich einmal weittragende Beschlüsse von realer Wirkung gefaßt werden sollten, war die erste Sprosse dieser Jakobsleiter. Er wollte sie betreten – für Angelita, – gegen sie!

Er fuhr nach Genf, vorbereitet und gerüstet auf alle Möglichkeiten. Was konnte geschehen? Frühere Kameraden, wenn er wirklich mit solchen zusammentraf, konnten eine erstaunliche Ähnlichkeit mit dem Oberleutnant zur See George Paterson feststellen. Was besagte das? Nichts! Keiner würde wagen, zu behaupten, daß der weltbekannte Chef von Killicks & Ewarts, das von der englischen Regierung entsandte Mitglied der Königlichen Delegation, der vor sieben Jahren bei den Flottenmanövern in den japanischen Gewässern mit seinem Torpedoboote untergegangene Mörder des Leutnants Stephen Jerram sei. Keiner. Zumal Paterson, nach Muriels gefälschtem Berichte, allen als ein tückischer, vorsätzlicher Mörder aus Eifersucht galt. Wer würde wagen, das Mitglied dieser Abrüstungskonferenz als einen gemeinen Mörder zu bezeichnen?! Das war eine diplomatische und gesellschaftliche Unmöglichkeit.

Doch trotz aller dieser Überlegungen und innerlichen Bereitschaft erbleichte Sir John, als ihm im Hotel Beau Rivage zu Genf die Liste der amerikanischen Delegation überreicht wurde. Neben den Namen von Männern, die er aus seiner früheren Laufbahn vom Hörensagen kannte, traf er auf den Namen eines Offiziers, der sein waghalsiges Draufgängertum im ersten Augenblicke entmutigte und ernüchterte. Es war der Korvettenkapitän Roland Jerram, wie sein jüngerer Bruder, der Getötete, einst Mitschüler Rutlands in der Kadettenschule von West Point und Kamerad des jungen Leutnants auf dem Linienschiff »Dakota«.

Im ersten Moment durchzitterte Rutland eine Schwäche, die seinem Zusammenbruch in der Herrengarderobe des Hauses des Herzogs Breton de Los Herreros martervoll ähnelte.

Die Herren der englischen Delegation standen in der Halle des Hotels, bereit, zur ersten Sitzung der Konferenz im Palaste des Völkerbundes zu fahren. Mit aller Fassung, die ihm möglich war, reichte Rutland die Liste seinem Nachbarn und trat beiseite.

Wieder, wie an jenem Abend der Gesellschaft bei Angelita, packte ihn das jagende Verlangen nach Flucht. Seine Vernunft bewies ihm sofort die Unausführbarkeit. Eine Krankmeldung vor dieser ersten wichtigen Sitzung hätte unliebsames verräterisches Aufsehen erregt, zumal er noch vor wenigen Minuten bei dem gemeinsamen Frühstück gesund und guter Dinge gewesen war.

Ausgeschlossen. Ganz ausgeschlossen! Durch! Den Stier bei den Hörnern gepackt! Jerram hatte ihn seit etwa zehn Jahren nicht gesehen. Freilich, er kannte ihn gut. Sie hatten die meisten Streiche in West Point gemeinsam vollführt, Stephen, Roland und er. Die »Unzertrennlichen« hatten sie geheißen. Auch auf der »Dakota«, dem ersten Kommando nach dem Examen, waren sie alle drei, auf besonderes Bitten, noch zusammengeblieben. Dann hatten ihre Dienstwege sich getrennt. Roland Jerram war ein Jahr älter als der Bruder und Rutland.

Sir John blieb nicht viel Zeit zur Sammlung. Man brach auf. Während der kurzen Fahrt über den Kai und die Rue du Montblanc plauderte der Staatssekretär, der Führer der englischen Delegation, mit dem Rutland zusammen fuhr, angeregt mit ihm. Er mußte antworten, lächeln, harmlos tun. Aber in seinem Herzen braute dumpfe Furcht und eine bleiche Reue über sein Wagnis.

Doch als die Herren sich in dem großen Saale des Völkerbundpalastes mit der schönen Fenstergalerie, die in der Julisonne blendend glitzerte, versammelten, durchströmte Rutland beim Anblicke der amerikanischen Marineuniform, die er seit Jahren zum ersten Male wiedersah – die Herren von der USA.-Flotte, mit denen er in London zusammengetroffen war, hatten stets Zivil getragen – die Ruhe und entschlossene Verwegenheit, die ihm dieser Waffenrock seit frühester Knabenzeit eingedrillt und anerzogen hatte.

Was denn? Was konnte geschehen? Eine Ähnlichkeit. Nun ja. In gewissem Sinne glichen sich alle diese harten, kantigen, englischen und amerikanischen angelsächsischen Seemannsgesichter.

Die Ähnlichkeit einer großen Rassenfamilie. Er wußte, daß er durch seine niederdeutsche Abkunft die typischen scharfgeschnittenen nordischen Züge trug. Allright! Mit Volldampf voraus! Ihn belebte der kühne Angriffsgeist, der ihn so oft auf der Brücke seines Torpedobootes beseelt hatte, wenn es bei stockdunkler Nacht mit abgeblendeten Lichtern gegen den markierten Feind ging. Drauf und dran!

Die politischen Führer der Delegationen machten sich zuerst miteinander bekannt, soweit sie sich nicht schon früher begegnet waren. Dann stellten sie gegenseitig die Mitglieder ihrer Delegation vor.

»Sir John Rutland – Korvettenkapitän Roland Jerram«, sprachen die Stimmen des englischen und amerikanischen Führers.

Rutland blickte gelassen und liebenswürdig auf das Gesicht des langen dürren Mannes, dessen breit vorspringende Backenknochen und kleines spitzes Kinn im Verein mit den großen abstehenden Ohren schon in West Point schmerzlicher Gegenstand manchen Übermutes und vieler Karikaturen gewesen waren. Unwillkürlich packte Rutland wieder die Komik dieses altgewohnten Gesichtes.

Jerram schüttelte die dargebotene Hand konventionell freundlich. Dann kam es. Nicht wie bei Muriel in London, wie ein Puff in die Herzgrube, der sie zurückwarf und aufschreien ließ. Ganz leise kam es über den Kapitän. Die heiter begrüßenden grünen Augen verglasten, wurden seltsam belebt und zugleich starr. Die Backenknochen traten noch weiter und eckiger aus den Wangen hervor, das Kinn spitzte sich noch drolliger zu.

Doch da war auch schon alles vorüber. Rutland hatte das übliche »so glad to meet you« gemurmelt und war weitergeschritten. Auch Jerram mußte die anderen Herren begrüßen, ehe er sich noch halb erholt hatte.

Dann begann die erste Sitzung.

Wohl fühlte Sir John die Blicke des Kapitäns, die sich in seine Züge einzufressen suchten. Er hatte ihn erkannt, kein Wunder, schwankte aber und zweifelte.

Der gute alte Roland Jerram! Obwohl er der Älteste von ihnen war, hatten sein Bruder Stephen und Rutland stets ihren Spott und Schabernack mit ihm getrieben, immer gegen ihn zusammengehalten. Roland hatte den jüngeren, sehr hübschen Bruder abgöttisch und neidlos geliebt und sich alles von ihm und seinem Busenfreunde George bieten lassen. Die beiden jungen Bengels hatten seine Gutmütigkeit weidlich ausgenutzt.

»Der gute alte Roland Jerram«, dachte Rutland. Und etwas von der jungenhaften Verulkungsstimmung war wieder in ihm. Eine hübsche Nuß gab er ihm da zu knacken, wie in den alten Tagen, wenn sie ihn vor den Lehrern reingelegt hatten. Er war immer eine etwas komische Figur gewesen wegen seines grotesken Äußeren, den langen, klapperdürren Gliedern und dem Eulengesichte. Trotz seiner glänzenden Leistungen, seiner Courage und seiner nautischen Begabung.

Ihre Blicke begegneten sich. Wie ertappt, schlug Jerram vor diesen trotzigen selbstbewußten Augen des englischen Delegaten die Lider nieder.

Da schwand Rutlands Teilnahme. Wie fern lagen diese Zeiten von West Point und der »Dakota« hinter ihm! Wie hoch war er hinausgewachsen über die kleinen Interessen eines Marineoffiziers der USA.! Nie vorher war ihm das so eindringlich bewußt geworden, wie jetzt beim Anblicke der alten Uniformen und der alten Kameraden. Welten lagen zwischen ihnen, Welten der Arbeit, der Erfahrung, der Verantwortung, des Erfolges.

Die Debatte wurde lebhafter. Er meldete sich zum Wort. Vergaß Jerram, der gespannt auf diese Stimme lauschte. Es war die alte wohlbekannte Stimme Patersons. Freilich, ohne jeden amerikanischen Anklang. Rutland hatte kritisch an seiner Aussprache gearbeitet, seit damals in Tokio Egan ihn auf seinen heimischen Akzent hingewiesen hatte. Er sprach wie ein Engländer, wie ein Londoner City-Mann.

Rutlands klare, kluge, einsichtsvolle Rede fand den lebhaften Beifall der Versammlung.

Seine Ruhe und Sicherheit übertölpelte Jerram. Wenn es wirklich Paterson war, mußte er doch auch ihn erkannt haben. Und diese Begegnung sollte ihn so kalt lassen? Konnte ein

Mensch sich so fabelhaft beherrschen? Er wurde sehr irre an seinen berühmt guten Seemann-saugen. Und dann! Wie sollte dieser Mensch, der damals beim Untergang seines Torpedobootes angeblich ums Leben gekommen war, heute als Chef von Killicks & Ewarts, als englischer Edel-mann und eins der angesehensten und einflußreichsten Mitglieder der britischen Delegation auferstehen! Ihn narrte eine zufällige, freilich verblüffende Ähnlichkeit.

Er blickte wieder zu ihm hinüber. Seine Augen riefen: »Ja, ja, er ist es! Die Natur schafft nicht zwei ganz gleiche Exemplare eines Menschen. Er ist es!« Doch seine Vernunft redete dazwischen und murrte: »Unsinn. Wie kann er es sein! Mach dich nicht lächerlich!«

Kapitän Jerram war nicht der Mann, so leicht etwas loszulassen, in das er sich einmal ver-bissen hatte. Er war eine Bulldoggennatur und dafür in der Marine bekannt. Ein Mann von stählerner Energie. Trotz aller Warnung seiner Intelligenz konnte er sich von dem Verdachte, der ihn gepackt hatte, nicht befreien.

In der Verwirrung seines sachlichen Gehirns vertraute er sich Evan Thomas an, dem Vize-admiral, dem einzigen Mitglied der amerikanischen Delegation, mit dem er seit längerer Zeit befreundet war.

Am Nachmittag suchte er ihn in seinem Hotelzimmer auf.

»Verzeihen Sie, lieber Thomas«, begann er gequält, »wenn ich Ihre Siesta störe. Mir ist etwas fast Unglaubliches zugestoßen. Ich weiß mir keinen Rat.«

»Schießen Sie los!« forderte Evan Thomas, ein schöner, breitschultriger Mann, der Beau der USA.-Marine, ihn entgegenkommend auf und stopfte friedlich seine Pfeife.

»Halten Sie mich nicht für verrückt –«

»Dazu habe ich noch nie Veranlassung gehabt, lieber Jerram«, scherzte Thomas und strich das Streichholz burschikos am Hosenboden in Brand.

»Um es kurz zu sagen, Thomas«, er machte doch wieder eine beklommene Pause.

Evan Thomas paffte eine erste versuchende Wolke und sah seinen Besuch verwundert an.

Jerram trieb sich gewaltsam vorwärts: »Ich halte das Mitglied der britischen Abordnung – Sir John Rutland – für den Mörder meines Bruders!« platzte er heraus...

Evan Thomas war ein Mann, von dem der Flottenjargon berichtete, daß ihn nichts aus seinem Gleichgewicht werfen könne. Aber bei dieser Eröffnung machte er einen kleinen Hechtsprung, so hob ihn die Überraschung.

»Mann Gottes!« flüsterte er, »die Luft hier bekommt Ihnen nicht!«

Jetzt, da es einmal heraus war, fühlte Jerram sich auf großer Fahrt. Als hätte er durch ein Gewirr von Ewern und Schleppern seinen Kreuzer endlich aus dem Hafen in die weite See hinausgesteuert. Jetzt ging er drauf los.

»Ich sagte Ihnen im vorhinein, Thomas, Sie sollen mich nicht für verrückt halten. Ich weiß, was ich da behaupte, klingt absurd – unmöglich. Aber ich sage Ihnen, er ist es.«

Im Eifer vergaß er seine eigenen, bleiernen Bedenken.

»Eine solche zufällige Ähnlichkeit erscheint mir ausgeschlossen. Ich kannte doch Paterson, wie ich meinen armen Bruder Stephen kannte. Wir waren –«

»Ruhe mal!« kommandierte der Admiral. »Verlangen Sie wirklich, Jerram, daß ich diese – Sache ernsthaft mit Ihnen verhandle?«

»Jawohl, Herr Admiral«, sagte Jerram plötzlich stramm und militärisch.

»Um Himmels willen, Jerram«, mäßigte Thomas und strich mit der kurzen Pfeife in der Luft umher, daß ein leichter, dünner Rauchfaden ihren Weg zeichnete, »wir wollen die Sache nicht dienstlich behandeln. Um alles in der Welt nicht! Ich begreife nicht. Sie sind doch sonst ein solch kühler, klarer Kopf. Wie kommen Sie zu dieser – unsinnigen – Vermutung?«

Er warf sich in einen Sessel und sog erregt an der Pfeife. Sie war erloschen. Während er ein Zündholz aus der Tasche kramte, blickte er mißmutig zu dem stehenden langen Kapitän auf.

»Er gleicht Paterson auf ein Haar«, entgegnete Jerram mürrisch und vertrotzt. »Jede Linie seines Gesichtes, seine Augen, seine Haltung, seine Stimme –«

»Seit wann haben Sie Paterson nicht gesehen?« unterbrach der Admiral.

Jerram überlegte. »Seit neunzehnhundertachtzehn«, erwiderte er.

»Also volle zehn Jahre. Und da wollen Sie ihn so auf Anhieb wiedererkennen?«

»Ja.« Thomas stand langsam auf und ging breitbeinig, mit schaukelndem Seemannsgange durch das Hotelzimmer. Die Pfeife zwischen die Zähne geklemmt, begann er nach einer Weile:

»Soweit ich mich der Angelegenheit entsinne, kam dieser Paterson, der Ihren Bruder erschoß, auf seinem Torpedoboote um?«

»Das nahm man bisher an.«

»Und Sie wollen nun behaupten, dieser Sir John Rutland, Chef von Killick & Ewarts, englischer Edelmann – kommender Minister –« Er lachte mit tiefem Basse auf. »Nehmen Sie es mir nicht übel, Jerram, die Sache ist mir ein bißchen zu phantastisch. Ich bin über die Zeit der bunten Fünf-Cent-Hefte hinaus. Ich glaube nicht mehr an Kolportageromane.«

Er blickte den Kapitän voll Humor an.

Jerram blieb steif und ernst.

»Ich schätze diese Lektüre auch nicht sonderlich«, bemerkte er trocken. »Ich weiß aber, daß im Leben die seltsamsten Dinge sich zutragen. Meinen Augen glaube ich. Und ich halte es für meine Pflicht, wenn die mir sagen: Da hast du den Mörder deines armen Bruders vor dir, diese Augen nicht einfach zuzukneifen.«

Thomas spürte die Verärgerung des Mannes. Ohne Heiterkeit und Spott fragte er: »Dann – sagen Sie mir eins, lieber Jerram: Wie stellen Sie sich den Hergang eigentlich vor? Wie soll der amerikanische Oberleutnant zur See Paterson sich in den großen Engländer Sir John Rutland verwandelt haben? Übrigens –« Ihm kam eine andere Idee. »Sie haben, wie wir alle, doch in letzter Zeit viele Bilder von diesem Rutland gesehen?«

Jerram nickte.

»Wieso ist Ihnen da die Ähnlichkeit, wenn Sie wirklich so überwältigend und überzeugend ist, nicht aufgefallen? Hm?!«

»Ich weiß es nicht. Wahrscheinlich, weil derartige Reproduktionen von Photographien immer etwas leb-und farblos sind.«

»Mag sein. Schön. Laß ich gelten. Aber, bester Jerram, das ist doch wirklich eine phantastische Räubergeschichte, daß der Mann, der nach allen Nachrichten mit dem ›Z.6‹ unterging, auf abenteuerliche Art gerettet wurde und es nun zu einem hohen englischen Bonzen gebracht hat. Hand aufs Herz, Jerram, glauben Sie das? Bloß wegen dieser scheinbaren Ähnlichkeit?«

Jerram blieb verbohrt und verbissen.

»Also«, schloß Evan Thomas die Debatte, »schlagen Sie sich die Sache aus dem Sinn.«

»Ich werde ihn weiter beobachten«, beharrte der Kapitän.

Da trat Thomas dicht an den hageren, hartnäckigen Mann heran. »Jerram, ich warne Sie, schaffen Sie uns keine Ungelegenheiten. Sie spielen da ein verdammt närrisches und gefährliches Spiel mit unserer aller Karriere. Auf eine Vermutung hin.«

»Es ist mehr!«

»Also auf eine scheinbare Ähnlichkeit hin, auf Ihren doch immer nur höchst persönlichen und subjektiven Eindruck von dieser Ähnlichkeit mit einem Manne, den Sie zehn Jahre nicht gesehen haben, wollen Sie einen internationalen Skandal anzetteln! Sie sind ja übergeschnappt! Nehmen Sie es mir nicht übel, Jerram. Ja, selbst wenn er es wäre, wenn Sie faustdicke Beweise in den Händen hätten –, so klar wie diese Hundstagssonne da draußen« – er stach mit dem Pfeifenstiel gegen das Fenster –, »müßten wir das Maul halten.«

»Ich würde es dann nicht halten!« stieß Jerram verdrossen hervor.

»So!« Der Admiral sah den bockigen Don Quichotte betroffen an.

»Nein, Thomas. Wenn ich die Gewißheit hätte, daß dieser Sir John Rutland der Mörder Paterson ist, bei Gott, ich würde ihn nicht entschlüpfen lassen.«

»So – so«, wiederholte Evan Thomas überlegend.

»So wahr ich Jerram heiße, nicht. Ich habe meinen Bruder mehr geliebt als Sie vielleicht verstehen können. Wir hatten nichts als uns. Die Eltern waren lange tot. Und wenn ich den Burschen fassen könnte, der hergegangen ist und ihn aus unbegründeter Eifersucht wie einen räudigen Hund niedergeknallt hat –« Der dürre Mann zitterte wie eine kahle Pappel im Sturme. »Nein, Thomas, Auge um Auge, Zahn um Zahn –.«

»Dummheit um Dummheit!« fiel Evan Thomas heftig ein. »Lassen Sie die Bibelsprüche! Und vor allem – jetzt spreche ich als Ihr Vorgesetzter – lassen Sie Ihre werten Finger aus dieser Sache. Wir sind hier in Genf, um über die Flottenabrüstung zu beraten und nicht, um uns kindlichen Sherlock-Holmes-Spielen hinzugeben. Ich rate Ihnen gut. Lassen Sie diesen Unfug, der den Vereinigten Staaten nichts als internationale Verwicklungen, eine diplomatische Niederlage sondergleichen vor der ganzen Welt und uns persönliche schmähliche Abberufung einbringen kann.«

Jerram grüßte dienstlich und ging zur Tür.

Da rief Thomas: »Jerram, so wollen wir nicht auseinandergehen. Wir sind alte Freunde. Seien Sie vernünftig. Und nun versprechen Sie mir, die Sache ruhen zu lassen.«

Jerram wandte sich um. »Ich begreife Ihre Bedenken durchaus und sehe selbst ein, daß hier in Genf nichts zu machen ist. Ich verspreche Ihnen, hier nichts zu unternehmen. Aber, Thomas, es gibt auch persönliche Pflichten über den Dienst hinaus. Solche habe ich gegen die unsterbliche Seele meines armen Bruders, die auf mich herniedersieht. Ich werde diese Pflichten erfüllen – später.«

»Das steht in Ihrem Belieben«, sagte der Admiral kühl. »Dann werden Sie eben Ihre Haut und Ihre Karriere zu Markt tragen. Mich interessiert nur, daß hier in Genf keine unübersehbaren Verwicklungen und Beleidigungen der englischen Regierung entstehen. Dafür habe ich Ihr Wort?«

»Jawohl!«

»Danke!« Er nickte. Jerram ging. Der Admiral drehte sich gelenkig auf dem Absatz um, trat zum Tisch, klopfte die Pfeife aus und knurrte zwischen den Zähnen: »Solch ein hahnebüchener Blödsinn!«

Jerram ging in sein Zimmer. Er war fest entschlossen, diesen gemeinen Mörder seines unglücklichen, unschuldigen Bruders ans Messer zu liefern –, wenn er es war. Vorläufig aber blieb ihm nichts übrig, als Sir John weiter zu beobachten. Er hatte hierzu in den Sitzungen und geselligen Zusammenkünften der Delegationen reichlich Gelegenheit und wurde seiner Sache immer gewisser.

Solche Zwillingslaunen hatte die Natur nicht. Sie schuf in Wahrheit keine Doppelgänger. Die waren Ausgeburten der Schriftsteller. Der kleine Schnurrbart änderte das Gesicht ein wenig. Gewiß. Aber wenn man ihn sich fortdachte – – –.

Rutland hatte Jerram fast vergessen. Er war in fast alle Ausschüsse gewählt worden, die man gebildet hatte, und arbeitete mit Hingabe und seiner charakteristischen Einsetzung aller Kraft. Die Idee der allgemeinen Abrüstung und Befriedigung der Welt begeisterte ihn. Er war stolz darauf, bei diesem großen pazifistischen Werke mitzuwirken. Geschäftliche Interessen lähmten seinen Eifer nicht. Er hatte schon in den letzten Jahren begonnen, sein Werk allmählich auf Friedensarbeit umzustellen. Ungeheure Aufträge aller Nationen zum Bau von Handelsschiffen, von Verkehrsflugzeugen lagen in den Londoner Büros. So war er, der Chef der gewaltigsten und furchtbarsten Kriegsrüstungsfabrik der Welt, der glühendste und unermüdlichste Verfechter der heiligen Idee der Völkerverbrüderung.

Tagelang hatte Jerram sich in unfruchtbaren Grübeleien verzehrt, in jener pedantischen Gewissenhaftigkeit, die ihn bei Erfüllung aller seiner Pflichten trieb und drängte und ihm nie gestattet hatte, ein Lot Fett an seinen langen Knochen anzusetzen.

Da kam ihm eine Erleuchtung.

Er erhielt einen Brief von Robert Hay aus Luzern. Hay genoß seinen Sommerurlaub in Europa und lud Jerram ein, nach Beendigung der Konferenz einige Tage mit ihm zu verbummeln und »einige Berge dieses admirablen Landes unsicher zu machen«.

Sein Brief entzündete in Jerrams Hirn eine Fackel der Erkenntnis. Bob Hay war mit ihnen in der Kadettenschule von West Point und später wiederholt mit Paterson auf Kommando gewesen. Das war sein Mann! Auch stand Hay jetzt nicht mehr im Dienst der Flotte. Er hatte längst seinen Abschied genommen und war leitender Direktor einer großen amerikanischen Werft. Er war frei und konnte handeln. Nicht hier in Genf, das ging gegen den Befehl, aber später. Auch war Bob Hay immer ein findiger Kopf gewesen und würde wissen, was in dieser verschrobenen Lage zu geschehen hatte.

Vor allem aber – und darauf kam es Jerram in erster Linie an – sollte Hay diesen Mann sehen. Vier Augen sahen mehr als zwei. Er wollte Hay unvorbereitet mit diesem »Sir John« zusammenführen. Das konnte ihm kein Befehl aller Admiräle der USA.-Flotte verbieten! Und dann wollte er doch mal sehen, ob Bobby in die Luft ging oder nicht. Er wollte doch mal feststellen, ob seine Vermutung eine – wie hatte Evan Thomas mit kaum verhehlter Ironie gesagt? –, eine phantastische Räubergeschichte war.

Jerram antwortete daher mit mehr Diplomatie, als er bisher in seinem Leben aufgeboten hatte, er würde sehr gern einige Tage mit Hay in diesen Bergen herumklettern, aber warum nicht hier? Der Montblanc und die Savoyer Alpen seien auch nicht zu verachten. Er hätte nach Schluß der Konferenz nur kurze Zeit Urlaub. »Also komm hierher, old boy, damit wir erst keine Zeit verlieren. Komm gleich, die Sache hier kann jeden Tag zu Ende sein.«

Bobby Hay kam, klein, dick, rund, überall gewölbt, wie eine Billardkugel, ein Eindruck, der durch seine polierte, spiegelblanke Glatze noch erhöht wurde. Er war rosig, blühend, fidel und guter Laune, wie immer. Und lärmend.

»Hallo!« – brüllte er vom Fenster aus, als der Zug in die Bahnhofshalle einfuhr – »Hallo, alter Knabe! Da hast du mich! Neunzig Kilo Lebendgewicht.«

Trotz seiner Beleibtheit sprang er, ehe der Wagen hielt, heraus auf den Bahnsteig und schüttelte Jerram vehement beide Hände. »Du befahlst, und ich bin da. Wo sind die Berge? Her mit ihnen! Ich brenne vor Begierde, die höchsten Spitzen zu ertrudeln.«

Sie bildeten ein seltsames Paar, der kleine Fettwanst und der haushohe Knochenmann.

»Gemach, gemach«, sänftigte Jerram gemessen den lauten Bergfex, »heute ist noch Sitzung. Ich muß gleich hin. Aber ich glaube, heute werden wir Schluß machen. Komm mit, auf die Galerie, es ist öffentliche Sitzung.«

Gutmütig willigte Bobby Hay ein. Er sprach ein furchtbares Französisch mit einem Dienstmann, dem er sein Gepäck anvertraute. Doch trotz seines Radebrechens hatte er im Moment der geschäftlichen Verhandlung mit dem Genfer Eingeborenen nichts mehr von einer lächerlichen Erscheinung. Smarter, zäher amerikanischer Kaufmann. Man ahnte selbst in diesem angsterregenden Jargon seine Willenskraft und zielbewußte Tüchtigkeit.

Im Palast des Völkerbundes trennten sich die Freunde. Jerram schritt in einiger Erregung dem großen Sitzungssaale zu, Robert Hay stieg hinan zur Galerie, die den Raum säumte.

Alles ging nach Wunsch und Absicht. Sir John sprach in längerer, oft von spontanem Beifall unterbrochener Rede für die britische Delegation. Verstohlen ließ Jerram dann und wann seinen Blick zur Empore hinauf huschen. Er sah Hay, der ungeniert mit überschlagenen Armen auf der Brüstung lümmelte und auf den Redner starrte.

Als sie sich später trafen, glühte Bobby Hays Glatze. Die kurzgeschnittenen spärlichen Haare zu beiden Seiten schimmerten wie Weizenstoppeln auf roter Erde.

»Jerram«, sprudelte er, »wer war dieser Engländer?!«

»Sir John Rutland«, antwortete der Kapitän mit gut verstellter Freude.

»Mann – ist dir nichts aufgefallen?!« gluckste Bobby Hay in höchster Erregung.

»Ein ausgezeichneter Redner«, lobte Jerram scheinheilig.

Hay hüpfte vor unwilliger Gereiztheit wie ein neuer Tennisball.

»Mensch, hast du dir diesen Mann nicht angesehen?!« fuhr er den entzückten Kapitän an.

»Freilich. Ein schöner Mann!« sagte Jerram leichthin.

»Und sonst ist dir nichts aufgefallen?!«

Bobbys Augen traten vor Anspannung der Nerven aus der dicken Polsterung der Höhlen hervor.

»Nicht, daß ich wüßte.«

»Aber, Roland, Mensch, bist du denn blind? Wo hast du deine berühmten Seemannsaugen? Hast du nicht gesehen, daß das Paterson ist?!«

»Wer?« fragte Jerram arglos. Doch seine Stimme knarrte eingerostet vor Freude.

»Paterson, George Paterson, der Kerl, der den armen Stephen umgebracht hat!«

»Unsinn«, wehrte Jerram matt. Er wollte noch weiter durchhalten.

Hay blickte sich verzweifelnd, hilfesuchend, rasend ob solcher Blindheit, auf dem Kai du Molard um.

»Aber, Menschenskind, hast du denn auch keine Ohren? Seine Stimme! Unverkennbar. Diese helle Trompetenstimme. Unter Tausenden würde ich sie heraus erkennen.« Er atmete laut und hastig.

»Mir ist nichts aufgefallen«, mißhandelte der Kapitän die Wahrheit.

Hay schüttelte zornig den kahlen Schädel. »Er spricht heute wie ein Engländer, und der Schnurrbart entstellt ihn ein wenig. Auch seine Haare an den Schläfen sind weiß. Aber was macht das? Ich erkenne ihn auf tausend Yards. Und du hast nichts bemerkt, du, der Bruder, den es am meisten angeht?! Das begreife der Satan.«

Noch immer hielt Jerram sich im Zaume.

»Wie sollte Paterson, selbst wenn er damals irgendwie märchenhaft gerettet wurde, heute einer der ersten Männer von England sein?« gab er seinem bohrenden Zweifel Ausdruck.

»Das weiß ich nicht! Geht mich auch nichts an!« brüllte Bobby Hay so laut und heftig, daß Passanten sich umdrehten.

»Vorsicht!« mahnte der Kapitän bewegt.

»Aber das weiß ich«, stürmte Hay leiser weiter, »daß er es ist. Ich begreife nur nicht, daß du –«

Da gab Jerram das Spiel auf. Und berichtete, weshalb er Hay nach Genf gebeten habe.

Schweigend, in tiefen Gedanken schritten sie dann die einsame Straße am See entlang, drüben, jenseits der Rue du Montblanc und der großen Hotels.

»Daß er heute der Leiter von Killick & Ewarts ist«, unterbrach Hay die Stille, »macht mich nicht einen Augenblick irre. Das Leben ist voll von Wundern. Das imponiert mir gar nicht. Und dann, vergiß nicht, er war schon in West Point der Tüchtigste von uns allen. Ich entsinne mich, daß der olle gute Walpole mal zu uns sagte:›Paßt auf, Jungens, der Paterson wird mal Befehlshaber der ganzen Flotte der Vereinigten Staaten.‹ Erinnerst du dich nicht?«

»Doch«, nickte Jerram.

Dann schwiegen sie wieder lange.

»Wenn er es ist – ich meine, wenn wir es beweisen können, hetze ich ihn nieder«, entschied endlich Hay. Aus seinem rosigen Posaunenengel-Gesicht war alle fröhliche Unbekümmertheit gewichen. Seine schwammigen, weichen Züge waren straff und brutal zusammengerafft. Die kleinen blauen Augen zwischen den Fettpolstern funkelten stählern.

Jerram blieb stehen und reichte ihm die Hand.

»Ich danke dir, Bob, du treue Seele. Für Stephen und für mich.«

Doch Hay schüttelte den Kopf. »Ich will ehrlich zu dir sein, Roland, und dir keine Komödie vormachen. Ich tue es nicht für den armen Stephen, noch für dich. Ich habe meine eigenen, sehr zwingenden Gründe.«

»Du?« Jerram zeigte auf ihn mit dem langen Finger eines sehr langen Armes.

Hay nickte. »Wir haben eine lange Rechnung miteinander zu begleichen. Die Sache ist die: Seit dieser Rutland – Paterson meine ich – an der Spitze von Killick & Ewarts steht, macht er meiner Firma – du weißt, ich bin Manager von Browning & Son in Neuyork – die heftigste Konkurrenz. Die Leute reden sich ein, die Engländer bauen besser und billiger. Quatsch, natürlich. Die können auch nicht hexen. Aber Paterson –. Nein, daß dieser von mir seit Jahren mit ganz speziellem Unwillen beehrte Rutland unser alter Kamerad Paterson ist, will mir noch immer nicht in den Speckschädel! Also, er redet den Leuten ein, er baue bessere und billigere Kähne als alle anderen. Und das Blöde ist, die Leute glauben's diesem Burschen. Sogar auf unserem ureigensten Markte – in Amerika, fühlen wir sehr empfindlich seine Hand. Vor kurzem erst hat einer meiner besten Kunden, unser größter Reeder, Jan Bouterweg, eine ganze Flotte bei den Engländern –«

Da schrie der kleine Mann gellend auf. Jerram tat einen Satz nach vorn, so erschreckte ihn Bobby Hays jähes Indianergeheul.

»Was ist?!« stammelte er bestürzt.

Doch Hay tanzte, tanzte mitten auf der Landstraße – sie waren inzwischen über die letzten Villen Genfs hinausgekommen – einen wilden Hornpipe, daß der gelbe Sand unter seinen Sohlen aufstäubte.

Dabei sang er mit Stentorstimme: »Ich habe ihn – ihn – ihn – ihn!«

»Was hast du?« wiederholte Jerram.

»Ihn, den Mörder. Und eine grandiose Idee dazu.«

Er hielt inne und sagte ganz ernst und geschäftlich: »Du – Bouterweg war doch im Winter in London und seine Frau auch.«

»Na –und?!«

»Weißt du nicht, wer Mrs. Bouterweg ist?«

»Keine Ahnung.«

»Sie!«

»Wer – sie?«

»Sie. Patersons Frau!«

»Ach nee, wahrhaftig? Aber ich begreife trotzdem nicht.«

»Wenn man wochenlang auswärts verhandelt, kommt man auch gesellschaftlich zusammen. Ich kenne das. Es müßte doch mit der bunten Kuh zugegangen sein, wenn Paterson und sie nicht aufeinandergeplatzt wären!«

Der Kapitän blickte unglücklich drein. Er war kein kluger Gedankenleser und Errater schlauer Eingebungen.

»Ich fahre zu ihr. Sie wohnen draußen in Arverne neben mir. Ich werde aus ihr schon herausholen, ob sie mit Paterson zusammengetroffen ist und ihn erkannt hat.«

»Und dann?« fragte Jerram ohne Begeisterung, »was kann das uns nützen?«

»Dann? Dann haben wir Gewißheit und Beweise. Und dann protzen wir ab.«

Langsam verstand der Kapitän.

Der kleine Mann sah wieder fröhlich und fidel drein. Er tänzelte vor Unrast und Tatenlust.

»Mensch, Jerram«, jubelte er, »wenn er es ist, und ich ihn niederjage, ich glaube, meine Gesellschaft zahlt mir zehntausend Dollar Skalpgeld, wenn ich uns diese verdammte Konkurrenz vom Halse schaffe. Morgen früh fahre ich nach Neuyork.«

Rutland ahnte nichts von dem Gewitter, das sich über seinem Haupte zusammenzog. Ob Jerram ihn erkannt hatte oder nicht, war ihm völlig gleichgültig. Nach seinen Erfolgen auf der Konferenz konnte man ihn in seiner überragenden Machtstellung nicht mehr angreifen. Kein englischer Polizei-oder Gerichtsbeamter würde auf ein Gefasel von einer gewissen Ähnlichkeit hin wagen, gegen ihn vorzugehen. Es gab nur einen Menschen, der Beweis in Händen hatte – Muriel. Und ihr war der Mund verschlossen. Nie würde sie freiwillig sprechen, da das Glück und die Existenz ihrer Ehe an ihrem Schweigen hing.

Er hatte die Gewißheit ihrer Ungefährlichkeit auch wahrhaftig teuer genug erkauft. Aus ihrem Besuche war dieser vernichtende neue Bruch mit Angelita entkeimt.

Wenn er, in seiner großzügigen Verachtung aller bedrohlichen Anzeichen, diese Begegnung mit Jerram überhaupt einer Überlegung würdigte, glitten seine Gedanken sofort ab und hinüber zu der fernen geliebten Frau.

Trotz der zahlreichen Tagungen der Konferenz blieben ihm hier in Genf doch mehr Stunden der Muße als bei der anspruchsvollen Arbeit in London. Zur Zeit der Siesta, nach dem Lunch, machte er weite einsame Spaziergänge am See hin. Oder fuhr hinauf nach Tres Arbes und schritt dahin im Angesicht des nahen weißen Gipfels des Montblanc. Seine Geleiterin auf allen diesen Wegen war Angelita.

Hier in dieser gigantischen Stille des Sees und der Berge erschien ihm aller Zwist und jedes Zerwürfnis kleinlich und allzu irdisch. Hier versiegte auch seine Scham. Er wußte, er hatte in Genf dort unten gute Arbeit getan. Im Grunde hatte er sich zum Leiter und Wortführer der britischen Delegation aufgeschwungen, ganz von selbst, ohne Willen und ohne Absicht, durch seine gediegenen, tiefgründigen Kenntnisse der Materie, seine Rednergabe, seine Autorität. Der Staatssekretär erkannte seine Führung ohne Eifersucht willig an. Die englischen Zeitungen waren seines Ruhmes voll, begrüßten ihn als den großen, englischen Politiker. Er durfte sich ohne Überhebung die höchsten Posten britischer Staatskunst zum Ziele nehmen. Er brauchte sich nur bei einer Nachwahl oder den allgemeinen Wahlen des nächsten Jahres als Kandidat aufstellen lassen – seine Wahl war gesichert –, ins Parlament einziehen, und ein Ministersessel stand ihm frei.

Er fühlte, daß Angelita seinen Weg verfolgte. Er hatte ihr jetzt schon bewiesen, daß seine Wirkungen nicht allein an ihrer geheimen Hilfe hingen, aber jetzt, hier in der Bergeseinsamkeit des Montblancmassivs, dünkte ihn auch seine Scham vor ihr allzu erdenhaft.

Seine Liebe und Sehnsucht erwachte in dieser Reinheit der Gletscherwelt mit neuer hinaufreißender Gewalt. Fort mit all dieser törichten Erdgebundenheit! Zwei kluge Menschen, wie Angelita und er, sich binden und fesseln und herabziehen lassen von albernen Nichtigkeiten, von Argwohn und Beschämung, von verletzter Eitelkeit und Beleidigung! Wahn! Unwürdigkeiten! Pfahlbürgertum!

Nein, nein. Nichts als großes, erhabenes, lauteres Menschentum sollte sie leiten und Macht über sie haben.

Nicht mehr das Leben, dieses kurze, einmalige Leben, diese einzige unwiederbringliche Möglichkeit auf Glück in Torheiten vergeuden! Endlich einander leben, einander genießen und ineinander aufgehen! Heraus aus dem Schmollwinkel kleiner Geister! Hinaus in die lichte Helle echter Menschlichkeit!

Ein Verlangen, wie kaum je zuvor, nach ihr übermannte ihn. Er wollte ihr schreiben, entwarf den Brief, – wagte aber aus Rücksicht auf ihren häuslichen Frieden nicht, das Schreiben abzusenden. Mit dem festen Entschlusse, ihr die Hand zur Versöhnung und zum Glücke zu bieten, kehrte er nach London zurück.

Eine halbe Stunde nach der Ankunft in Egerton Terrace rief er im Hause des Herzogs an. Er wollte unter einem Decknamen Angelita an den Apparat bitten. Zu seiner Enttäuschung erfuhr er, daß Ihre Durchlaucht, die herzoglichen Herrschaften, in Ventnor auf der Isle of Wight den Sommer über weilten. Er beschloß, dorthin zu folgen, sobald seine Geschäfte es gestatteten. –

Inzwischen war Bobby Hay nicht untätig geblieben. Diese kleine menschliche Billardkugel tollte beständig, vom Queue der Arbeit oder des Vergnügens federnd getrieben. Die Entlarvung des mächtigen Beherrschers von Killick & Ewarts war für ihn eine Arbeit, eine fordernde Arbeit seines Berufes als leitender Direktor von Browning & Son. Er haßte den würgenden Konkurrenten nicht, hegte gegen ihn keinen persönlichen Groll, sein Geschäft verlangte einfach gebieterisch die Beseitigung dieser schädlichen Gegenwirkung gegen das Blühen seiner Firma. Es war eine eisige, nüchterne Geschäftsmaßnahme für ihn, weiter nichts. Das Schicksal hatte ihm einen unerhofften Weg gewiesen. Ihn ging er kühl, unnachsichtlich, skrupellos, ein amerikanischer Geschäftsmann.

Rutland war der Angreifer gewesen. Er hatte die Arme seines Werkes über das Meer hinübergestreckt, ihm seine Kunden abspenstig gemacht, ihn aus der Arena geschlagen. Es war ein tödlicher Schlag für ihn gewesen, als Jan Bouterweg, der große amerikanische Reeder von Neuyork, die neue moderne Flotte seiner Passagierdampfer in England, bei Killick & Ewarts, in Auftrag gab. Nachdem er, Bob Hay, bereits lange mit Bouterweg verhandelt hatte!

Diese krasse Niederlage hätte ihn beinahe seine Stellung gekostet. Es hatte eine sehr erregte Aufsichtsratssitzung gegeben, in der er wahrhaftig nicht glänzend abgeschnitten hatte. Dunkle Drohungen waren laut geworden.

Hay brauchte dringend einen frappanten Erfolg zur Festigung seiner schwankenden Position bei Browning & Son.

Es bedeutete für ihn den höchsten Triumph und eine Genugtuung ohnegleichen, wenn er der überlegenen englischen Konkurrenzfirma die Schmach antun konnte, ihren Chef als gemeinen Mörder an den Pranger zu stellen. Dann blieben Killick & Ewarts auf Jahre hinaus so bloßgestellt und verrufen, daß sie, wenigstens in Amerika, völlig lahmgelegt waren. Und was war Killick & Ewarts überhaupt ohne diesen Rutland oder Paterson? Waren sie vorher eine Gefahr für den amerikanischen Schiffsbau gewesen? Bei Gott nicht!

Es war, wie er es auch betrachtete, ein ungeheurer Geschäftscoup. Mit gewohntem Ungestüm und gerissener Schlauheit setzte er ihn ins Werk.

Zehn Tage nach dem Gespräch mit Roland Jerram am Ufer des Genfer Sees machte der kleine dicke Mann sich harmlos im Garten seiner Villa in Arverne am Rockaway Beach von Long Island, der Sommerresidenz wohlhabender Neuyorker, zu schaffen. Die Rosenstöcke beschäftigten ihn scheinbar gewaltig. In Wahrheit ließ er das Gartentor der Nebenvilla nicht einen Augenblick aus den Augen.

Dort wohnte Jan Bouterweg, der ihn trotz der gut nachbarlichen Freundschaft bei dem Auftrag auf die fünf neuen Passagierdampfer so schmählich übergangen hatte. Hm, eine kleine Rache würde Bob Hay nicht eben weh tun. Abwarten! Jeden Morgen um diese Zeit ging seine Frau hinunter zum Badestrand. Dann schlug seine Stunde.

Jan Bouterweg war längst, wie Hay wohl beobachtet hatte, mit seiner schmucken Motorjacht nach Neuyork davongebraust.

Da sahen Hays wachsame Augen das Kind Muriels, die kleine Esta, mit seiner Gouvernante den Gartenpfad herunterkommen.

Dieser unerwartete Anblick gab seinem Angriffsplane eine neue Richtung. Er war ein gewandter, listenreicher Taktiker. An das Kind hatte er bei der strategischen Anlage seines Überfalls nicht gedacht.

Er wartete, bis Esta und das Fräulein den Weg zur See genommen hatten. Dann schlenderte er gemächlich hinterdrein. Mit einem hastigen Griff an die Innentasche seines weißen Strandanzuges überzeugte er sich, daß er das Blatt der englischen illustrierten Zeitung, die er in Genf erstanden hatte, bei sich trug.

Als er die Stelle des Strandes erreicht hatte, die ihm gewohnheitsrechtlich zukam, warf er sich in den sommerwarmen Sand, bückte sich nachlässig um und tat, als bemerke er erst jetzt das Kind und seine Erzieherin. Er grüßte das Fräulein artig und rief: »Hallo, Esta, wie geht's heute morgen?«

»Danke, sehr gut«, erwiderte das Mädchen artig.

»Willst du nicht shake-hands mit mir machen?« fragte Hay.

Das scheue Kind zögerte, doch auf eine geflüsterte Weisung der Gouvernante kam es herbei und nahm die dargebotene Hand des Mannes.

»Willst du nicht Platz nehmen und ein bißchen mit mir plaudern?« lud Hay mit einer lustigen Gebärde ein.

»Danke sehr, ich muß baden«, wich Esta aus.

Hay lachte. »Das Meer läuft dir nicht fort, zumal die Flut gerade hereinkommt. Wir haben lange nicht miteinander geplaudert. Ich war nämlich in Europa.«

Esta schwieg.

»Du warst doch auch im Winter in Europa«, fuhr Hay fort und bemerkte voller Staunen die seltsame Ähnlichkeit des Kindes mit seinem Vater, die ihm früher nie so aufdringlich aufgefallen war.

Esta nickte und sah ihn stumm aus ihren großen traurigen Augen an.

Da zog Hay rasch die Zeitung aus der Rocktasche, deckte die Hand über die Unterschrift des Bildes und hielt dem Mädchen ein Porträt Rutlands entgegen.

»Kennst du den Herrn?« fragte er lauernd.

Esta nickte kindlich stolz.

»Wer ist es?«

»Mr. Rutland«, sagte sie. Sie war klug und bewußt, wie alle einsamen Kinder.

»Richtig. Wo hast du ihn gesehen?«

»In unserem Hotel in London beim Lunch.«

»War deine Mutter auch dabei, Esta?«

»Natürlich. Mama hat mich doch aus meinem Zimmer oben geholt und zu dem Herrn geführt.«

»Du bist ein kluges Mädchen«, lobte Hay und steckte, innerlich seiner gelungenen List lauten Beifall klatschend, die Zeitung wieder ein.

»Und jetzt willst du ins Wasser gehen?«

Da rief eine überhelle Stimme: »Hallo, Hay! Guten Morgen!«

Er wandte sich hastig um. Auf dem Strande stand Muriel in einem schmucken roten Badeanzug und winkte mit der Hand.

»Guten Morgen, Muriel«, antwortete Hay und sprang auf.

»Wir haben Sie lange nicht gesehen, Bob«, sagte sie mit ihrer lächelnden, anmutigen Liebenswürdigkeit, als der kleine Mann sie begrüßt hatte.

»Waren Sie verreist?«

Esta hatte die Gelegenheit wahrgenommen, zu entschlüpfen und eilte jetzt mit dem Fräulein zum Wasser.

Muriel und der Nachbar gingen auf den Platz der Bouterwegs zu und setzten sich dort in den Sand.

»Ich war in Europa«, belehrte Hay.

»Ah!« rief Muriel und streckte sich behaglich aus.

»Wo waren Sie denn?«

»In der Schweiz.«

»Oh, da war ich auch einmal. Ein sehr schönes Land.«

»Sehr schön. Und diesmal war es besonders interessant. Ich war auch in Genf, wo gerade die Abrüstungskonferenz tagte.«

»Das würde mich nun weniger interessieren«, lachte Muriel, wandte sich lässig um, daß sie auf dem Bauche lag, spielte mit den schönen Beinen in der Luft und ließ den warmen, feinen Sand durch die Finger rieseln.

»Doch, Muriel, es war sehr interessant. Besonders der eine Engländer. Ein glänzender Redner. Sie kennen ihn auch.«

»Ich?« Sie lachte. »Woher sollte ich ihn kennen?«

»Von Ihrem letzten Aufenthalt in London. Ihr Mann hat viele Schiffe von ihm gekauft. Sir John Rutland.«

Er sagte es ganz belanglos, beobachtete sie aber scharf.

Die nackten Beine, die eben noch lustig in der Luft hin und her geschlenkert hatten, standen plötzlich still gegen den dunkelblauen Hintergrund des Augusthimmels. Eine heiße Röte stieg vom Busenansatz zum Halse auf und zog sich über die Wangen bis zu den Schläfen hinauf. Einen Augenblick war auch das glasierte Chinablau ihrer Augen von einer dunkelnden Starrheit überhaucht.

Doch ebenso rasch, wie sie sich in Rutlands Arbeitszimmer im Verwaltungspalaste von Killicks & Ewarts gefaßt hatte, zwang sie sich jetzt wieder in ihre Gewalt zurück. Im Nu ahnte sie, daß Hay die Ähnlichkeit mit Paterson aufgefallen sein mußte. Sie wußte, daß die Männer sich von Jugend auf kannten, hatte Bobby auch während ihrer ersten Ehe oft genug als alten Freund und Kameraden in ihrem Hause empfangen. Um allen Fragen kurz angebunden aus dem Wege zu gehen, sagte sie mit wunderbarer Beherrschung die Unwahrheit.

»Den Namen habe ich oft von meinem Manne gehört. Ich selbst habe ihn in London nicht gesehen.«

Dieses Ableugnen war ein verhängnisvoller Fehler, ein typisches Versäumnis der Frauenschlauheit, die nur für den Augenblick arbeitet und nicht alle Folgen logisch überdenkt.

Ihre Verschlagenheit erkannte auch sofort, doch zu spät, daß sie nun mit ihrem Manne sprechen und ihn bitten mußte, falls die Rede darauf kam, Hay nicht zu sagen, daß sie Rutland gesehen hatte. Sie konnte dieses Verlangen mit der Ausflucht begründen, daß es ihr peinlich gewesen sei, mit Hay über den Mann zu sprechen, der ihn und seine Firma aus dem Felde geschlagen hatte.

Während sie diesen Ausweg erwog, achtete sie nicht auf den kleinen, dicken Herrn, der neben ihr im Sande lag. Daher entging ihr sein mühsam bezwungener Triumph. Sie leugnete! Während das ahnungslose Kind eben das Zusammentreffen arglos verraten hatte. Also hatte sie ihn erkannt. Einen Zipfel des Sieges hielt er schon in der Hand.

Er warf sich auf den Rücken, tat, als verfolge er voller Teilnahme den Zug einiger kleiner weißer Lämmerwölkchen, die über ihm an dem blauen Himmel träge und voller Glück dahinsegelten, und sagte bedeutungslos: »Schade, daß Sie ihn nicht gesehen haben, dann wäre Ihnen etwas sehr Merkwürdiges aufgefallen.«

»So? Was denn?« fragte sie mit gut gespielter Gleichgültigkeit. Er richtete sich auf und zog wieder die Zeitung hervor, die er als nützliches Hilfsmittel aufs Geratewohl mitgebracht hatte.

»Hier, Muriel, habe ich zufällig ein Bild von ihm. Da!« Er schlug auf die Photographie.

Muriel betrachtete sie gelassen. »Nun, was ist daran so Merkwürdiges?« fragte sie obenhin.

»Sehen Sie nichts?«

»Nein.«

»Sie sehen wirklich nicht die ungeheuere Ähnlichkeit mit – Paterson?«

Muriel zuckte gewollt zusammen. »Nennen Sie den Namen dieses Menschen nicht!« raunte sie und schloß wie in unerträglichem Schmerze die Augen. Dann öffnete sie die Lider wider und tat, als suche sie diese auffällige Ähnlichkeit.

»Ich finde nicht«, bedeutete sie, »daß dieser Mann ihm irgendwie gleicht.« Dabei wandte sie prüfend das Bild hin und her.

»Das wundert mich«, entgegnete Hay und wurde seiner Sache immer gewisser. »Sehen Sie auch nicht die Ähnlichkeit dieser Züge da mit Estas?«

Er sah sie durchdringend an.

»Er weiß alles«, durchschauerte es sie.

Und um sich nicht zu verraten, gestand sie, Zweifel im Tone, zu: »Nun ja, ein wenig – sehr wenig.« Dann seufzte sie schwer und fragte mit einem Lächeln, das ihr nicht ganz gelang: »Aber worauf wollen Sie eigentlich mit alledem hinaus?«

»Worauf ich hinaus will? Das will ich Ihnen sagen, Muriel: Dieser Sir John Rutland ist Paterson.«

Er sagte es mit forciertem Nachdruck.

»Sie sind wahnsinnig!« rief sie, warf sich wieder auf den Leib und wippte mit den Beinen.

»Ich fürchte«, flüsterte er eindringlich dicht an ihrem schönen Ohre, das die Haare als einen reizenden Schmuck ihres Gesichtes absichtlich freiließen, »mit dieser Feststellung über meinen Geisteszustand schaffen wir eine böse Tatsache nicht aus der Welt.«

»Aber reden Sie doch nicht!« zürnte sie, erbittert über seine Hartnäckigkeit. »Paterson ist seit sieben Jahren tot.«

»Das glaubten wir alle«, gab er zu. »Aber jetzt zeigt sich, daß wir uns getäuscht haben.«

Sie setzte sich auf und strich unbewußt über ihre Schenkel. »Und wenn dem so wäre, obwohl es Wahnsinn ist! Aber nehmen wir einmal an, er lebte und wäre dieser Rutland – was dann? Hm?«

Sie sah ihn herausfordernd an. Ihre blauen Augen funkelten böse. Ihr Gesicht war unmutig gerötet. Auf der Oberlippe perlten silberne Schweißtropfen der Angst.

»Dja«, machte Hay, »genau dasselbe frage ich mich.«

Da schnellte sie zu ihm herum, daß sie ganz dicht neben ihm lag und ihre nackten Glieder ihn berührten. Mit bestrickender Verführung lächelte sie ihn an und sagte: »Liebster Bobby, wollen wir nicht diese grausigen alten Geschichten ruhen lassen?«

Er tat, als folge er der Verlockung. »Liebe Muriel«, nickte er vertraulich, »ganz meine Meinung. In Genf war noch ein alter Bekannter von uns – Mitglied der amerikanischen Delegation – Sie erinnern sich seiner sicher noch – Roland Jerram –«

»Stephens Bruder!« rief sie erbleichend.

»Ja. Der erkannte ihn auch und wollte ihn anzeigen.«

»Um Gottes willen!« entrang es sich ihr ungewollt.

»Ich war dagegen. Brachte ihn davon ab. Sagte, ich würde erst mit Ihnen reden. Sie als die Nächstbeteiligte hätten allein zu entscheiden.«

Sie reichte ihm die Hand aus ihrer liegenden Stellung.

»Ich danke Ihnen, Bob. Sie waren immer einer meiner liebsten Freunde«, girrte sie.

»Und hast mich bei dem Schiffskauf deines werten Gatten treulos in Stich gelassen, obwohl ich dich um deine einflußreiche Unterstützung gebeten und dir eine heimliche Provision versprochen habe. Aber du wolltest durchaus nach Europa fahren«, ergänzte sein Gehirn. »Jetzt kommt die Strafe, du kleine falsche Kreatur.« Aber laut beteuerte er: »Ich hatte Sie immer sehr lieb, Muriel. Das wissen Sie.« Und preßte sein Bein gegen ihre nackten Schenkel.

Sie duldete es, obwohl der kleine, dicke Mann sie immer nur belustigt hatte. »Ich weiß es«, raunte sie mit schönem Augenaufschlag. »Und was sagte Roland Jerram?«

»Er legte alles in meine Hände«, entgegnete Hay wahrheitsgetreu.

»Dann – ich bitte Sie, liebster Hay, rühren Sie diese alten Dinge nicht auf. Bedenken Sie, was aus meiner Ehe würde, wenn er es wirklich wäre!«

»Er ist es, Muriel«, betonte Hay sanft, »und Sie wissen es.«

»Ich weiß es? Wie kommen Sie darauf?!« begehrte sie auf.

»Weil Sie ihn in London gesprochen haben.«

Jetzt war es Zeit, die Mine auffliegen zu lassen.

»Wer sagt Ihnen das? Sie wollen mich Lügen strafen?« Sie reckte sich empört auf.

»Gott, eine kleine Notlüge. Ich begreife das«, entschuldigte Hay großmütig.

»Sie sind frech«, verwies sie.

»Vielleicht. Aber das ändert nichts an der Tatsache, daß Sie in London im Hotel mit ihm geluncht haben.«

Er hielt sie fest im Bann seiner kleinen, unerbittlichen Augen.

Da schlug sie um. Da fühlte sie instinktiv, daß sie sich diesen Mann da nicht zum Feinde machen dürfe. Sie änderte ihre Taktik, wurde armes, hingebendes Weib.

»Bob«, flüsterte sie. »Ich habe keinen Freund außer Ihnen in der Welt. Mein Mann darf von allen diesen Dingen nichts erfahren. Ich liefere mich in Ihre Hände, ich weiß, in die Hände eines Gentleman.«

Er nickte erwartungsvoll. Sie tat ihm flüchtig leid. Aber im Geschäft kannte er keine Gefühlsduselei. Weiter! Jetzt kam es. Jetzt hatte er sie so weit.

»Bob, ich habe so Furchtbares durchgemacht. Soll ich nie zur Ruhe kommen?«

»Was ich dazu tun kann, Muriel, soll geschehen«, gelobte er mit Biedermiene.

»Ich will mich Ihnen ganz anvertrauen. Ja, Bob, ich habe ihn gesehen und erkannt und mit ihm gesprochen.«

Hay biß die Zähne so fest in die Unterlippe, daß er den bitteren Geschmack des Blutes auf der Zunge spürte. Jetzt hatte er den Beweis. Jetzt war der Konkurrent rettungslos geliefert. Er nickte wieder voll herzlicher Teilnahme.

»Wir haben uns das Wort gegeben, zu schweigen.«

»Sehr klug.«

»Ich begreife nicht«, rief sie in plötzlich aufwallender Erbitterung, »wie er so leichtfertig sein kann, mit Amerikanern, mit früheren Kameraden, zusammenzutreffen.«

»Das verstehe ich auch nicht«, pflichtete Hay ehrlich bei.

»Man müßte ihm diese Tollheit zu Gemüte führen«, riet sie. »Ich werde ihm schreiben.«

»Tun Sie das nicht, Muriel«, warnte er. »Man soll keine Briefe schreiben. Man weiß nie, in wessen Hände sie geraten. Ich fahre geschäftlich nach London. Ich werde mit ihm sprechen.«

Sie schwieg erwägend.

»Sagen Sie ihm dann bitte, daß ich außer mir bin über seinen Unverstand und Leichtsinn.«

»Wird geschehen.«

»Ach!« klagte sie in erstickter Verzweiflung. »Daß diese furchtbare Sache mich immer wieder umkrallt!« Sie schlug aufschluchzend die Arme vor das Gesicht und wühlte die Finger in ihr dichtes Haar.

Da streichelte er ihre Schulter. »Ruhe, Muriel. Jetzt ist doch keine Gefahr mehr. Ich verlange sein Ehrenwort, daß er England nicht mehr verläßt und sich so viel als möglich zurückhält.

»Und Jerram?« fragte sie und ließ die Hände in den Sand sinken.

»Jerram ist ganz ungefährlich. Er ist seiner Sache nicht sicher. Ich werde ihm in seinen putzigen Schädel einhämmern, daß wir uns getäuscht haben.«

»Ah, Bob«, jammerte sie voll ahnender Angst, »mir ist – so – so – bang!«

»Aber Muriel! Dazu liegt doch absolut kein Grund vor. Passen Sie auf, alles wird noch gut.«

»Bob, und wegen der Schiffe. Ich habe für Sie gesprochen. Wirklich. Und das nächste Mal – Freundschaftsdienst gegen Freundschaftsdienst!«

Sie reichte ihm mit verlockendem, gequältem Lächeln die Hand.

»Topp«, rief er munter und schlug ein.

16

Angelita vergrämte, verhärmte und verpaßte ihr Leben. Sie hörte von dem beispiellosen Aufstieg der Firma Killick & Ewarts, sie las von Rutlands weltbedeutenden Erfolgen in Genf und seiner Absicht, sich ganz der Politik zu widmen, und vernahm in ihrem diplomatischen Kreise Prophezeiungen seiner kometenhaften Bahn am politischen Himmel Englands.

Gierig atmete sie alle diese Nachrichten in sich hinein, weil sie Kunde waren von dem einzigen, das Sinn und Anteil für sie hatte auf dieser Erde. Sie jubelte über seinen wachsenden Ruhm und rang verzweifelt die Arme über den Stachel, den sie – nicht ohne Grund – in allem seinem Tun gegen sich witterte. Sie erkannte hellsichtig in seinem Schaffen und Wirken die Spitze gegen sich und ihren selbstherrlichen Eingriff in sein Leben. Ihr wollte er beweisen, nur ihr, daß er ihre Hilfe nicht brauchte, daß er aus eigener Kraft seinen Weg zur Größe schreiten könne.

Das fühlte sie und verzehrte sich in folternder Reue über die jähzornige Enthüllung ihrer heimlichen Fürsprache in Spanien. Sie sah in seinem Aufstieg nur die Feindschaft gegen sich und glaubte schmerzzerrissen an seinen Haß, in der Überzeugung, daß ein Mann von solchem Vorwärtsdrange und Stolze der geliebten Frau alles verzeihen kann außer der Hilfe und dem berechtigten oder eingebildeten Bewußtsein der Lächerlichkeit.

Alle die unbedachten, zornsprühenden Beschimpfungen, mit denen sie ihn an jenem unseligen Abend überschüttet hatte, würde er ihr vergeben, doch niemals die demütigende Farce, mit der sie ihm hinter seinem Rücken die Stelle bei Killick & Ewarts verschafft hatte, niemals, daß er nur eine Gliederpuppe in ihrer leitenden Hand gewesen war. Solches Marionettenspiel verzeiht kein selbstbewußter, ehrgeiziger Mann.

So dachte sie und übersah, daß es eine Größe der Seele gibt, die auch über die verletzte Eitelkeit und gekränkten Männerstolz hinauswächst. Und daß es eine Liebe gibt, so erdgelöst und sternenhoch, vor der alles Irdische zur belächelten Nichtigkeit wird. Sie selbst war dieser Liebe fähig und trug sie im Herzen. Sie hatte längst ihre kleinliche Eifersucht, ihren gebeugten Stolz und ihr geschlagenes Frauentum vergessen. Doch gerade weil ihre Liebe so allumfassend war, und weil Liebe selbstlos und bescheiden macht, hielt sie sich seiner Liebe nicht mehr für wert, und glaubte sie nicht mehr an seine Liebe, die sie vernichtet und verscherzt hatte.

Kummergebeugt saß sie lange Stunden auf den Klippen von Ventnor und sah den großen Dampfern nach, die von Deutschland und England in geringer Entfernung von der Küste dahinstampften auf ihrer Fahrt nach Amerika und Afrika und Asien. Irgendwie wurden diese stolzen Schiffe, die unbeirrt und majestätisch kalt ihre Bahn zogen, zu einem Gleichnis des Geliebten. Greifbar nahe und dennoch unerreichbar ihrer Sehnsucht glitten sie dahin, immer weiter fort, bis sie in den dunstigen Horizont der Needles entschwanden. Dann sah sie ihnen mit feuchten, brennenden Augen nach und fühlte verzweifelt den Verlust und wußte, daß sie daran zugrunde gehen würde.

Müde und bleich und abgezehrt ging sie dann heim zu diesem blutleeren Leben neben ihrem Manne, das immer unerträglicher wurde. Sie sprachen miteinander kaum noch das zwingendste. Nur bei Tische, vor der Dienerschaft, wahrte er die äußerste Notwendigkeit des Anstandes. Im übrigen lebten sie, trotz der räumlichen Nähe, meilenfern voneinander getrennt.

Sie sehnte sich nach London. Nur mit Widerstreben und dem Zwange gehorchend war sie dem Herzoge nach der Isle of Wight gefolgt. In London war sie doch in Rutlands Nähe, atmete mit ihm die gleiche Luft, hatte die Möglichkeit, wenigstens die Möglichkeit, ihn zu sehen, zu sprechen. Und darum hatte sie sich geweigert, den Herzog auf dieser Urlaubsreise zu begleiten.

Er hatte, in dem steten Bangen vor einem skandalösen Ausbruche ihres zügellosen, brachliegenden Temperamentes, ihre Gesellschaft befohlen. Er wollte sie unter seiner Bewachung und Obhut halten. Er war nicht gesonnen, seine Karriere durch ihre Zuchtlosigkeit aufs Spiel zu setzen.

Angelita war zu zermürbt von ihrer hoffnungslosen Liebe und allzu aufgerieben von ihrer reuezerquälten Sehnsucht, um zu kämpfen. Sie gehorchte willenlos. Den Ausschlag gab, daß Rutland gerade in diesen Tagen nach Genf ging. Da verlor London für sie den Zauber. Sie gab nach. Doch als die Zeitungen die Heimkehr der britischen Abrüstungsdelegation meldeten, wurde sie unstet und voller nervöser Unruhe. Er war in London. Es trieb sie in seine Nähe. Die Unrast hetzte sie. In London lebte die Möglichkeit – die armselige, höhnische, unmögliche Möglichkeit –, ihn zu sehen und bei ihm zu sein.

Abenteuerliche Pläne von Entlaufen, Durchgehen und Flucht stiegen in ihr auf. Dieses Leben neben dem Herzog war nicht mehr zu erdulden. Es mußte ein Ende gemacht werden. Irgendwie. Er war in London. Und wenn doch – doch – eine Wandlung ihn versöhnt hatte! Wenn dennoch die Liebe in ihm gesiegt hatte über den Haß! Sie liebte, und darum hoffte sie, trotz aller Vernunft und Menschenkenntnis in ihr. Wenn doch die Liebe und Sehnsucht in ihm triumphiert hatte, und er sie suchte, rief?

Sie mußte nach London eilen, für ihn bereit und seinem Rufe erreichbar sein.

Wenn sie jetzt auf den weißen Kreideklippen von Ventnor saß, und ihre Augen den enteilenden Dampfern folgten, waren sie Symbole der Flucht und des Hinausziehens in die weite Ferne, in der es keinen Herzog Breton de Los Herreros gab und keine Fesseln und keine auszehrende Sehnsucht. Nur Freiheit und Nähe des Geliebten und Glück ohne Ende.

Es schien ihr, als brauche sie nur zu fliehen und in London zu sein, damit alles gut und herrlich würde und alle Wunder blühten. Sein Haß war vergessen und sein verletzter Stolz. Und abenteuerliche Pläne von Trotz und Befreiung wogten in ihr auf und nieder, wie die grauen Wellen des Meeres vor ihren verzückten, trunkenen, glückshungrigen Augen.

17

Robert Hay und Roland Jerram hatten sich in Paris getroffen und waren auf dem Wege nach London. Der Marineoffizier hatte einen Monat Urlaub erbeten und erhalten.

»Dieser Bursche soll nicht leben und die Sonne und die faustdicken Ehren genießen, und mein armer Bruder fault in seinem frühen Grabe. Das kann Gott nicht zulassen. Er hat mich zu seinem Handlanger erkoren«, sagte er in andächtiger Verzückung.

Hierzu nickte Hay würdevoll, obgleich er religiösen Dingen mehr als skeptisch gegenüberstand. Doch er nahm stets jeden Vorteil wahr, der sich ihm bot, und kümmerte sich nicht allzu zartfühlend um seine Herkunft und seine Keime.

Mochte Jerram ruhig in sich eine höhere Sendung verspüren, die er zu erfüllen hatte. Ein hoher amerikanischer Seeoffizier, eben noch Delegierter der USA. auf der Internationalen Abrüstungskonferenz, der Bruder des Ermordeten, war ein zugkräftiger und unverdächtiger Bundesgenosse. Seine eigene Anklage allein war doch etwas anrüchig als Konkurrenzneid.

So warf sich die schonungsloseste Art der Verfolgung auf Rutlands Fährte: bigotter engstirniger Fanatismus und kalter materieller Geschäftsegoismus. Nicht einen Augenblick kamen dem kleinen dicken Manne Bedenken, den überlegenen Gegner, den er in offenem Wettbewerb durch Leistungen nicht niederringen konnte, durch geheim unlautere Mittel zu fällen.

»Ich stelle mein ganzes Vermögen zur Verfügung!« rief der fromme Korvettenkapitän, die Säule einer mächtigen Sekte in Boston. »Ich weiß, solche Dinge kosten viel in England.«

»Sehr wacker von dir, lieber Jerram«, wehrte Bobby Hay, »aber unnötig. Alle Auslagen gehen auf Spesenkonto meiner Firma.«

In ihrer Begleitung reiste Mr. Watson, ein interessanter Herr. Er sah aus wie eine Kreuzung zwischen Gelehrtem und Offizier. Das war er auch im Grunde. Ein Wissenschaftler auf dem Gebiete der Schädelmessung und Fingerabdrücke, ein Schrecken der Neuyorker Herren von der dunklen Zunft. Einer der erfahrensten Kriminalisten der Manhattan-Polizei. Ein feines nachdenkliches Gesicht mit grübelnden schwachen Augen und scharfen Brillengläsern, ein furchtloser Mund, ein verwegenes eisernes Kinn. Ein liebenswürdiger, teilnehmender, aber sehr wortkarger Reisegefährte.

Hay hatte in Neuyork den langjährigen Rechtsbeistand der Firma Browning & Son, unter der Verpflichtung tiefster Geheimhaltung seiner Offenbarung, befragt. Er wünschte nicht, daß der Aufsichtsrat, vor dem Gelingen, von dem Unternehmen Wind bekam. Er fürchtete, trotz allem, noch ein neues Fiasko.

Wohl hatten sie jetzt bündige Beweise in der Hand. Er konnte beschwören, daß Rutland seiner früheren Frau gegenüber seine Identität mit dem Mörder Paterson eingestanden hatte. Trotzdem war er sich der Schwierigkeit bewußt, einen englischen Haftbefehl zu erlangen gegen den populären Mann, den Wirtschaftsprimas, den der König vor kurzem geadelt hatte.

Nachdem der Anwalt sich einigermaßen von seinem begreiflichen Erstaunen erholt hatte, kratzte er schabend sein glattrasiertes Kinn und murmelte zaudernd: »Hören Sie mal, das ist keine Kleinigkeit, die Sie da vorhaben.«

»Ich weiß«, entgegnete Bobby Hay, »deswegen komme ich ja zu Ihnen.«

»Ich hoffe — —, wenn ich Sie nicht als einen sehr überlegten Mann kennen würde, wahrhaftig Mr. Hay, ich könnte glauben, daß der Wunsch der Vater des Gedankens ist.« »Sie irren sich absolut in der Vaterschaft, Mr. Gibbens.«

»Verzeihen Sie meine Offenheit, Mr. Hay, aber es könnte Ihnen doch nicht viel Angenehmeres in dieser Welt passieren, als daß dem Gehirn und der Seele von Killick & Ewart das Lebenslicht ausgeblasen würde.«

»Sehr richtig, Mr. Gibbens. Sie beweisen mit dieser Klarsicht wieder, daß Sie unseres Vertrauens würdig sind.«

»Ich meine nur, Mr. Hay, sind Sie Ihrer Sache auch ganz sicher? Es klingt verdammt unwahrscheinlich.«

»Aber, Gibbens, Mann des Gesetzes, ich sagte Ihnen doch, daß Jerram und ich ihn sofort wiedererkannt haben, und daß er es seiner früheren Frau zugegeben hat«, ereiferte sich Hay. »Und hier – sehen Sie sich das an.«

Er warf ihm einige Gruppenbilder aus alten Tagen hin und die Zeitung, die Rutlands letztes Bild enthielt.

»Da – das ist er. Sehen Sie, als Leutnant zur See. Na – vergleichen Sie mal. Stimmt's?!«

Gibbens betrachtete die Bilder. »Na ja, eine Ähnlichkeit, fraglos. Und das Geständnis. Gewiß. Juristisch liegt die Sache ganz klar. Nur – menschlich erscheint sie mir etwas unglaubhaft. Und wegen der hohen Stellung des Beschuldigten nicht ganz einfach. Übrigens las ich vor einiger Zeit, daß Sir John Rutland für das Parlament kandidiert. Da ist größte Eile geboten. Denn Sie wissen, Hay, wenn er gewählt ist, schützt ihn die Immunität des Abgeordneten. Dann wachsen unsere Schwierigkeiten ins Unermeßliche.«

»Also los – los!« ermunterte Hay. »Packen Sie Ihr Nachthemd, und fahren Sie heute abend mit mir über Paris nach England.«

»Einen Augenblick«, dämpfte der Anwalt den Eifer. »Mit Forschheit allein schaffen wir diese heikle Sache nicht.«

»Aber Sie haben doch meine eidliche Aussage!« bestürmte ihn Hay.

»Gemach, Mr. Hay. Ob die drüben zieht, wenn es sich um die Verhaftung eines der ersten Männer des Landes handelt, bezweifle ich. Lassen Sie mich einen Augenblick überlegen.«

»Überlegen Sie!« brummte Hay unmutig über soviel zwecklose Gedankenarbeit.

»Hm«, sagte Gibbens nach einer Weile. »Wir müssen die Sache amtlich aufziehen. Sonst geht es nicht.«

»Wie meinen Sie das?« fragte Hay peinlich ahnungsvoll. »Wozu so viele Schwierigkeiten in einer klaren Sache. O diese Juristen! Immer nur alles komplizieren!«

»Ich werde zum Chef der Neuyorker Polizei gehen.«

»Ei weh!« entsetzte sich Hay. »Nur noch keine Öffentlichkeit!«

»Seien Sie unbesorgt, Mr. Hay. Wenn die Polizei anbeißt, hat sie selbst das größte Interesse der Geheimhaltung. Wenn es mir gelingt, auf Grund Ihrer eidlichen Bekundung, daß Sir John Rutland sich Frau Bouterweg gegenüber als George Paterson zu erkennen gegeben hat, einen amerikanischen Haftbefehl zu erwirken, haben wir eine Chance. Dann können wir uns hinter die amerikanische Botschaft in London stecken und vielleicht auf diplomatischem Wege einen englischen Haftbefehl erlangen. Die Schwierigkeit ist nur die: der Mord ist in Manila auf den Philippinen geschehen. Ich weiß nicht recht, ob sich die hiesige Polizei nicht für unzuständig erklären wird.«

»Das zu verhindern wird eben Sache Ihrer Geschicklichkeit sein, bester Gibbens«, schmeichelte Hay mit einer kleinen versteckten Drohung, die dem Anwalt durchaus nicht entging.

Er hatte Glück. Der Chef der Neuyorker Kriminalpolizei war ein jüngerer Mann, der erst kürzlich auf seinen verantwortungsvollen Posten befördert worden war. Er hungerte nach einer Gelegenheit, seine Tauglichkeit zu beweisen und Ruhm und Volkstümlichkeit zu erwerben.

Er begriff sofort, daß es sich hier um eine Weltsensation handelte, wie sie Zufall und Glück nicht alle Tage zusammenbrauten. Ein englischer Edelmann, Chef einer Weltfirma, hervorragendes Mitglied der Genfer Abrüstungskonferenz, Kandidat des britischen Parlaments, Aspirant auf einen englischen Ministersessel – ein verkappter amerikanischer Mörder! Das war ein ›Fall‹! Und er der Mann, der diesen durchtriebenen gefürchteten Burschen entlarvte. Donnerwetter ja, das war die Gelegenheit, die das Glück ihm darbot.

Er griff mit beiden Händen zu. Die Zuständigkeitsfrage blies er geringschätzig beiseite. Lächerliches Bedenken. Weit wichtiger und einschneidender dünkte ihm eine andere Sorge.

War Paterson – oder Rutland, wie er sich jetzt nannte – noch Amerikaner? Vielleicht hatte er längst das britische Bürgerrecht erworben. War Engländer geworden. Denn die Frechheit, als amerikanischer Bürger den englischen Adel anzunehmen, als britischer Delegierter und Parlamentsanwärter aufzutreten, erschien ihm denn doch zu gigantisch. Andererseits sprach alles dagegen, daß Paterson gewagt haben sollte, das Verfahren auf Naturalisation einzuleiten und seine amerikanische Abstammung vor den englischen Behörden zu enthüllen.

Seiner kriminalistisch geschulten Praxis schien die Sache keineswegs so abenteuerlich wie dem Anwalte. Es war durchaus denkbar, daß dieser Mann – wie, würde man ja bald erfahren – aus dem Untergang seines Torpedobootes gerettet worden, unter dem fremden Namen nach England entkommen und dort zu seiner prominenten Stellung emporgestiegen war.

Das schien diesem Kriminalisten nicht allzu unmöglich und märchenhaft. Freilich – freilich, ob er Engländer geworden war! Dem Burschen war jede Kühnheit zuzutrauen. Dann war es aus mit der Weltsensation. Dann stand die Verfolgung in Englands Belieben. Und die drüben würden sich schwer hüten, ihren ersten Wirtschaftsgeneral und Delegierten und damit sich bloßzustellen. Eine Auslieferung an Amerika war gesetzlich dann ausgeschlossen. Kein Land der Erde lieferte seine Staatsangehörigen aus.

Der Chef der Neuyorker Kriminalpolizei ließ sofort seinen fähigsten Beamten, Mr. Watson, kommen und instruierte ihn. Sofort mit einem Haftbefehl Mr. Hay und Jerram nach London begleiten. Dort sich an Scotland Yard wenden. Alles darlegen. Es den Engländern überlassen, einzuwenden, daß Paterson Brite geworden war. Um strikteste Diskretion bitten. Wenn alles gelang, sofort und eiligst durch die amerikanische Botschaft Londons das Auslieferungsverfahren betreiben, den Mann schleunigst nach Neuyork bringen, nicht nach Manila. »Sie verstehen?« Mr. Watson verstand, verstand durchaus die geheimen Beweggründe seines hohen Chefs und sagte: »Allright, Sir.«

Doch allzu durchdrungen von dem Gelingen dieser Europafahrt schien er nicht.

Scotland Yard in London lehnte strikte die Zumutung ab, gegen Sir John Rutland einen Haftbefehl wegen Mordes zu erlassen.

Der hohe Polizeibeamte, mit dem Watson und seine beiden Begleiter verhandelten, hörte mit einigem Erstaunen, doch dienstlich geschulter Ruhe die Anklage und die Beweise an. Dann schüttelte er den Kopf.

»Nein, meine Herren«, erklärte er, »das genügt mir nicht und wird keinem englischen Beamten genügen. Eine gewisse Ähnlichkeit und die Bekundung dieses Herrn dort über das angebliche Zeugnis einer Dame über ein angebliches Geständnis und Anerkenntnis Sir Johns! Nein, meine Herren, auf solche vage Beschuldigung hin lehne ich jede Amtshandlung gegen einen der hervorragendsten Bürger von London ab.«

»Aber wollen Sie nicht wenigstens diskret prüfen, ob dieser Sir John überhaupt Engländer ist!« bat Watson.

»Nein, lieber Kollege Watson, auch hierzu halte ich mich auf Grund Ihrer wenig stabilen Grundlagen nicht für befugt. Falls Sie der Meinung huldigen, daß ich irre, steht Ihnen die Beschwerde an meine vorgesetzte Stelle offen.«

Man verabschiedete sich sehr höflich, Jerram berstend vor Empörung über diesen »Schutz des Mordbuben«, Hay mit enttäuschungsfahler Glatze über das Entgleiten seiner schönsten Hoffnungen und das Zerplatzen seines aussichtsreichsten Geschäftscoups, Watson, unberührt von dem ersten Mißerfolge, in tiefem wissenschaftlichem Sinnen.

Ohne auf Jerrams zornfauchende Verdächtigungen der englischen Beamtenschaft und Hays Entwürfe einer flammenden Beschwerde zu achten, schritt er zwischen dem langen und dem kurzen Manne als ausgleichender Mittelpfeiler das Victoria Embankment entlang an der Themse hin, der Charing-Cross-Brücke zu.

Plötzlich machte er kehrt. Er war sich im klaren. An Beschwerde war nicht zu denken. Der Mann in Scotland Yard war vollkommen im Recht. In Neuyork hätten sie auch nicht anders gehandelt. Nirgends in der Welt. Auf diese »Beweise« hatte er nie sehr fest gebaut. Er hatte sich tragen lassen wie immer. Er vertraute seinem stets gütigen Stern und seiner Eingebung des Augenblicks, der er seine starken Erfolge verdankte.

»Bravo«, frohlockte der lange Kapitän, als Watson ohne Aufklärung dem Polizeigebäude wieder zustrebte. »Das wäre ja auch noch schöner, solche schlagenden Beweise abzulehnen.«

»Wollen Sie sich beschweren?« fragte der klügere Hay gedehnt. Seine vernichtenden Indizien gegen Rutland waren ihm in der Hand des Londoner Polizeimannes plötzlich sehr kläglich und dürftig erschienen. Sie waren geradezu in Sekunden verdorrt. Er konnte sich dieses Naturphänomen selbst nicht recht erklären. Aber mit einem Male dünkte es ihm sehr kühn, allein auf die Aussage Muriels hin diese weite Reise zu unternehmen. Wie gut, daß er seinem Aufsichtsrate gegenüber geschwiegen hatte. Das wäre eine herrliche neue Blamage gewesen! Immer wieder dieser verflixte Rutland, der ihn hineinlegte! Immer wieder. Aber, zum Donnerwetter – er war es doch! Er war doch Paterson! Dieser Polizeimann in Scotland Yard hatte ihn ganz dumm gemacht! Nicht sich beirren lassen! Rutland war der Mörder Paterson. Das mußte man doch beweisen können! Donnerwetter noch einmal!

»Wollen Sie sich beschweren?« fragte er, von der Wirkung dieses Schrittes, ohne weitere Vorbereitung, wenig überzeugt.

Watson schüttelte den Kopf mit den funkelnden Brillengläsern.

»Victoria Street 123. Amerikanische Botschaft«, gab er lakonisch von sich. Er war ein geschworener Feind vieler Worte.

»Sehr gut!« lobte Jerram. »Die werden den Kerls in Scotland Yard schon zeigen, was eine Harke ist.«

Er schritt heftig aus mit seinen langen Stangenbeinen. Hay konnte kaum nachkommen.

»Lauft doch nicht so«, ächzte er, riß den Strohhut vom Kopfe und trocknete mit dem Taschentuche den Schädel. Es war ein heißer brütender Augusttag.

Watson verlangsamte mitleidig den Schritt, während Jerram ungezähmt vor ihnen dahintobte.

»Was wollen Sie auf der Botschaft?« forschte Hay. »Verdammt, daß man nicht einfach nach Neuyork telegraphieren und Frau Bouterweg als Zeugin vernehmen lassen kann. Das wäre ein zwingender Beweis. Aber ich gebe mich da keinen falschen Hoffnungen hin. Sie würde alles bestreiten. Aus Angst vor dem Aufruhr und der Ungültigkeit ihrer Ehe. Und dann sind wir geliefert.« Watson winkte nur mit der Hand ab. Worte erforderten Hays Auslassungen nicht.

»Was wollen Sie auf der Botschaft?« wiederholte Hay neugierig, vor Hitze prustend. »Sehen«, sagte Watson und bog an der Westminster Abtei ein.

Damit mußte Bob Hays Wißbegierde sich vorläufig zufrieden geben.

Botschafter und Erster Rat waren auf Urlaub. Sie wurden von einem sehr liebenswürdigen, vor Diensteifer überschäumenden jungen Sekretär empfangen. Als er den Namen des Beschuldigten vernahm, wurde er auffallend zurückhaltend.

»Hören Sie mal, meine Herren!« rief er perplex. »Die Sache scheint mir doch sehr – wie soll ich sagen – sehr – monströs. Sir John Rutland ein Mörder! Und Amerikaner. Unmöglich!«

Hay brachte seine Beweise, Jerram gläubig seine Überzeugung vor.

»Ehe ich eingehend mit dem Herrn Botschafter gesprochen habe, kann ich nicht das Geringste unternehmen!« scheute der junge Herr vor einer Verantwortung zurück, die ihm etwas reichlich mit Dynamit geladen zu sein schien. »Ich werde mich hüten, mir die Finger zu verbrennen. Das ist eine so delikate – ja, meine Herren, ehrlich gesprochen, erscheint mir die ganze Angelegenheit reichlich hirnverbrannt.«

Jerram und Hay fielen mit heftigen Worten über den Botschaftssekretär her. Doch Watson stand auf.

»Danke sehr«, sagte er und griff den Hut vom Tische.

Seinen beiden Begleitern blieben die überzeugendsten Argumente im Munde stecken vor Staunen über diesen jähen Aufbruch. Watson war nicht der Mann, zwecklos seine Zeit zu vertrödeln.

Als sie wieder in der Sonnenglut der Victoria Street buken, schlugen beide mit ungebändigten Vorwürfen auf ihren stillen Reisegefährten ein. Er duldete stumm. Auch zur Abwehr und Rechtfertigung waren ihm Worte zu kostbar.

Gelassen schritt er wieder am Parlamentsgebäude vorüber, der Themse und New Scotland Yard entgegen.

»Also doch Beschwerde!« jubelte Jerram und malmte mit seinen großen, gelben Zähnen, als genieße er nun schon vorkostend seine Rache.

»Reden Sie doch!« flehte Hay, »und spannen Sie einen nicht so barbarisch auf die Folter, wenn diese Lustbarkeit auch zu Ihrem Berufe gehören mag.«

Doch Watsons Lippen blieben verschlossen. Kopfschüttelnd, erbittert schritten und trippelten Jerram und Hay neben ihm her, in das Polizeipräsidium hinein, Treppen hinauf, Gänge hinab bis zur Office des Beamten, den sie vor einer halben Stunde verlassen hatten.

Das Gebot der Stunde hatte Watson, wie immer, einen Gedanken beschert. Er hatte sich nicht vergeblich, seinem Glücke vertrauend, treiben lassen.

Der Beamte furchte in kaum verhehlter Ungeduld die Stirn, als das Trio wieder eintrat.

»Ich bitte«, begann Watson dienstlich und formell, »um einen Haftbefehl gegen den amerikanischen Staatsbürger George Paterson, früheren Oberleutnant der Marine der USA., den ich des Mordes anklage unter der Behauptung, daß Besagter sich auf britischem Gebiet aufhält.«

Der Engländer blickte kurz auf. Er durchschaute den gewandten Polizeikniff.

Jerram und Hay sahen sich verständnislos an. Nach einer kleinen Pause der Überlegung erwiderte der Beamte:

»Mr. Watson, dieses Ersuchen kann ich natürlich nicht ablehnen. Ich erlaube mir aber, Sie als Kollege darauf hinzuweisen, daß weder Sie noch die Kriminalpolizisten, die ich Ihnen zur Verfügung stellen werde, das Haus Sir John Rutlands auf Grund dieses Haftbefehls betreten dürfen.«

»Ich weiß«, entgegnete Watson kühl, »ich kenne die Habeas-Corpus-Acte.«

»Auch dürfen Sie den betreffenden Herrn nur verhaften, wenn er sofort – hören Sie – sofort – zugesteht, George Paterson zu sein.«

»Ich weiß«, bemerkte Watson trocken.

»Andernfalls haben Sie und meine Leute, denen ich ihre besonderen Verhaftungsvorschriften geben werde, sich höflichst zu entschuldigen und sich sofort zurückzuziehen.«

»Ich bin Ihnen sehr dankbar für die Belehrung«, gestand Watson fast gerührt.

»Und daß ich Sie dringend bitte, mit größter Schonung und Diskretion zu Werke zu gehen, ist sicher unnötig zu erwähnen.«

»Sicher«, bestätigte Watson.

»Dann steht Ihnen morgen der Haftbefehl zur Verfügung.«

Watson dankte und ging, zwei verstörte Zweifler im Kielwasser.

Noch im Hofe durchbrach Jerram jede gute Sitte und jede Zivilisation.

»Watson«, schnaubte er, »sind Sie von Sinnen? Was nützt Ihnen der Haftbefehl. Er wird doch nie zugeben, daß er der Mörder Paterson ist. So verrückt ist doch kein Mensch.«

Da Watson stetig seines Weges schritt, stimmte Hay in den keifenden Klagegesang ein. »Das einzige, was Sie mit diesem Blödsinn erreichen werden, ist, daß er gewarnt sein wird – – «

»Und auf immer verduften!« übernahm Jerram wieder die führende Stimme und schwenkte verloren die langen Arme.

Da hob Bobby Hay den rot erhitzten Kopf. Sein kluger Geschäftssinn witterte Land.

»Wenn schon!« trompetete er frohgemut. »Soll er verduften! Mehr brauche ich nicht! Genügt mir vollständig, wenn er vom Präsidentenstuhle bei Killick & Ewarts kippt. Absolut! Von mir aus soll er sich dann in Kamtschatka seinen Kohl bauen.«

»So?!« schmetterte Jerram, daß der Posten an dem Tore, das sie gerade durchschritten, hastig an den Gummiknüppel faßte. »So?! Hältst du so unser Abkommen? Entwischen soll dieser Schuft? Nein, mein Lieber.«

Und sich mit donquichotischer Würde an Watson wendend, sprach er:

»Mr. Watson, im Namen des amerikanischen Volkes und Gesetzes fordere ich von Ihnen, daß Sie diesen Mann dem elektrischen Stuhle überliefern.«

Doch Watson blieb die Antwort schuldig.

In Winchester stand eine Nachwahl bevor. Der Vertreter des Wahlkreises im Parlament war gestorben. Die Regierungspartei bot Sir John Rutland das Mandat an. Er nahm an. Es war das federnde Sprungbrett zu den höchsten Ehren des britischen Staates. Die Wahl war fast unbestritten. Seit Jahrzehnten gehörte dieser Kreis zum festbegründeten Sitze der Tories.

Doch politischer Anstand und parlamentarisches Herkommen geboten, daß Rutland sich seinen Wählern vorstellte. Vierzehn Tage lang hatte der Einpeitscher der Partei den berühmten Kandidaten in Städtchen und Weilern, von Wahlversammlung zu feierlichen Diners bei dem alteingesessenen Landadel, von stürmisch applaudierten Wahlreden zu heiter begrüßten Toasten herumgeschleppt.

Endlich durfte er nach London zurückkehren.

Bis zur endgültigen Wahl blieben noch zehn Tage. Diese wichtige Aktion forderte wieder seine Gegenwart. Doch eine Woche der Muße blieb ihm. Diese wollte er in Ventnor, in Angelitas Nähe, genießen.

Wenn sie es gestattete, wollte er mit dem Herzoge sprechen und Angelitas Freiheit von ihm fordern. Und wenn er sich weigerte – nun, vor einem Kampfe war Rutland nie zurückgeschreckt. Es gab gesetzliche Handhaben, Scheidungsmöglichkeiten, moralische Zwangsmittel, selbst in England. Gerade in England würde ein Mann unmöglich werden, der eine schöne Frau gegen ihren Willen hinderte, dem Mann ihrer Liebe in Ehren zu gehören. Rutland hatte wegen geringerer Einsätze schwierigere Widerstände gebrochen. Ihm bangte nicht vor dem Herzoge. Ihm bangte vor Angelita. War ihr Zorn verrauscht? War er zerstoben? Hatte die Zeit ihn gedämpft und gewandelt? Würde sie ihm anhören? Würde sie ihn erhören?

Seiner Sehnsucht blieb keine Wahl. Er mußte sein Schicksal erfüllen, das sie war und nur sie.

Gegen mittag erreichte er London. Sofort gab er Wisdom, dem Butler, den Auftrag, die Koffer für eine kurze Reise an die See umzupacken. Als er das Haus verlassen wollte, schrillte das Telephon.

»Eine Dame wünscht Sir John zu sprechen«, meldete Amy an dem Schaltapparate im Souterrain.

»Stellen Sie um«, befahl Rutland.

Es war Angelita.

»John, bist du es?« rief ihr metallischer Alt.

Taumelnde Freude und Überraschung schnürten ihm die Kehle zu.

»Ich wollte eben das Haus verlassen, zu dir nach Ventnor zu kommen.«

»Ich bin in London. Albert-Hotel. Komm bitte sofort zu mir. Ich habe dir sehr Wichtiges mitzuteilen. Frage nach Mrs. Oybin.«

»Ich bin in zehn Minuten bei dir.«

Er hängte den Hörer an die Gabel und starrte sekundenlang vor sich hin, mystisch umraunt. Wie Fügung war das! Wie heilige, heimlich-unheimliche Mächte, die den Menschen führten und leiteten. Wenige Augenblicke später wäre er fortgewesen – auf dem Wege zu ihr, die in London war. Schicksalswalten!

Dann riß es ihn von dem Fernsprecher. Er lief in die Halle, rief dem verdutzten Wisdom zu: »Ich fahre heute nicht!« raffte den Hut vom Garderobenständer und eilte hinaus.

An der Ecke warf er sich in eine Taxe.

Während der Wagen sich durch das Nachmittagsgewühl von Piccadilly und Oxford Street viel zu langsam für seine fiebernde Ungeduld hindurchwand, sprudelten Fragen und Überlegungen flüchtig und jagend in ihm auf.

Sie war in London und nicht in ihrem Hause? In einem Hotel? Nicht in einem erstklassigen. Unter fremdem Namen! Was bedeutete das? War sie von ihrem Manne gegangen? Streit? Bruch? War irgendein Unglück geschehen? War sie in Sorge? In Not? Ihre Stimme hatte aufgewühlt und zerrissen geklungen. Ihr war doch nichts Arges zugestoßen!

Endlich bog das Auto in Mortimer-Street ein. Hielt vor dem Hotel. Er riß die Tür so ungestüm auf, daß er dem Boy, der diensteifrig herbeieilte, einen heftigen Schlag gegen die Brust hieb. Hastig zahlte er die Taxi, rasch dem Boy ein Schmerzensgeld, dann eilte er zur Office.

»Bitte, melden Sie mich Mrs. Oybin. Rutland.«

»Yes, Sir John«, ereiferte sich der Herr an der Rezeption mit einer kleinen Verbeugung gegen den berühmten Mann.

Während er hinauf in Angelitas Zimmer telephonierte, blickten die anderen Herren am Tische sich heimlich vieldeutig an. Rutland in seiner beklommenen Sorge bemerkte es nicht.

»Mrs. Oybin läßt Sir John in ihren Parlour hinaufbitten«, meldete der Herr am Telephon, winkte einem Boy und befahl: »Führen Sie Sir John nach 127.«

Als Rutland im Lift verschwunden war, steckten die jungen Leute in der Office die Köpfe zusammen. Wenn nicht alles täuschte, war das Hotel Mittelpunkt einer spannenden Liebesaffäre des High life von London geworden.

Zuerst, als sie die Zimmer nahm, hatten die diensttuenden Herren Angelita nicht erkannt. Doch Tommy Stubs, der Liftjunge, der sie hinauffuhr, kam gleich darauf in höchster Ekstase herangestürmt und stürzte hervor:

»Das ist doch die Herzogin Breton de Los Herreros, die spanische Botschafterin.«

»Wer?«

»Nu, die Dame von 127 bis 129.«

»Unsinn! Das ist eine Mrs. Oybin aus Mülheim in Deutschland«, belehrte der Aufnahmechef mit einem Blick auf das ausgefüllte Formular. »Geh auf deinen Posten, Tommy.«

»Aber ich weiß es doch genau«, beharrte der Knirps in der feschen roten Uniform. »Ich stand doch im Winter vor Chamberlains Haus, wie die Auffahrt war.«

»Na – und?« fragte interessiert ein anderer der Herren hinter dem Tische.

»Da fuhr sie vor mit ihrem Manne, so'n großer Dünner. Und weil sie die Schönste von allen war, fragte ich den Copper, wer sie ist.«

»Und was sagte der Polizist?«

»Die Herzogin Breton de Los Herreros von der spanischen Botschaft«, hat er gesagt, »Mr. Simpson. Und weil ich noch nie 'ne lebendige Herzogin gesehen hatte, habe ich mir's gemerkt.«

»Unsinn«, brummte wieder der Chef der Rezeption, »geh auf deinen Posten, Tommy.«

»Und ich wette mit Ihnen einen Anzug, daß sie es ist«, maulte Tommy und trottete zu seinem Lift, sehr erzürnt, daß seine sensationelle Entdeckung so wenig Begeisterung gefunden hatte.

Die Herren an dem Tische aber schlugen in einem offiziellen Führer durch die Londoner Missionen nach und fanden als Ersten Botschaftsrat der spanischen Vertretung den Herzog Breton de Los Herreros. Das wollte noch nicht viel heißen. Doch oben im Lesezimmer lagen die gesammelten Hefte der »Ladies Pictorial«. Mr. Simpson erinnerte sich genau, daß darin vor einiger Zeit die schönsten fremden Damen der Londoner Gesellschaft abgebildet worden waren. Er eilte hinauf und brachte heimlich die Nummer herunter. Die Liftboys brauchten nicht alles zu wissen. Mrs. Oybin auf Nummer 127 bis 129 sah der Herzogin allerdings verdächtig ähnlich.

Kaum war diese spannende Feststellung getroffen, erschien Sir John Rutland und wünschte diese interessante Dame zu sprechen. Sehr merkwürdig. Ziemlich unwahrscheinlich, daß der vielbeschäftigte Präsident von Killick & Ewarts sofort nach ihrer Ankunft eine simple Mrs. Oybin aus Mülheim besuchen würde.

»Jedenfalls, meine Herren«, schärfte der Empfangschef seinen Gehilfen nachdrücklichst ein, »strengstes Geheimnis! Wir sehen und wissen nichts. Für uns ist es Mrs. Oybin aus Mülheim in Deutschland.«

Alle nickten diskret lächelnd und verstehend. – – Angelita wartete inmitten des Salons, als Rutland eintrat. Er blieb an der Tür stehen. Sie sahen sich an, stumm und atemlos vor Glück. Sie waren beide schmäler geworden, ausgebrannt von der Sehnsucht. Sie war schöner als je zuvor. Das sah er. Ihr Gesicht hatte den durchsichtigen Schimmer von Alabaster. Ihre dunklen Augen flammten in der Blässe. Das Haar schien schwärzer, glänzender, die Figur biegsamer, schlanker, irgendwie schmerzlicher.

Sekunden standen sie sich bewegungslos gegenüber. Dann eilte er auf sie zu. Sie streckte ihm die Hand entgegen. Er nahm sie. Küßte sie. Sie war heiß und fiebrig.

Doch sie fielen sich nicht, vom Sturm ihrer Gefühle gepeitscht, in die Arme, wie an jenem Abend in Rutlands Haus. Etwas Stilles, Leidgeprüftes war in dieser Begegnung, etwas Würdevolles, trotz des Aufruhrs und der Gespanntheit in ihren Herzen.

»Du wolltest zu mir nach Ventnor fahren?« fragte sie mit einem Klang des Dankes und der Zärtlichkeit.

Auch ihre Stimme schien ihm schöner, voller, reicher.

Er nickte nur.

»Dann brauche ich dich nicht mehr zu fragen«, lächelte sie weich. »Ich fürchtete, daß du mir vielleicht doch noch zürnst.«

»Nein, nein –«, sprengte es aus seiner Brust, »schon lange nicht mehr. Im Gegenteil – ich – doch wozu davon sprechen? Du hast mich ja gerufen.«

Einen Augenblick standen sie sich wieder ohne Worte, seltsam verlegen, gegenüber. Dann zog sie sich sichtbar zusammen, strich mit ihrer gewohnten Geste das Haar hinter das rechte Ohr, seufzte aus den Tiefen und setzte sich. Ihr Blick wies ihm einen nahen Sessel.

»Jetzt höre erst alles«, begann sie. In ihrer Stimme war plötzlich sprunghafte Hast. »Ich muß dir alles der Reihe nach erzählen, damit du begreifst.«

Er nickte und rückte seinen Stuhl näher an sie heran.

»Ich wollte hierbleiben, als mein Mann seine Urlaubsreise nach der Isle of Wight antrat, wollte in London bleiben –, weil – du – hier warst.«

Sie sagte es ganz schlicht, selbstverständlich.

»Angelita!« flüsterte er und atmete schwer.

Als habe sie seinen unterdrückten Schrei des Glückes nicht gehört, fuhr sie abgerissen fort:

»Man zwang mich. Drohte. Ich war zu müde, zu kämpfen. Du verließest damals auch gerade London. Gingst nach Genf. Da war Auflehnung zwecklos. Du hast Großes dort unten geleistet.«

Ihre Augen strahlten ihm zu.

Er machte eine wegwerfende Bewegung. Das alles war jetzt ohne Sinn und Bedeutung.

»Dann kamst du zurück. Da hielt ich es nicht mehr aus.«

»Auch du nicht?!«

»Nein.«

»Es scheint«, sprach er leise, »daß wir beide Zeit brauchten, zu reifen füreinander und für unser Glück.«

Sie nickte versonnen. »Ja, John, jetzt bin ich reif und schwer von Glück wie eine Traube meiner engeren Heimat. Doch höre erst alles.« Sie blickte sich um, als suche sie die Anknüpfung an ihre Erzählung. Dann trieb sie sich weiter. »Von dem Augenblicke an, da ich wußte, daß du wieder in England bist, litt es mich nicht mehr in Ventnor. Ich wollte zu dir fliehen, ich wollte unser Leben nicht mehr vergeuden.«

»Angelita!« raunte er wieder und dachte: »Meine Worte, meine Gedanken!!«

»Mein Entschluß stand fest, da – gestern morgen – kam ein Telegramm der hiesigen Botschaft. Mein Mann sei zum Botschafter in Tokio ernannt.«

»Angelita!« Ein Schreckensruf.

Sie nickte voller Bedeutung.

»Er solle sofort nach Madrid kommen, der Minister des Auswärtigen gehe auf Urlaub und wolle Breton noch vor seiner Ausreise nach Japan sprechen.«

Rutland nickte erwartungsvoll.

»Wir reisten sofort ab. Auf der Eisenbahnfahrt hierher versuchte ich ein Letztes. Ich bat meinen Mann, mich in London zu lassen, stellte ihm vor; daß diese überstürzte Reise nach Madrid eine unnötige Strapaze für mich sei, schlug ihm vor, ihn in Genua zu treffen oder in Neapel oder von wo er nach Ostasien fahren wolle. Er schlug es mir rundweg ab. Du weißt, wie töricht irrig er eifersüchtig ist, – und bestand auf meiner Begleitung.«

Sie machte eine Pause des Atemschöpfens. Er schwieg lauschend vorgebeugt.

»Als wir in unserer Wohnung ankamen, gab er alle Befehle zur Abreise nach Madrid und eilte zur Botschaft. Wir sollten heute um sieben abfahren. Sicher hat er von der Botschaft aus dem Minister seine Ankunft für übermorgen gemeldet.«

Wieder hielt sie inne. Dann brach sie heftig aus.

»Da habe ich gehandelt, endlich. Meine Koffer standen noch in der Halle. Blitzschnell habe ich gehandelt. Ohne mich um die verblüfften Mienen der Dienerschaft zu kümmern.«

Ihr bleiches Gesicht rötete sich.

»Ich ließ einen Taxameter holen. Meine Koffer aufladen. Ohne dem Kammerdiener des Herzogs und den anderen ein Wort der Erklärung zu sagen, fuhr ich davon, sagte dem Chauffeur nur: ›Fahren Sie.‹ Erst unterwegs, als wir außer Sehweite waren, gab ich ihm die Adresse des Hotels. Dann habe ich dich angerufen.«

Sie ließ die Stimme sinken und legte mit einer kindlichen, vertrauenden Bewegung die gefalteten Hände in den Schoß.

Er schwieg. Seine Halsmuskeln arbeiteten. Endlich brachte er heiser, aber glücksgeladen die Worte hervor: »Angelita, das – hast – du – für – mich getan!«

»Für dich und für mich«, erwiderte sie schlicht. Da lag er zu ihren Füßen, umklammerte ihre Schenkel, ihre Hüften, küßte ihre Knie, ihre Brust, die Hände in ihrem Schoße. Sie beugte den Kopf zu ihm nieder, bot ihm ihr Gesicht, brachte ihm ihre Lippen dar. Er küßte ihren Mund, ihre Augen, ihren duftenden Scheitel, ihre Schläfen, die leidenschaftlich pochten.

Und beide raunten und flüsterten die Inbrunst ihrer Liebe.

»Nie wieder voneinander gehen – immer zusammen leben – endlich – er muß dich freigeben – mag er tun, was er will, ich bleibe bei dir – zu dir gehöre ich. Du mußt mein Weib werden vor aller Welt – ich zwinge ihn – wenn es sein muß, gehe ich nach Rom zum Papst, werfe mich ihm zu Füßen«, er wird meine Ehe lösen – und wenn nicht, trotze ich der ganzen Welt – nur du – nur du – nie wieder von dir gehen – nie wieder!« Und küßten sich und tranken lechzend den Hauch des andern und umklammerten sich, sich nie wieder zu lassen.

Plötzlich standen sie, eng ineinander verrankt. Ihr Blut rauschte zusammen, in den Adern brauste das zurückgedämmte Verlangen über alle Wehre, sang sein hohes Lied der Vereinigung, übertäubte die Vergangenheit und ihre Schreckensbilder, überschwemmte Vernunft und Bedenken. Nur die Liebe triumphierte, jauchzte und forderte. Die verpaßten Jahre des Harrens und

Entsagens ballten sich zusammen wie Gewitterwolken, die ihren Schrei nach Entladung über die Welten donnern. Urgewalt trieb sie zusammen, fegte und riß sie zueinander.

Mit einem gurgelnden Laut der Erlösung hob er sie empor, trug sie in das Schlafzimmer.

Da klopfte es hart gegen die Verbindungstür, die in ein fremdes Zimmer führte. Ehe sie noch aus ihrer Verlorenheit emporkommen, ehe sie einen abwehrenden Schreckensruf ausstoßen konnten, wurde die Tür geöffnet und drei Herren traten herein.

Triebhaft, instinktiv frauenhaft, floh Angelita in das Bett, raffte die Betten über sich.

Rutland starrte, sprachlos vor Wut und Pein, auf die Eindringlinge.

Einer der Herren trat auf ihn zu. Es war Watson, der hervorragende Kriminalist aus Neuyork. In der Hand hielt er ein Papier.

»Verzeihen Sie die Störung, die uns selbst mehr als peinlich ist«, begann er liebenswürdig und fest. »Ich bitte Sie, mir eine Frage zu beantworten: Sind Sie der frühere amerikanische Oberleutnant zur See George Paterson?«

Dabei bohrten sich seine Pupillen durch die scharfen Gläser seiner Hornbrille hindurch in Rutlands Augen.

Unter anderen Umständen hätte Rutland vielleicht geleugnet. Doch jetzt war er jeder Besinnung beraubt durch das Entsetzliche, das er über Angelita gebracht hatte. Er war so entmannt durch den schmählichen unausdenkbaren Schimpf dieses Überfalls, daß er, halb bewußtlos vor Scham, Zorn, Zerschlagenheit, nickte.

Und dann stürzte noch etwas anderes, etwas Entscheidendes, zermalmend über ihn her, das jede Kraft und Entschlußfähigkeit aus ihm herauslaugte: das Tor zur Vergangenheit war jählings mit betäubendem Kreischen aufgesprungen.

In dem Augenblicke, in dem er die fremde Ehe zerstören wollte, war er niedergeschlagen worden. Genau wie einst. Alles eine grausige gespenstische Wiederholung. Genau in dieser Lage hatte er damals Stephen Jerram bei seinem Weibe überrascht und ihn erschossen. Ein dumpfes Gefühl, wie ein schweres schwarzes Tuch, senkte sich erstickend auf sein Gehirn. Ahnungen von Rache, Sühne, Vergeltung, Verhängnis, Fluch des Getöteten umkrallten seine Denkfähigkeit. Eine eisige geisterhafte Faust zerrte an seinem Rückenmark.

Er fiel haltlos zusammen. Und nickte.

Da sagte Watson höflich und entscheidend: »George Paterson, in meinen Händen ist ein Haftbefehl von Scotland Yard wegen Mordes. Ich bin gezwungen, Sie zu verhaften.«

Rutland stand und sah die drei Männer an. Seine Lider waren plötzlich entzündet und gerötet. Dann begann er mit irren fehlgreifenden Bewegungen an seiner Kleidung umherzufingern. Da warf Angelita die Decke von ihrem Kopfe. Sie hatte alles vernommen.

»John?!« Ein Schrei, weiß wie sausender Stahl.

Seine Blicke flatterten ohnmächtig. »Verzeih mir!« stöhnte er.

»Kommen Sie!« drängte Watson. Und mit einer lautlosen, beruflichen, fixen Behendigkeit, die viel rascher war als sein Begreifen, hatten die drei Männer Rutland aus dem Zimmer hinausgezwungen. Es blieb ihm kaum ein letzter hilflos flackernder Blick auf Angelita.

Sie bog sich aufrecht im Bette vor. Ihre Augen hafteten irr und wirr auf der Tür, durch die sie ihn abgeführt hatten. Dann ächzte ein versagender tierischer Laut aus ihrer Kehle. Erst jetzt dämmerte in ihr die im Hirn quirlende Erkenntnis auf, daß man den Geliebten als Mörder aus ihrem Zimmer geschleift hatte – aus ihrem Leben.

Sie hob langsam, automatisch hölzern beide Arme und glitt steif zurück in die Kissen.

Lange lag sie so, von einer Ohnmacht begnadet.

21

Jerram und Hay hatten ihr Ziel erreicht, hatten wider alle Vernunft, gegen jede Erwartung das Wild niedergejagt. Sie überschütteten den bis zur Stunde als Dummkopf und Narren verhöhnten, gescholtenen Watson mit Dank-und Lobeshymnen.

Er ertrug ihre Anerkennung mit der gleichen stoischen Stummheit, mit der er ihre wenig anmutigen Zweifel an seinen intakten Geisteskräften hingenommen hatte. Sein im Hauptquartier der Neuyorker Polizei sprichwörtliches Glück war ihm wieder einmal treu geblieben. –

Als stände er außerhalb seines Geschickes, ein Unbeteiligter, ließ Rutland sich nach Scotland Yard bringen. Starr und leblos gab er auf die Fragen Antwort, die in Watsons Gegenwart der englische Polizeibeamte an ihn richtete.

»Sie geben zu, George Paterson zu heißen?«

»Ja.«

»Sie geben zu, den Oberleutnant der amerikanischen Flotte, Stephen Jerram, in Manila erschossen zu haben?«

»Ja.«

»Sie sind nicht Engländer, sondern Amerikaner?«

»Ja.«

Der Beamte stellte noch weitere Fragen. Da verstummte Rutland. »Ich bitte, mich in Ruhe zu lassen«, verlangte er kurz und wandte sich ab. Ihn quälte nur die Sorge um Angelita, nur die Schande, die er über sie gebracht hatte. Sein Geschick berührte ihn nur in seinen Ausstrahlungen auf Angelitas Geschick. Was würde jetzt aus ihr werden? Was würde sie jetzt tun, nachdem sie von ihrem Manne fortgelaufen war, ihr Leben an das seine zu ketten?! Was würde jetzt aus ihr werden?

Auch als sie ihn in die Zelle des Polizeigefängnisses überführt hatten, trieben ihn nur diese bangen Fragen an den engen Wänden hin, im Kreise, immer im Kreise, wie seine sorgenden Gedanken stoben.

»Was würde sie nun tun? Was würde sie von ihm denken? Wie würde sie die Schmach dieser grauenhaften Vernichtung ihrer Liebesstunde ertragen?«

Er ahnte noch nicht, wie schmerzlich er sie bloßgestellt hatte.

Als Angelita aus der Ohnmacht erwachte, fielen die letzten Strahlen der Augustsonne schon fahl und schräg in das Schlafzimmer. In dem ersten Augenblicke des Bewußtseins war ihr das wahnwitzige Geschehen sofort wieder gegenwärtig. Sie sprang aus dem Bette, brach in den Kniekehlen ein, raffte sich auf, hatte ein Gefühl der Schwäche in den Beinen, als ginge sie nicht auf hartem Fußboden, sondern auf welligen Wolken. Achtete nicht ihrer Mattigkeit, nicht der Hohlheit im Schädel. Kleidete sich an, dachte nicht eine Sekunde an die schamvolle Lage, in der man sie überrascht hatte. Dachte nur an ihn, den man als Mörder fortgeführt hatte aus ihren Armen.

Sie wußte sofort: das war die Vergangenheit, die nach ihm gegriffen hatte. Das Geheimnis, das er ihr damals hatte enthüllen wollen und dann – unerklärlich – nicht mehr hatte enthüllen können. Sie begriff und glaubte nicht, daß er gemordet hatte. Doch sie schwankte nicht einen Herzschlag lang in ihrer unerschütterlichen Liebe. Richtete nicht, verdammte nicht, wußte nur, daß sie bei ihm stand. Wenn er gemordet hatte, hatte er von sich aus, aus seinem Charakter heraus, zu Recht getötet. Dann gehörte diese Tat zu seinen Möglichkeiten. Sie verzieh und entschuldigte nicht etwa großzügig und großmütig, sie liebte ihn, wie er war, mit jeder Vergangenheit, mit blutbefleckten Händen, wenn sie blutbefleckt waren.

Als sie sich angekleidet hatte, ging sie hinunter in die Halle, schlich am Geländer die Treppen hinab. Aus Schwäche, nicht aus Scham. Sie trotzte nicht der Schande, sie empfand sie nicht.

Sie kam in das Hotelvestibül.

Hier gierte Skandalsucht und Sensationsbrunst.

Sir John Rutland hatte man als Gefangenen abgeführt! Ihn herausgerissen aus dem Bette der Dame auf 127, die – vielleicht, – wahrscheinlich, – sogar höchstwahrscheinlich – die Herzogin Breton de Los Herreros war!

Das Hotel brodelte. So was geschah nicht alle Tage. Man war Mittelpunkt von England, der Erde geworden. Morgen früh würden die Blicke der Welt auf dieses Hotel gerichtet sein, sein Name widerhallen von London bis Südafrika, von Paris bis Tokio, – bis Neuyork. Der Direktor siedete in brütenden Zweifeln. Er war sich noch nicht klar über die Wirkung dieses heiklen Ereignisses auf sein Haus. Entsproß ihnen eine durchschlagende Gratisreklame oder schädlicher Verruf? Er war sich darüber durchaus noch nicht klar.

Die übrigen Angestellten aber schwelgten in ihrer fanfarenschmetternden Wichtigkeit. –

Bobby Hay wollte seinen Sieg ausnützen. Ihm lag daran, Killick & Ewarts einen Schlag zu versetzen, von dem sich die Konkurrenzfirma sobald nicht wieder erholen sollte. Publizität lautete die Losung, Öffentlichkeit war die Parole. In alle Kontinente hinausschreien, wer der Leiter dieses Welthauses gewesen war! Er raste von einer großen Zeitung zur andern mit seiner ehrabschneidenden, schändenden Neuigkeit.

Die ungläubigen Redaktionen entsandten eiligst ihre Reporter und Rechercheure nach Scotland Yard, in das Hotel.

Auf diese Nachrichtenjäger traf Angelita, als sie die Treppen hinabkam in das Vestibül.

In das Summen der Fragen und Berichte, der Histörchen und Anekdoten, der Wahrheit und Dichtung klaffte eine Bresche verlegenen Schweigens. Alle Augen richteten sich neugierig und geheimnislüstern auf die große, schlanke, bleiche Frau, die hoheitsvoll durch die Halle zur Office schritt, hoheitsvoll und doch ganz schlicht frauenhaft, trotz des Allzumenschlichen, abenteuerlich Tragischen und Gemeinen, das ihr vor wenigen Stunden widerfahren war.

Keiner wagte zu sprechen, kaum zu atmen. So verblüffte und bändigte ihre Schönheit und Würde alle diese Männer.

Sie trat zu dem Tische.

»Wohin führt man Verhaftete?« fragte sie mit ihrem ausländischen Akzent den Empfangschef. Sie sprach leise, doch in der befangenen Stille hörte man die Worte bis in den fernsten Winkel der Halle.

»Nach New Scotland Yard«, entgegnete der Herr ebenso leise und dienstbeflissen.

»Rufen Sie mir ein Auto«, bat Angelita und ging zur Tür. Sie sah die Augen, die sie unverschämt betasteten, sah die Blicke, die ihr Heiligstes, ihre Liebe, schmierig entblößten, und beachtete sie kaum. Sie waren nichts, nichtig, belanglos, Schatten auf ihrem Kleide. Wichtig allein war sein Geschick.

Die Taxi hielt vor dem Portal. »New Scotland Yard«, gebot sie ohne Scheu dem Chauffeur. Der Türboy schloß den Wagenschlag. Die Pneus rieselten über den kochenden Asphalt.

Da erst löste sich der Bann. Da erst kam wieder Leben und Bewegung in die Reporter, Angestellten, romantisch umraunten Hotelgäste.

Viele von den Zeitungsleuten hatten mit Bestimmtheit die Herzogin erkannt. Füllfedern kritzelten, Zeichner zogen eine eilige Skizze. Der Direktor beobachtete die Mienen seiner Herde. Nein, Entrüstung war nirgends zu sehen, auch nicht bei den Damen. Nur gespanntestes Interesse, ein Sichfühlen als Teilnehmer und Miterleber mondänsten Geschehens. Es war wohl doch eine fabelhafte kostenlose Reklame für sein Haus!

In Scotland Yard wurde Angelita an den hohen Beamten gewiesen, der die große Sache von Anbeginn bearbeitet und Rutland vor kurzem vernommen hatte. Sie sandte ihre Visitenkarte zu ihm hinein. An sich, an ihre Sicherheit vor ihrem Manne, an Verstecken dachte sie nicht mehr. Sie dachte nur an Rutlands Los.

Der Beamte empfing die Herzogin ernst, aber liebenswürdig.

»Darf ich Sir John sehen?« fragte sie.

»Sie meinen George Paterson, Durchlaucht.«

»Was tut der Name!« entgegnete sie und zuckte nervös die Schultern. »Sie wissen, wen ich meine.«

»Ich weiß es. Aber ich darf Besuche nicht gestatten«, bedauerte er.

»Darf ich ihm schreiben?«

»Bitte, vorläufig nicht.«

»Würden Sie ihm etwas von mir ausrichten?«

»Gern.«

»Dann, bitte«, sagte sie ohne Zögern, ganz einfach, und doch klang es diesem Polizeimanne, der täglich Menschenschwäche und Menschenleid sah, wie ein uraltes, ewiges Liebeslied, »dann bitte sagen Sie ihm, daß ich fest zu ihm halte, daß es meine Liebe nicht berührt, ob er gemordet hat oder nicht, daß ich in unwandelbarer Innigkeit zu ihm stehe.« Sie schwieg.

»Ich werde es wörtlich weitergeben, Durchlaucht«, gelobte der Beamte heiser, ergriffen von Hochachtung für diese mutige, leidenschaftliche Frau aus den Höhen der Menschheit.

»Ich danke Ihnen.« Sie neigte das blasse Gesicht und ging zur Tür. Dort zögerte sie. Er hatte sie begleitet, stand neben ihr.

»Was wird jetzt mit ihm geschehen?« fragte sie.

»Wir werden ihn an Amerika ausliefern.«

»Wird das lange dauern?«

»Kaum.«

»Wird es mir erlaubt sein, mit dem gleichen Schiff nach Amerika zu fahren?«

»Man wird es nicht gern sehen, Durchlaucht.«

»Würden Sie die Liebenswürdigkeit haben, mir das Schiff zu nennen. Ich werde dann mit einem anderen fahren, nur daß ich ungefähr zur gleichen Zeit mit ihm in Amerika eintreffe.«

»Ich werde Ihnen sehr gern das Schiff nennen, Durchlaucht.«

»Ich danke Ihnen vielmals. Und werde Ihr Vertrauen nicht mißbrauchen.«

»Ich weiß es, Durchlaucht.«

Wieder neigte sie das fahle Gesicht mit den schmerzverschleierten schwarzen Augen und ging.

Der Beamte blieb sinnend an der Tür stehen. Zum ersten Male stieg in ihm eine Ahnung von Frauenliebe auf.

22

In seiner Zelle saß Rutland, gefühllos für seine Umwelt und Gegenwart, und dachte nur an Angelita.

Draußen aber wurde es der Fall von Weltbedeutung, den der Kriminalchef von Neuyork gewittert und so dringend für seinen Ruhm und seine Volkstümlichkeit benötigt hatte.

Die Kabel waren überlastet, die Radiowellen schwangen die Kunde von diesem »größten Bluff des Jahrhunderts« rund um den Erdball. Und seltsamerweise fühlten sich viele, sehr viele betrogen. Nicht nur die Aktionäre, der Aufsichtsrat und die Direktoren von Killick & Ewarts, nicht nur die englische Regierung, nicht nur die Konferenzteilnehmer von Genf und die Wähler von Winchester, nein, viele ehrsame Bürger in Sidney, viele Kaffeeschwestern in Oslo fühlten sich von diesem Gauner genasführt und übers Ohr gehauen.

Man vergaß fast den Mord. Er wurde zur Nebensache, zum unscheinbaren Mittel des Betruges. Weit peinvoller berührte fast die gesamte honorige Welt, daß ein Mörder es gewagt hatte, im Wirtschaftsleben und der hohen Politik eine bewegende Rolle zu spielen. Das war eine unerhörte Frechheit und Ruchlosigkeit.

Er hatte die Welt genarrt. Das verzieh sie ihm nicht. Dieser Mensch hatte sich erkühnt, der Stolz von England zu werden. Ein Mörder! Ein Mensch, der kein Engländer war! Man hatte ihn bewundert, Frauenherzen ihn und sein Bild angeschwärmt. Er war ja einer der schönsten Männer Englands gewesen, dieser Schwindler, Gauner, hinterlistige Heuchler! Man entsetzte sich, Killick & Ewarts waren bis auf die Knochen geschändet, die Ämter klirrten dort nur so zu Boden, so heftig wurden sie von Aufsichtsratsmitgliedern und Renommierwürdenträgern abgeschüttelt. Die Aktien der Werft fielen um hundertundfünfzig Punkte. Leute, bei denen dieser Mensch verkehrt hatte, wuschen sich voller Abscheu die Hände.

Aber es gab in der weiten Welt auch viele, die an ihm ihre saftige Freude hatten. Alle Aufrührer, Unhonorigen, alles, was nicht Spießer sein wollte, die Intellektuellen auf beiden Hemisphären, die Künstler, alle jene, die keinen Respekt vor den Bonzen und Ehren dieser Welt haben, erhoben diesen Mann, der die Großindustrie, die Regierung seines Landes und aller in Genf vereinigten Mächte gefoppt und geutzt hatte, der um ein Haar Abgeordneter und Minister geworden wäre, auf ihr Empörerschild, nannten ihn einen »Witz der Weltgeschichte«, einen, der die Sage von der Erhabenheit der obersten Tausend, die diese Erde regieren und verwalten, köstlich ad absurdum geführt hatte. Nannten ihn zusammen mit dem Hauptmann von Köpenick und anderen klassischen Persiflagern der beherrschenden Mächte und Idole.

Zorn, Erbitterung, Scham, Empörung, Genugtuung und Gelächter hallte und schallte am nächsten Morgen über die bewohnte Erde hin. Es war sauerste Gurkenzeit, eine packende Nachricht galt als kostbare Rarität. Die Zeitungen aller Völker griffen nach diesem Fressen für ihre hungrigen Spalten. Dicke Überschriften protzten durch die Welt:

»Der Mörder im Schlafzimmer der Herzogin.«

»Der Industriekönig, ein namenloser Schwindler.« »Ein englischer Edelmann ein amerikanischer Mordbube.«

»Der Geliebte der Herzogin Breton de Los Herreros ein seit sieben Jahren gesuchter Mörder.«

Es tobte über alle Längen-und Breitengrade hin.

Und keiner der Tausenden entrüstet schnaufender und vergnügt schmunzelnder Leser empfand das bittere Unrecht, das man diesem Manne tat. Keiner dachte daran, daß seine seltene Tüchtigkeit und die von ihm geschwellte Woge des Erfolges ihn mit elementarer Wucht emporgetragen hatte. Ohne Schwindel, ohne Betrug, ohne Heuchelei. Daß er nichts, außer dem Morde, den man ihm in Wahrheit kaum verübelte, begangen hatte, als eines toten Seemanns Namen anzunehmen. Alles andere, seinen Weg hinauf, hatte er ehrlich und genial erarbeitet.

Das alles zählte jetzt nicht. Daß er Tausenden Arbeit und Brot verschafft hatte durch den märchenhaften Aufschwung seiner Firma, daß er in Genf die Friedens-und Abrüstungsidee weiter vorwärtsgetragen hatte als irgendein Staatsmann vor ihm, – alles das war jetzt null und nichtig. Er war ein Schelm, eine Art Zechpreller der Ehren dieser Welt und politischer Hochstapler.

Der Blitz schlug krachend ein in das Souterrain seines Hauses in Egerton Terrace.

Wisdom, der Butler, war paralysiert von dem vernichtenden Schlage. Seine Würde war zermalmt. Er bei einem Mörder und Schwindler, einem Nichtengländer in Stellung! Er, Stewart Wisdom, der früher einem Earl gedient hatte! Seine Respektabilität war für immer dahin. Er saß am Küchentisch, ein stummer, erledigter Mann. Der Chauffeur behauptete, er habe so was immer geahnt. Doch die Köchin stauchte ihn energisch zusammen. Nichts habe er geahnt. Gar nichts. Und nicht ein Wort sei wahr an dem ganzen Quatsche. Nicht ein Sterbenswort.

»Aber er hat es doch zugegeben!« bedeutete schüchtern der Mann, der nun bald ihre fülligen Reize nebst Sparkassenbuch genießen sollte.

Doch Jane tippte sich an ihre breite Stirn.

»Verrückt haben sie ihn gemacht, diese Weiber. Die Herzogin mit dem Negernamen und die andere, die damals hier war. Total verrückt haben sie den armen Mann gemacht. Der kein Engländer! Bei der Vornehmheit und dem Benehmen! Das kann er den Polizeileuten weismachen!«

Sie faltete die Arme über dem üppigen Busen und kniff die Lippen ein. Basta.

Der Chauffeur wagte keinen weiteren Widerspruch. Er hatte erst kürzlich das Konto der Köchin gesehen.

Amy, das Stubenmädchen, war viel zu tief in ihre eigenen Gedanken versponnen, um an der Debatte teilzunehmen. Sie wußte, er war ein Mörder. Ein Mörder aus Eifersucht. Wie aufregend. Deshalb war er auch immer dort oben in seinem Zimmer so auf und nieder gewandert. Auf und nieder, ruhelos, wie Mörder sind. Aber sie konnte ihm nicht zürnen. Sie nicht! Im Gegenteil. Ihm gehörten heftiger ihre Sympathien als je zuvor. Zu wonnig gruselig war der Gedanke, daß, wenn ihre Bemühungen geglückt und er sie gesehen und vielleicht erhört hätte, sie jetzt die Geliebte wäre eines – Mörders –, eines Mannes, der aus Liebe tötete, eines Helden, der für seine Liebe am Galgen sterben mußte. Sie erschauerte. Welch ein Schicksal wäre das gewesen für Amy Landsend! Welch ein erschütterndes, tragisches Geschick!

Doch alle vier, selbst der würdenackte Wisdom, hoben die Köpfe, als der praktische Chauffeur die höchst aktuelle Frage aufs Tapet brachte: »Kinder, was wird nun aus uns hier?!«

Da kam Leben und Nüchternheit in die Küche des Hauses Egerton Terrace 16 a. –

Der Herzog Breton de Los Herreros war einer der wenigen Zeitgenossen dieser neuigkeitsträchtigen Epoche, der bei seiner Ankunft in Madrid die jüngste internationale Mord-und Liebesaffäre nicht kannte, noch voll Weisheit, Erfahrung und Sachkenntnis über sie orakelte.

Als er vor zwei Tagen von seinem Besuche in der Botschaft in seine Wohnung zurückgekehrt war und dort an Stelle seiner Frau einen Brief von ihr vorfand, in dem sie ihm bündig mitteilte, daß sie ihn für immer verlassen habe, und daß keine Drohung noch Gewalt sie zu ihm zurückführen könne; aus Rücksicht auf seine Karriere sei sie indessen bereit, sich in aller Stille von ihm scheiden zu lassen – da siedete dem Botschaftsrate ein so tobsüchtiger Zorn zu Kopfe, daß einige kostbare, vielhundertjährige Cloisonnèvasen, die sein Amtsvorgänger aus Peking mitgebracht hatte, ein unrühmliches Ende fanden.

Es dauerte lange, bis sein Gehirn ihm wieder gehorchte. In lateinischer kalter Wut überlegte er, was er tun könne. Ja, was konnte er tun? In zwei Stunden ging sein Zug nach Paris. Übermorgen mußte er in Madrid sein. Der Außenminister erwartete ihn. Abtelegraphieren? Mit welcher Begründung? Die Wahrheit sagen? Seine Frau sei ihm durchgebrannt? Dann war sein Posten in Tokio, der lange sehnsüchtig erhoffte Botschafterposten, gefährdet. Nein, nein, das nicht. Lieber vertuschen, beschönigen. Horchen, was man im Hause wußte. Er rief den Kammerdiener, gab eine plausible Erklärung für die Scherbenwahlstatt, horchte ihn aus. Der Mann wußte nichts Bestimmtes. Da ließ Breton durchblicken, daß ihre Durchlaucht nach Paris vorausgereist sei, Toiletten und eine neue Zofe zu engagieren. Ja.

Er zog sich mit gewohntem Hochmut in sich zurück. Die Angst hatte ihn unbedacht leutselig gemacht.

Doch dann schoß der Grimm ihm wieder ins Herz und Hirn. Die Kanaille! Sollte sie ungestraft bleiben?! Er ballte die zarten, bleu-mouranten Hände. Erwürgen würde er sie, wenn er sie fand. Aber wo suchen? Die Polizei in Anspruch nehmen? Nein, nein. Ein Gedanke durchschnitt ihn. Er krallte den Hörer vom Halter. Rief Lord Hastings an. Verwundert gab eine Frauenstimme Auskunft. Seine Lordschaft sei doch bei der Botschaft in Rom. Ach so, richtig, danke.

Hm, vielleicht war sie zu ihm nach Rom geflohen. Er suchte ein Kursbuch. Fand es endlich. Ja, über Vlissingen war ein Zug gegangen. Er würde diesen Burschen – wenn aber nicht? Wenn es ein anderer war? Oder wenn sie in Deutschland bei den Eltern Zuflucht gesucht hatte? Unsinn! Wenn Frauen ihrem Manne entlaufen, laufen sie zu einem Manne! Aber erst Madrid, dann weitersehen. Erst Madrid. Den Posten in Tokio sichern. Dann Rache!

Er saß bis zur Abreise und sah rote Blutpunkte vor Augen. Unterwegs war er zu sehr in sein Geschick und seinen Vergeltungsplan versponnen, um Interesse an Zeitungslektüre zu finden. Er grübelte, wo er sie suchen könnte, sie und ihren Galan.

In Paris hatte er nur kurzen Aufenthalt. Nach einem martervollen Tage und einer zweiten, schlaflos in Mordgelüsten durchquälten Nacht erreichte er Madrid. Er stieg in seinem Stammhotel im Paseo de Recolétos ab. Wohl sahen ihn die Angestellten eigen an. Doch er bemerkte es nicht. War zu ausschließlich mit sich und dem bevorstehenden Besuch bei dem Außenminister beschäftigt.

Er badete, kleidete sich um und fuhr ins Ministerium. Seine Exzellenz maß den Mann, der ihn unbefangen begrüßte, mit verwunderten Blicken.

»Ja – Herr – wissen Sie denn nichts?« fuhr er den Herzog an.

Breton dachte sofort an Angelita, fragte aber betroffen:

»Was meinen Eure Exzellenz?«

Da schleuderte der Minister ihm eine Ausgabe des »Diario« entgegen. Breton nahm, las. Sein gelbes spanisches Gesicht wurde schmutziggrau. Grotesk schwarz stand der kleine brillantinisierte Schnurrbart in die Höhe. Die Zeitung entfiel seinen zitternden Fingern. Mit zuckenden Augen sah er auf den Minister.

»Sie haben davon noch nichts gewußt?«

»Nein – Exzellenz.« Er machte hilflos kleine Flügelschläge mit den Armen.

Der Minister warf sich erbittert in den Sessel zurück, konnte aber keine Lage finden, die ihm behagte. Unruhig umherrückend polterte er: »Schöne Patsche, in die Sie uns da gebracht haben! Können Sie ein Weib nicht in Zucht und Ordnung halten? Keine Entschuldigung, bitte! Die Dummheiten einer Frau entspringen immer der Dummheit des Mannes. Eine vermaledeite Lage, in die Sie uns da gebracht haben.« Er rieb nervös die Haut hinter dem linken Ohre. »Jetzt muß ich Don Fernando aus London abberufen! Und überhaupt – na!« Er hob verzweifelt die gelben Augen eines Leberleidenden zur Decke.

Breton stammelte armselige Rettungsversuche.

Der Minister räkelte sich und strich mit der flachen Hand über das Gesicht.

»Reden Sie nicht! Schreiben Sie – Ihr Abschiedsgesuch. Ich erwarte es im Laufe des Tages.«

Breton taumelte auf die Füße, schwankte hinaus.

Eine Welt, seine Welt, war krachend über ihm eingestürzt. Also dieser Dolmetscher in Tokio! So tief hatte dieses Weib sich erniedrigt – so tief.

Schlafwandlerisch ging er zum Bahnhof. Ohne zu wissen, was er tat, fuhr er nach Paris. Dort gab er es auf. Im Unterbewußtsein hatte der Plan geschwelt, sie zu ermorden, die ihm das angetan hatte. In Paris versagte seinem blassen Blute der Mut und die Kraft. Wozu? Er war ja doch erledigt.

Er fuhr nach Spanien zurück, leitete die Scheidung ein, – schrieb an den Papst, bat um Lösung dieser schmachvollen Ehe –, und verkroch sich auf seinem düsteren alten Schlosse in Albujerre, ein lichtscheuer, lebendig toter Mann.

23

Auch jenseits des Atlantik, und gerade dort, gischtete der Geysir heißen Volksempfindens hoch empor. Doch war die Erregung in Amerika anderer Natur als in den übrigen Ländern, unbestimmbar, unerforschlich, rätselhaft wie Massenstimmungen sind. Die Nachricht, daß die Hauptfigur jener alten Mordaffäre, die einst die Staaten von Ost nach West durchrüttelt hatte, jener schneidige Torpedobootführer, der den Freund aus Eifersucht getötet und seine schöne Frau angeschossen hatte, lebte, wühlte die Erinnerung an die halbvergessene Bluttat auf.

Aber er lebte nicht nur: Er hatte unter einem anderen Namen eine Stellung errungen, die an den Aufstieg der großen amerikanischen Herren gemahnte, an Girard, den großen Reeder, an Vanderbild, Astor, Field, Gould, die Blair und Garrett, Pierpont Morgan und D. Rockefeller. Sie fühlten Blut von ihrem unternehmenden Blute in diesem Marineleutnant, der mit amerikanischem Elan und Geiste ein Weltwerk in England gegründet, ein Millionenvermögen geschaffen hatte.

Man ehrte sich in ihm. Man empfand nationale Begeisterung und sportliche Hochachtung für diesen Amerikaner mit dem wirtschaftlichen, gesellschaftlichen und politischen Höhenrekord. Er wurde über Nacht zum Nationalhelden. Auch hier vergaß man den Mörder und sah nur den Mann, der denen da drüben überm großen Teiche gezeigt hatte, was ein echter Yankee ist. Haha, sogar Amerika, sogar seine eigenen Landsleute, hatte er in ihrem eigenen Lande niedergerungen. An die Reeder von Boston, Neuyork, Charleston, Neuorleans, San Franzisko und Seattle hatte er seine englischen Schiffe verkauft. Good sport! Drei Cheers für diesen echten amerikanischen Boy. Hipp – hipp – hurra!

Ihr Sinn für Humor und Zumbestenhalten feierte Freudenfeste. Zum Sir hatten sie ihn gemacht, fast zum Minister. Ihren Jungen. Jeder echte Amerikaner bildete sich ein wenig ein, er habe persönlich der alten Welt da drüben ein Schnippchen geschlagen. Der Nationalstolz schwoll empor.

Dem jungen Polizeichef von Neuyork war auch diese Wendung der Dinge recht. Er hatte Paterson ja entdeckt und aufgestöbert aus seiner Verborgenheit und seinem Versteck. Auf ihn fiel die Ehre und der Ruhm.

Doch Staat und Behörden blickten in sorgender Bedenklichkeit auf diese unvermutete Entwicklung. Es war ein vorbedachter tückischer Mord. Diese Linie durfte nicht verwischt werden. Die amerikanische, puritanische Gesetzesstrenge duldete keine Sentimentalität aus Überschwang. Recht mußte Recht bleiben. Wer mit kalter Überlegung Blut vergossen hatte, dessen Leben war dem Staate verwirkt. Präzedenzfälle der Milde unter dem Einflüsse unkontrollierbarer Massenpsychose waren Gouverneuren und Richtern in den Vereinigten Staaten stets verpönt.

Auf die Stimmung einzuwirken, war nun zu spät. Wachsamkeit und Strenge war alles, was der Staatsräson blieb. Es stand zu befürchten, daß die Bevölkerung von Neuyork dem Mörder einen triumphalen Empfang bereiten würde, wie den kühnen ersten Atlantikfliegern Lindbergh und anderen. Dann hatte die Gerechtigkeit eine schwere Niederlage erlitten. Also vorbeugen, geheimhalten, seine Ankunft verschweigen, ihn sofort aus Neuyork hinausschaffen in eine stille Landstadt. –

Die weiße elegante Motorjacht des Reeders Jan Bouterweg landete am Pier der fashionablen Villenstadt Arverne auf Long Island. Zögernd, sinnend schritt der Holländer auf sein Haus zu.

Im Garten flog Muriel ihm entgegen, zierlich, klein, hübsch, heiter, sprühend, duftend und ahnungslos. Er faßte sie am Arm, zog sie ins Haus, in sein Arbeitszimmer. Der große Mann dampfte vor Erregung. Die gewohnte Gutmütigkeit war aus seinem massigen Gesicht gewichen.

»Was ist geschehen?« fragte Muriel erschreckt.

»Paterson lebt!« keuchte er.

»Nicht möglich!« rief sie verstellt und erbleichte natürlich.

»Und du hast ihn in London gesprochen und gesehen und mir nichts gesagt!« schlug er mit grimmigen Worten auf ihr unbeschirmtes Haupt ein.

Wieder gab sie eine glänzende Probe ihrer oft bewährten Haltung.

»Ja, Jan, ich habe ihn erkannt und übermenschlich gerungen, dir dieses Entsetzliche zu verheimlichen«, stieß sie hervor und faßte seine breite Hand.

Er entzog sie schroff. »Warum?!« forderte er.

»Weil – weil, fühlst du nicht, was das für unsere Ehe – unser süßes Glück bedeutet?!«

Die Harschheit seiner Züge milderte sich.

»War – es –das?!«

»Ja, Geliebter!« Ihre Mundwinkel zuckten wie bei einem Kinde, das mit dem Weinen kämpft.

»Ach so!«

Da lag sie aufschluchzend an dem Bollwerke seiner mächtigen Brust. Es dauerte lange, bis er sie beruhigen konnte.

»Armes, armes«, sänftigte er, »so habe ich es nicht gesehen. Aber jetzt begreife ich alles. Komm, komm, weine nicht so schrecklich!«

Er tätschelte ihre Schultern, ihre Arme, ihren Rücken, der weich und warm und erregend durch das weiße dünne Sommerkleid pulste.

Endlich hob sie das Gesicht. Es war rührend verweint.

»Woher weißt du es?« versuchte sie vorsichtig.

Er zog seine Zeitung aus der Tasche. Gierig las sie. Und fühlte, wie ihr das Blut aus dem Kopfe sickerte. Die Beine waren plötzlich nicht mehr fühlbar unter ihr. Sie mußte sich an den starken Mann anklammern, nicht zu Boden zu sacken.

»Mein armes Mädel«, nickte Bouterweg traurig verzagt, »was wird nun alles wieder über dich hereinbrechen!«

»Entsetzlich«, flüsterte sie.

In wenigen Sekunden war bei der Lektüre seiner Verhaftung und Auslieferung an Amerika die verhängnisvolle Wucht der Ereignisse über sie hingewettert. Sie würde die Hauptzeugin sein. Sie würde um ihren Ruf kämpfen müssen gegen ihn, der um sein Leben rang! Ihr blieb die Wahl zwischen Bekenntnis ihrer Schuld und seinem Tode!

In Augenblicken übersah ihr verschlagener Verstand alle Folgen dieser grausigen Verstrickung. Wenn sie zugab, daß Stephen Jerram in ihrem Bette erschossen worden war, bedeutete das moralischen Untergang. Sie kannte Amerika und seine krasse unerbittliche Verlogenheit in geschlechtlichen Dingen. Sie kannte den Cant, die Heuchelei, die erbarmungslose Sittenstrenge dieser Quäkerabkömmlinge. Ein Mann in ihrem Schlafzimmer! Damit war sie in den Augen Amerikas gerichtet, fluchwürdig. Damit war auch Bouterweg gebrandmarkt und gezeichnet. Diese moralische Verfemung war schlimmer als körperlicher Tod. Weit schlimmer. Und die Schmach der Lüge! Wie sollte sie jetzt das Märchen widerrufen, das sie damals erzählt und beschworen und bis heute aufrechterhalten hatte? Das liebevollste Mitleid eines Erdteils hatte ihr gehört. Wenn sie jetzt gestand, würde es in Wut und Zorn und Vernichtung ohne Erbarmen umschlagen. Sie sah schon die Meute der Betrogenen und Genarrten hinter sich herjagen, sie zu stellen und zu steinigen.

Sie ächzte in tödlicher Angst und Qual und fiel wieder an Bouterwegs Zyklopenkörper. Er fühlte, wie ihr zarter Leib zitterte.

»Mädelchen, Mädelchen«, tröstete er und heuchelte einen Mut, den er nicht besaß. Jede Öffentlichkeit in Dingen des Privatlebens war ihm verhaßt. So hatte er in überstarkem Mitempfinden diese arme kleine rührende Frau, die beinahe das Opfer der Kugel eines Wüterichs geworden war, der Öffentlichkeit entrissen, der sie durch Patersons Untat hingeworfen worden war, hatte sich mit seiner holländischen Gradheit und Vierschrötigkeit schützend und bergend vor sie gestellt.

Und nun sollte alles wieder von vorn beginnen! Wieder sollte seine Puppe vor die stechenden Augen der Masse gezerrt werden. Ein Haß flammte in ihm auf gegen diesen Schurken, der wagte, zu leben und seinem Weibe die Folter dieses Prozesses anzutun. Sein lauterer Sinn faßte es nicht, daß dieser angenehme Mann, mit dem er so erfolgreich und freundschaftlich verhandelt hatte, dieser Sir John Rutland, der grausame Kannibale war, der auf seine kleine unschuldige Muriel geschossen hatte.

»Laß, laß, mein Liebling«, tröstete er. »Auch das wird vorübergehen.«

»Entsetzlich!« stöhnten wieder unbewußt laut ihre Schreckensvisionen aus ihr hervor. Und plötzlich barg sie sich in seinen Armen und schrie mit furchtirren Augen: »Fliehen!«

Er begriff. Und schüttelte den schweren Kopf.

»Nein, Muriel, das können wir nicht. Das sähe aus wie ein Schuldbekenntnis.«

Seine ruhige Stimme und seine Bedachtsamkeit brachten sie zur Vernunft. Das Wort »Schuldbekenntnis« durchfuhr sie wie ein Eisengrat und gab ihr Halt.

»Meinst du?« fragte sie und wußte, daß er recht hatte.

»Sicher«, bestärkte er. »Es darf nicht ein Stäubchen von dieser verruchten Geschichte an deiner Ehre haften bleiben«, sprach sein holländisches starkes Reinlichkeitsbedürfnis. »Deinetwegen nicht und auch meinetwegen nicht. Du kennst Amerika besser als ich. Wenn wir fliehen und uns diesem Prozesse entziehen, hat dieser Schuft freies Spiel. Dann wird er, um sich vor dem Tode zu retten – du hast ja gelesen, wie jetzt schon alle Sympathien dieses närrischen, impulsiven Volkes ihm zufliegen –, gerade darum müssen wir bleiben und für deine Schuldlosigkeit und deine Ehre kämpfen. Auch wegen deines Kindes.«

Da überflutete sie wieder panischer Schrecken. Sie fühlte, trotz aller Klugheit und Selbstbeherrschung war sie diesem Kampfe nicht gewachsen.

»Er tut mir so leid«, stammelte sie in dem alles bezwingenden Verlangen, dieser übermenschlichen Aufgabe zu entrinnen.

Da zog Bouterweg seine Arme von ihren Hüften. »Du liebst ihn noch!« sagte er tief verletzt.

»Nein, nein, Jan!« wehrte sie in hastiger Erkenntnis des Fehlers, den sie begangen hatte. »Im Gegenteil. Ich war selbst erstaunt, wie gleichgültig der Mann mir in London war. Nicht einmal Haß hege ich gegen ihn. Jedes Gefühl für ihn ist tot in mir. Aber – er war doch einmal mein Mann – ich habe seinen Namen getragen – und er ist der Vater meines Kindes. Soll ich ihn auf den elektrischen Stuhl bringen?«

»Ja – ja!« wütete er. »Dorthin gehört er!«

Seine behagliche Milde war in leidenschaftlichster Eifersucht ertrunken. »Keine falsche Gnade. Es heißt einfach: du oder er. Das mußt du begreifen!«

Wie gut hatte sie es schon begriffen.

»Das ganze Volk da draußen«, fuhr er erbost fort, »ist für ihn. Das bedeutet: gegen dich, gegen mich. Es ist ein Kampf um unsere Existenz. Um alles, was mir wert und teuer ist. Du – meine Stellung, das Vermögen, das ich mir in atemloser Arbeit eines Lebens errungen habe. Ha. Sie sollen nur kommen!«

Er weitete den gewaltigen Brustkorb und reckte die Arme. In seinen Augen flackerte ein Feuer der Energie. Mit einem Male war dieser gutmütige Hüne der Kerl, der dem Taifun getrotzt, der mit seinen stahlharten Muskeln und seiner unbeugsamen Lebenskraft sich zum ersten Reeder Amerikas aufgeschwungen hatte. Er war blanker Wille und strotzende Energie geworden.

»Ha, sie sollen mir nur kommen. Es ist nicht der erste heiße Kampf meines Lebens. Ich kann nicht nur erobern, ich kann auch zäh und verbissen verteidigen. Bei Gott, das sollen sie gewahr werden! Die Fetzen sollen fliegen! Fürchte nichts. Wir haben dein gutes Gewissen auf unserer Seite.«

»Das natürlich«, sagte sie fest und leise.

24

Rutland war bereits auf hoher See. Die englischen Behörden hatten das Auslieferungsverfahren beschleunigt. Es war eine allzu peinliche Angelegenheit. Man wollte den Mann so rasch als möglich aus dem Lande haben.

Wohl überlegte man, ob man ihn nicht zunächst wegen der in Großbritannien begangenen Delikte aburteilen müsse. Bei genauer juristischer Prüfung aber stellte es sich heraus, daß die Verbrechen, die dieser »Schwindler, Heuchler, Halunke, Bluffer, Ehren-Zechpreller, politischer Hochstapler« in England auf sich geladen hatte, in einer kleinen Übertretung gipfelten, die mit einigen Schillingen Geldstrafe geahndet wurde. Er hatte einen falschen Namen geführt. Weiter hatte er zum Staunen, selbst der Juristen, in England nicht gefrevelt. Und zuerst hatte man – der Wirkung auf die Öffentlichkeit nach – einen Rattenkönig von Schurkereien zu sehen geglaubt.

Denn schließlich verlangte kein Gesetz der Welt, daß einer hinging und bekannte, er habe vor Jahren einen Menschen niedergeschossen. Aus diesem Unterlassen konnte ihm kein rechtlicher Vorwurf gemacht werden.

Es blieb nichts als eine lächerliche Übertretung, wegen der man ihn zu einer Geldbuße verurteilte, die prompt bezahlt wurde. Dann schob man diese leidige, verkörperte Bloßstellung schleunigst ab unter der Hut Mr. Watsons und eines englischen Geheimpolizisten, den man dem Neuyorker Kriminalisten als Gehilfen beigab.

Rutland war in seltsam gehobener Stimmung – zum Staunen Watsons und des englischen Detektivs. Jetzt erst, nachdem die Tat offenbar geworden war, empfand er nachwirkend den Druck, unter dem sein Leben gestanden hatte. Es war ihm, als sei er diese langen Jahre gebeugt gegangen unter einer zentnerschweren Last, die plötzlich von seinen Schultern gefallen war.

So wunderbar es war, jetzt, da er als Schwerverbrecher, als Mörder, nach Amerika überführt wurde, in den Eisenbahnzügen, auf den Straßen in Fesseln, trug er den Kopf höher, die Gestalt gereckter als in den Jahren seines bewunderten Erfolges. Die Brust dehnte sich, das Herz atmete freier als seit langem. Das Geheimnis seiner Vergangenheit hatte ihn zu Boden gedrückt, gelähmt, umschnürt. Er erlebte jetzt eine Wiedergeburt. Verjüngte sich, sah frischer und kräftiger aus als in den Tagen des »Glückes«.

Sein Gemüt war ruhig, fast heiter. Es schien, als sei ein Schimmer aus den ungebundenen forschen Leutnantstagen wieder über ihn gekommen, als sei durch die plötzliche Enthüllung der Jugendtat sein Leben in jene frischen Seemannstage zurückgeschnellt, als sei die Zwischenzeit überbrückt, zurückgesunken, nie gewesen. Elastisch ging er in seiner geräumigen Kabine auf und nieder, die Hände in den Hosentaschen, mit leicht schaukelndem Seemannsgange und pfiff alte Hafenmelodien, die fast ein Jahrzehnt in ihm geschlummert hatten. Er war voll jugendlicher Zuversicht und Kühnheit.

Angelita hatte er nicht wiedergesehen. Doch der Beamte von Scotland Yard hatte ihm wortgetreu ihre Botschaft mitgeteilt und ihn dabei angesehen, als wollte er sagen: »Sie Glücklicher, ich beneide Sie um diese Frau!«

Da streckte ihm Rutland im Überschwange des Glückes die Hand entgegen. Der Beamte nahm sie, noch ehe Rutland gesagt hatte: »Ich schwöre Ihnen, ich bin kein gemeiner Mörder!«

Von diesem Augenblicke an kam diese Freudigkeit der Seele über Rutland-Paterson. Angelita hielt zu ihm, sie stand bei ihm, sie hatte die grausame Lage vergessen, in die er sie gebracht hatte. Sie glaubte an ihn!

Die alte tollkühne Verwegenheit und der unbedachte Angriffsschneid, der ihn einst zu dem Ruhme eines der hoffnungsvollsten Offiziere der USA.-Flotte erhoben hatte, sprühte in ihm auf. Kampf! Kampf! Er würde für diese heilige Frau, für dieses Wunder an Treue und Liebe, kämpfen bis zum letzten Blutstropfen. Er hatte zu leben, zu leben für sie. Er hatte sein Anrecht auf Leben und Glück. Er wollte darum ringen, wie nie ein Mann gerungen hatte.

Er hatte nicht gemordet, wenn Muriel es auch tausendmal behauptete. Er hatte in berechtigtem rasendem Jähzorn den Schänder seiner Ehre in seinem Ehebett gezüchtigt! Nie vorher hatte er die Sachlage so kaltblütig und wägend überschaut. Hatte sich selbst in dem Grauen des Blutvergießens, des Auslöschens seines besten Freundes, für einen Mörder gehalten und war in dem uralten Entsetzen Kains, des Totschlägers, geflohen, und hatte sich in feiger, kopfloser Angst verborgen gehalten.

Jetzt, da es Angelita galt, erwachte der gelassen urteilende Mann in ihm. Gut. Vielleicht sperrten sie ihn einige Jahre in den Kerker. Das mußten sie tragen. Er wußte, sie würde auf ihn warten. Alles verging, auch Jahre des Kerkers, alles war zu ertragen, wenn am Ende des Weges – sie stand und auf ihn harrte.

Aber er wollte kämpfen, um jedes Jahr Gefängnis, um jeden Tag, um jede Stunde mit den Richtern ringen und trotzen, denn jede Stunde, die er gewann, gab ihn früher frei für sie, für sie. –

Er stand am Rundfenster seiner Kabine und schaute hinaus auf das Meer. Endlich wieder erlebte er die See, seine See, die geliebte Heimat seiner Jugend, die er so lange gemieden hatte. Genießerisch sog er die Brise tief in die Lungen ein, kostete den Salzgeschmack auf Zunge und Lippen als schwelgerischen Leckerbissen.

Er machte seinen Wächtern ihr Amt nicht schwer. Hatte ihnen das Ehrenwort gegeben, nicht zu entfliehen. Watson glaubte ihm als Gentleman. Er durfte sich auf dem Mitteldeck vor seiner Kabine ergehen. Nur nachts wurde er bewacht. Man hatte ihn heimlich an Bord gebracht. Keiner der Fahrgäste der »Olympia« ahnte den interessanten Passagier.

Rutland stand am Bullauge seiner Kabine und atmete zukunftsfroh den Odem der See. Er wußte, irgendwo auf diesem Rund schwamm auch sie, wußte, daß auch sie auf dem Wege nach Amerika war, daß diese Himmelskuppel auch über ihr hing und sie mit ihm einte.

Es war Abend, ein herzbeklemmender Sonnenuntergang, auf den das Schiff mit seinem westlichen Kurs geradeswegs zulief. Das Meer am Horizont war violett, purpurn, wie die Luft. Der Himmel darüber Flamme, Feuerqualm, rotblaue Lohe.

Ein Symbol, dachte Rutland. Wir steuern mitten hinein in die Feuergarben unserer beglückten Zukunft. Es war ihm, als sehe und empfinde auch Angelita diesen Sonnenuntergang und diese Verheißung ihres zukünftigen Glückes.

Dann wurde es schnell Nacht. Er war auf das Verdeck hinausgetreten. Im Osten, gerade hinter dem Schiffe, stand der Vollmond. Er mußte sich aus bleichen Wolkenbarren hervorarbeiten. Doch dann stand er groß und selbstbewußt an dem schwarzen Hintergrunde des Himmels.

Er steht auch über Angelita, dachte Rutland und sandte stumme Grüße zu ihm an sie empor.

25

Angelita fürchtete mit Recht, man würde trotz ihres Diplomatenpasses ihrer Einreise in Neuyork Schwierigkeiten bereiten. Sie kannte strengen Vorschriften der amerikanischen Einwandererbehörden. Sie wollte jedes Hemmnis ihrer Reise fürsorglich vermeiden. So fuhr sie mit einem Schiffe der Canadian-Pacific nach Quebeck und flog mit einem Privatflugzeug von Kanada über die amerikanische Grenze.

Einmal auf amerikanischem Boden, war sie geborgen. Bald verschlang sie das Getümmel Neuyorks. Sie brauchte nicht lange auf die Entscheidung zu warten.

Die öffentliche Meinung und ein Teil der Presse forderte stürmisch, daß dieser Mann, der im Augenblick die volkstümlichste Figur Amerikas war, ohne Verzögerung vor Gericht gestellt würde. Hatte man unbilligerweise schon das Volk von Neuyork verhindert, durch Verheimlichung seiner Ankunft, diesen Amerikaner, der eine Welt zum Spielball seiner Laune gemacht hatte, gebührend zu empfangen und ihm die Glückwünsche und Sympathien seiner Landsleute darzubringen, so hätten doch jetzt wenigstens umgehend die Geschworenen zu entscheiden, ob dieser Herold amerikanischer Tüchtigkeit und Überlegenheit im Zuchthause oder auf dem elektrischen Stuhle endigen sollte für eine längst vergessene Jugendtorheit.

Die großen Zeitungen und diejenigen, die stichfest waren gegen Schlagworte und Massenhypnose, erhoben warnend ihre Stimme. Man dürfe nicht vergessen, daß er ein Mörder sei. Verbrechen bleibe Verbrechen. Untat fordere Sühne. Auch die Behörden waren fest entschlossen, dem Gesetze Geltung zu verschaffen.

Gleich nach der Ankunft im Hafen von Neuyork war Rutland in aller Stille im Auto nach Newburgh gebracht worden, einer Stadt von etwa dreißigtausend Einwohnern am Ufer des Hudson, achtundfünfzig englische Meilen stromauf von Neuyork.

Der Gouverneur des Staates Neuyork bestimmte zur Verhandlung eine außerordentliche Sitzung des Schwurgerichtes. Erst wenige Tage vor dem Beginn des Prozesses wurde Ort und Termin veröffentlicht. Ein Sturm auf Newburgh folgte. Am ersten Tage waren sämtliche Einlaßkarten zu dem großen Gerichtssaale vergriffen. Auf der Eisenbahn, auf den Hudsonbooten, auf Kraftwagen wälzte sich eine Völkerwanderung heran, sich das Miterleben dieser »größten Sensation des Jahres« zu sichern. Am Tage des Gerichts glich der weite Platz vor dem Justizgebäude dem Ausstellungsparke der schönsten Automobile Neuyorks.

Zu ihrem eigenen Erstaunen war diese kleine verträumte alte Stadt am Hudson plötzlich wieder zum Mittelpunkte amerikanischen Lebens geworden wie in den längst verklungenen großen Tagen, da Washington hier sein Hauptquartier aufschlug und die Offiziere der Armee ihm den Titel und Rang eines »Königs der Vereinigten Staaten« anboten.

Ein Volk drängte und erfüllte den weißgetünchten weiten Sitzungssaal, den nach alter klassischer Siedlerbausitte des achtzehnten Jahrhunderts schöne dorische Säulen trugen. Millionäre vom River Side Drive mit ihren Damen waren herbeigeeilt und Trödler aus der Bowry, diesen Mann zu sehen, um den die Legende schon ihren verklärenden Schimmer webte, und alles, was zwischen diesen beiden Stadtteilen Neuyorks lebte und arbeitete. Noch tobte ein verbissener Kampf um die letzten Stehplätze, in dem Fäuste und Dollarnoten entschieden.

Es summte und siedete in der Septemberhitze des Staates. Die mondäne Dame im letzten Schick des vornehmsten Schneiders der fünften Avenue reckte den feinen Hals neben der kleinen Dirne aus einem Neuyorker Slump, als Rutland groß, schlank, jugendfroh, elegant hereingeführt wurde. Die weißen Schläfen wirkten in dem zuversichtlich verjüngten Gesichte fast kokett. Hinter ihm folgte Archibald Filbert, Neuyorks berühmtester Verteidiger.

Nachdem sein Aufenthalt und Termin bekannt gegeben worden war, hatten hunderte von Anwälten Rutland, auch unentgeltlich, ihre Dienste angeboten. Seine Verteidigung versprach Ruhm und Ruf. Doch er hatte längst gewählt, er wollte kämpfen und siegen und hatte sich den tüchtigsten Mitstreiter erkoren.

Zu lautloser Stille der Spannung verebbte der schwirrende Saal, als Rutland auf seinen Platz vorn am Richtertische zuschritt. Monokel, Brillen, Operngläser bewaffneten die Augen. Frauen atmeten erregt. Ein schöner Mann – und so vornehm und gut gekleidet! Enthusiastischer noch als bisher flogen Frauenherzen ihm zu. Den Männern imponierte seine Ruhe und Haltung nicht wenig.

Das Schweigen brandete wieder auf zur Flut des heißen Odems einer großen Versammlung. Man wagte keine Vertraulichkeit gegen Rutland selbst. Doch auch Archibald Filbert, sein Verteidiger, war eine populäre Gestalt. Ein Ruf löste den Bann.

»Bravo, Archi, entreiß ihn ihren Klauen!« rief ein dicker Zeitungshändler vom Broadway dröhnend durch den Raum. Das war ein Signal. Plötzlich wogte, brüllte der ganze Saal, Frauenstimmen trillerten.

An seinem Tische saß der Staatsanwalt, ein strenger Mann mit glattrasiertem, steinernem, unbeweglichem Gesichte. Nur seine Augenlider zwinkerten nervös in diesen feindlichen Aufruhr.

Gelassen setzte sich Rutland neben seinen Verteidiger. Seine Augen suchten, suchten in dem Chaos. Er sah Muriel neben Bouterweg vorn auf der Zeugenbank, sah Roland Jerrams Uniform, sah viele Marinewaffenröcke unter Gesichtern, die er einst gekannt hatte, und sah endlich sie, die er suchte. In der dritten Reihe des Publikums saß sie, eingekeilt zwischen zwei Männer, bedrängt und beengt. Doch sie merkte es nicht. Ihre Augen zwangen seinen Blick auf sich, wie helle Leuchtfeuer den Blick des Schiffers anlocken in dunkler Nacht. Seine Augen grüßten sie freudig, mutig, voll Dankbarkeit und Hingabe – allen anderen unsichtbar.

Dann riß die Verhandlung ihn in ihren Zwang.

Ein Mann rief mit einem Megaphon in die brausende Unruhe des Saales:

»Ruhe! Der hohe Gerichtshof. Alles erhebt sich!«

Mit dem Rauschen eines Wasserfalles stob alles von den Bänken empor.

Durch eine Nebentür vorn neben dem Richterstuhle trat Judge Moore herein, ein kleiner alter Herr mit weißen Koteletten, sehr vornehm, sehr würdig, wie hineingeboren in den schwarzen seidenen Talar.

Mit einer kleinen ritterlichen Kavaliersverbeugung begrüßte er die Versammlung und schritt auf seinen Platz zu. Dort stand er einen Augenblick, sah über die Menge hin, wandte sich dann gegen den Tisch Rutlands und des Verteidigers, fixierte ihn sekundenlang. Dann setzte er sich. Wieder ergoß sich der Wasserfall der Kleider und Glieder auf die Bänke nieder.

Der Mann mit dem Megaphon rief wieder:

»Hört! Hört! Tretet heran und merket auf, alle, die Kraft des Gesetzes vor diesem hohen Gerichtshofe des Staates Neuyork zu schaffen haben. Die Verhandlung in Sachen des Staates Neuyork gegen George Paterson hat begonnen!« Schon stand in dem atemlosen erhitzten Schweigen des warmen Septembermorgens der Staatsanwalt. Mit tiefer Stimme rief er: »Die Anklage ist bereit!«

Da erhob sich Archibald Filbert, breitete seinen starken Brustkasten – er war ein aufgeschwemmter Mann mit einer überraschend dünnen Stimme, die aber scharf sein konnte wie eine Messerklinge – und erwiderte: »Der Angeklagte ist bereit!«

Dann folgte die Auslosung der Geschworenen. Viele der hageren puritanischen Farmer und Händler dieses Landstädtchens lehnte Archibald Filbert ab. Zurück blieb immer noch ein Dutzend gefährlicher Richter, Männer mit kleinen Horizonten und enger Rechtlichkeit. Die Anklage hatte nicht ohne Grund die Prozeßführung aus der Weltstadt Neuyork in diesen ländlichen Bezirk verlegt.

Rutlands Blicke wanderten zu Angelita zurück. Ohne Worte sprachen sie miteinander von Liebe und Treue, Zusammenhalten und Zukunft. Dann sah er auf Muriel. Sie mied seine Augen, starrte scheu zu Boden. Ihre Hände bewegten sich ruhelos in ihrem Schoße. Ab und zu flüsterte ihr Bouterweg besänftigend zu.

Rutland strömte von dieser Zeugenbank plötzlich ein feindseliger Hauch entgegen. Ganz deutlich fühlbar, schien ihm. Er war auf Kampf mit diesen Zeugen vorbereitet, hatte seinen

Verteidiger eingehend instruiert. Und doch überraschte ihn diese körperlich fühlbare Atmosphäre, die ihm von Muriel, Jerram und den anderen Offizieren dort drüben entgegenwehte. Die Lebendigkeit und Gegenwart war anders als alle Vorstellung und Erwartung.

Doch ihm blieb keine Zeit, sich diesem Staunen hinzugeben. Die Geschworenen waren vereidigt. Eine Zwölferschar fremder, harter Gesichter, breiter Stirnen, die nie einen Hauch seiner Welt verspürt hatten. Das waren seine Richter über Leben und Tod, dachte Rutland. Auch sie waren anders als – nein –, in Wahrheit hatte er nie in seiner Unbekümmertheit an diese Geschworenen als leibhafte Wesen gedacht. Nur das »Gericht« als etwas Unpersönliches, als ein Begriff, hatte ihm vorgeschwebt. Nun saßen ihm zwölf fremde, unnahbare Männer gegenüber, gepanzert mit Gerechtigkeitssinn und Bewußtsein ihrer steinernen Wichtigkeit. Es erschien ihm seltsam, eine Farce, fast eine Unmöglichkeit, daß diese zwölf Männer, von denen er nichts wußte, mit denen er nie eine Berührung gehabt hatte, die menschlich Tausende von Meilen von ihm getrennt waren, über sein Leben, über Angelitas und sein Glück entscheiden sollten.

Doch wie so oft an diesem bedeutungsvollen Tage riß ihn der Gang der Ereignisse auch aus diesen verwunderten Bedenken.

Jetzt stellte ihn der amerikanische Strafprozeß als hitzig umstrittenes Objekt in diesen Kampf des Staatsanwalts und des Verteidigers, in das erbitterte Ringen dieser beiden Männer um des Angeklagten Seele, um sein Leben, seine Freiheit, seine Schuld und Unschuld, in dem der Vorsitzende Richter nur als Hüter des Gesetzes und der Ordnung waltet.

Der Staatsanwalt erhob sich, lüftete einige Papiere von seinem Tische, legte sie wie unschlüssig wieder nieder, schob die Manschetten unter dem rechten Ärmel zurück, pumpte sich voll der dickwerdenden Luft des Saales und begann laut und nachdrücklich: »Meine Herren Geschworenen!«

26

»Meine Herren Geschworenen!« begann der Staatsanwalt seine Einführungsrede, »ich darf wohl sagen, daß die Augen der gesamten zivilisierten Welt heute auf Sie gerichtet sind.«

Eifrig scharrten die Federn eines Heeres internationaler Berichterstatter durch die Stille.

»Dieser Prozeß hat durch ein Zusammenwirken verschiedener Umstände in ungewöhnlichem Maße die Teilnahme aller fünf Erdteile gewonnen. Der Angeklagte wird von einer Welle des Wohlwollens des amerikanischen Volkes getragen.«

Ein spontaner Beifall flatterte auf wie Flügelrauschen eines riesigen Taubenschwarmes. Man unterschied in dem Klatschen deutlich die überlegene Menge kleiner Frauenhände.

Der Richter hob die Hand. Langsam ward Stille.

»Ich bemerke gleich jetzt zu Beginn der Verhandlung«, warnte er, »daß wir uns hier nicht in einer Volksversammlung befinden. Ich ersuche Sie strengstens, meine Damen und Herren, sich jeder – aber bitte jeder – Meinungsäußerung zu enthalten. Ich müßte sonst, ohne Ansehen der Person und des Geschlechtes, unnachsichtlich einschreiten.«

Er sprach ruhig, ohne Schärfe, doch um so wirksamer durch den vornehmen Ausdruck seiner feinen Züge.

»Bitte, Herr Staatsanwalt.«

Der Vertreter der Anklage war über die ihm feindliche Demonstration gekränkt. Seine Stimme klang rauher, heftiger, als er fortfuhr:

»Sie, meine Herren Geschworenen, haben die Pflicht, der Welt zu beweisen, daß amerikanische Richter über Stimmungen des Tages, den Launen der Menge, den unkontrollierbaren Suggestionen der Massen stehen, daß Sympathien und Antipathien ein amerikanisches Urteil nicht beeinflussen können, daß in den Vereinigten Staaten Recht Recht bleibt, mag es treffen, wen immer es will. Sie haben, meine Herren Geschworenen, einem engbefreundeten Brudervolke eine Genugtuung zu verschaffen.«

»Ich erhebe Protest«, schnitt des Verteidigers dünne durchdringende Stimme in die wie eine dicke braune Flut dahinströmende Rede des Staatsanwalts. Er war aufgeschnellt.

»Ich erhebe Protest, daß der Prozeß irgendwie auf politisches Gebiet hinübergespielt wird.«

»Protest zugelassen«, entschied der Richter.

Obwohl keine Hand sich regte, keine Zustimmung laut wurde, fühlte doch jeder im Saale eine geheime, brodelnde, heftig atmende Freude über diese erste kleine Niederlage des Staatsanwalts.

Mit unbewegtem Gesichte setzte sich der Verteidiger.

Der Staatsanwalt war nicht so leicht aus der Fassung zu bringen. Er war einer der gewandtesten Ankläger des Staates Neuyork.

»Ich füge mich selbstverständlich der hohen Entscheidung des Herrn Vorsitzenden und werde nicht mehr erwähnen, daß der Angeklagte das englische Volk betrogen und genarrt hat.«

Der Richter blickte ihn scharf an.

Doch unbekümmert sprach er weiter. Er hatte es den Geschworenen und dem Publikum doch noch einmal nachdrücklich hingerieben. In den Zeitungsberichten würde es stehen zu Englands Zufriedenheit. Weiter!

»Ich will nur sagen, meine Herren Geschworenen, lassen Sie sich in Ihrem Urteil durch keine Rücksicht auf die Stimmung und Meinung der Leute, durch keine Einflüsterung von außen, ungewollt vielleicht nur, beeinflussen. Nichts als die Tat des Angeklagten steht hier zu Gericht. Nichts anderes. Was er nach der Tat getan, gewirkt, geschaffen hat, bleibt vor den Türen dieses Saales. Und stellt sich heraus, daß diese Tat ein Mord war, dann hat ihn die Schwere des Gesetzes zu schlagen.«

Er machte eine Pause. Die Stille im Raume war so erwartungsvoll vertieft, daß die Geräusche der Federn der Presseleute übermäßig laut und aufdringlich anschwollen.

Der Staatsanwalt netzte – wie ein parlamentarischer Dauerredner – die Lippen mit der Zunge. Dann fuhr er fort mit erhobener Stimme:

»Ich klage George Paterson an des gemeinen tückischen Mordes!«

Eine Bewegung zitterte durch den Saal so stark, so elementar, daß die Staubsäulen in den hellen, dichten Sonnenstreifen, die durch die hohen Bogenfenster schräg hereinfielen, aufgescheucht wirbelten.

Der Richter saß ohne Bewegung.

»Ich werde Ihnen, meine Herren Geschworenen«, sprach der Staatsanwalt weiter, »beweisen, daß es sich nicht um eine rasche unbedachte Tat der Eifersucht handelt, nicht um eine jugendliche Übereilung des Affektes, sondern um überlegten, wohlbedachten Mord.«

Die Farmergesichte auf der Geschworenenbank waren stocksteif, leblos, ohne Zeichen irgendeines Eindrucks. »Zunächst werde ich Ihnen die Tat im Zusammenhang schildern, dann Ihnen meine Behauptungen beweisen.

»Am 12. Juni 1921 nahm der Oberleutnant zur See, George Paterson, von seiner Frau Muriel, mit der er seit anderthalb Jahren verheiratet war und in anscheinend glücklichster Ehe lebte, Abschied, um sich zu einer Nachtübung seines Torpedobootes Z 6 zu begeben. Das Ehepaar lebte in Manila. Dort war Paterson der Flottenstation zugeteilt. Bei diesem Abschied war ein guter Freund des Hauses und Kamerad des Angeklagten, der Depotverwalter Oberleutnant zur See Stephen Jerram anwesend.«

Ein klagender Seufzer stieg von der Zeugenbank empor. Alles stielte die Hälse und blickte auf den Korvettenkapitän Jerram, der in echtem Schmerze den Oberkörper tief zu den hochgereckten Knien seiner langen Beine niederbeugte.

»Meine Herren Geschworenen, bitte achten Sie darauf. Ich werde es Ihnen nachher einwandfrei nachweisen, daß Stephen Jerram bereits bei Frau Muriel Paterson zu Gast war, als der Angeklagte das Haus verließ. Ich glaube, das wird auch die Verteidigung nicht in Abrede stellen.«

Archibald Filbert rief gnädig dazwischen: »Wird zugegeben.«

Der Staatsanwalt hob die Hand, als wolle er das ihm zugeworfene Geständnis auffangen.

»Paterson wußte also, meine Herren Geschworenen, daß Jerram bei seiner Frau war. Nach der eigenen Darstellung des Angeklagten wurde die gesamte in Manila liegende Flotte in dem Augenblick alarmiert, in dem er auf dem Dock eintraf. Ein großes Manöver war befohlen. Eine andere Flotte der USA. war von Honolulu ausgelaufen, stellte den markierten Feind dar. Eine große Seeschlacht in der Nähe der japanischen Gewässer war geplant. In wenigen Minuten sollte die Flotte von Manila auslaufen. Und nun kommt das Seltsame! Obwohl Paterson soeben von seiner Gattin Abschied genommen hatte und bereit war, mit seinem Boote zu einer Nachtübung auszulaufen, obwohl sich also für ihn durch den unerwarteten Alarm der gesamten Flottenstation eigentlich nichts geändert hatte, eilte er noch einmal nach Hause, stürmte ins Wohnzimmer, in dem er seine Frau und Jerram wenige Minuten zuvor verlassen hatte, und schoß, ohne ein Wort zu sagen, zweimal. Ein Streifschuß traf Frau Muriel an der Schulter, der zweite Schuß traf Jerram mitten ins Herz. Dann eilte der Angeklagte zum Dock zurück und fuhr mit seinem Boote in die Nacht hinaus. Eine Erregung hat ihm weder der Obermaat Simons, den Sie nachher als Zeugen hören werden, noch ein anderer der Besatzung angemerkt.«

Alles blickte auf Rutland. Er hatte die Arme über der Brust gekreuzt und saß scheinbar ohne jede Teilnahme an seinem Tische. Eine leise Unruhe schwang in seiner Brust. Muriels Darstellung. Nun, er würde ihr nachher die Wahrheit ins Gesicht schleudern!

Der Staatsanwalt fuhr fort:

»Soweit zunächst die Darstellung der Tat im Zusammenhang. Weshalb der Angeklagte zurückgekehrt ist und einen Mord an seinem besten Freunde und einen Mordversuch an seinem Weibe begangen hat, diese Motive zu finden, wird Ihre Aufgabe sein, meine Herren Geschworenen. Vielleicht war es Eifersucht, unbegründete Eifersucht, meine Herren! In jedem Falle aber liegt für mich schon jetzt soviel klar: der Angeklagte wollte mit voller Überlegung Jerram und seine Frau töten. Er trug sich schon längere Zeit aus Gründen, die er uns vielleicht später aufklären wird, mit diesem unheimlichen mörderischen Plane. Der plötzliche Alarm der Flotte rief ihn zum Handeln. Er wollte das Alibi dieses Alarms benutzen. Man hatte ihn am Dock gesehen. Sein Boot ging in wenigen Minuten hinaus. Diese unbeobachteten wenigen Augenblicke wollte er ausbeuten. Er eilte nach Hause, – er wohnte dicht am Kai, – schoß – und war sofort zurück. Keiner hatte seine kurze Abwesenheit bemerkt. Er rechnete mit dem Tode seiner beiden Opfer. Und in der Tat, meine Herren Geschworenen, wäre auch Frau Muriel getötet worden, dann lebte kein Augenzeuge seiner Tat. Dann blieb diese Untat für alle Zeiten ein rätselvolles Geheimnis. Seine Rechnung war richtig. Nur der erste Schuß ging fehl.«

Er machte wieder eine eindrucksvolle Kunstpause, seine Worte wirken zu lassen.

Das Publikum war verdutzt. Genaueres wußte keiner über die näheren Umstände der Tat. Man hielt diesen Mann nur eines Mordes nicht für fähig. Aber lagen die Dinge wirklich so, wie der Staatsanwalt behauptete, dann sah das Ganze einem Morde verzweifelt ähnlich. Eine gequälte Unrast glitt über die langen Reihen der Bänke.

Da tönte wieder die ruhige überzeugende dunkle Stimme des Anklägers:

»Man kann fragen: was änderte der Alarm an Patersons Entschluß? Er wollte doch, ob Alarm, ob kein Alarm, in jener Nacht ausfahren. Meine Herren Geschworenen, dieser Alarm änderte alles an seiner Ausfahrt und damit an seinem Entschlüsse. Das Torpedoboot sollte um neun Uhr 35 Minuten auslaufen. Um neun Uhr vierunddreißig Minuten traf Paterson am Kai ein. Der Alarm setzte die Ausfahrt der Flotte für neun Uhr fünfundvierzig Minuten fest, verschob also Patersons Ausrücken um zehn Minuten. Diese zehn Minuten entschieden alles. Sie gaben Paterson die Zeit zur Heimkehr und zur Verübung des Mordes.«

Wie ein schweres Atmen hauchte es durch den Saal.

Zufrieden strich der Staatsanwalt über sein kurzgeschorenes Haar, über dem der silberne Schimmer erster Vierziger lag. Er hatte die Feindseligkeit des Publikums niedergeworfen, den Boden für Muriels Aussage bereitet. Sie würde die Anklage jetzt zum Siege führen.

»Ich trete jetzt den Beweis für meine Behauptungen und Darstellungen an«, rief er mit hellerer unternehmender Stimme.

»Frau Muriel Paterson, jetzt Frau Jan Bouterweg, darf ich Sie an die Barriere bitten.«

27

Muriel erhob sich von der Seite Bouterwegs. Man sah, wie er ihre Hand losließ, die er bisher tröstend gehalten hatte. Sie war sehr bleich. Blaue Ringe zirkelten sich unter ihren Augen. Sehr schön war sie in ihrer leidenden Blässe. Während sie mit ihrem zierlichen schwebenden Schritt, klein und bedauernswert, auf den Zeugenkasten zuschritt, folgte ihr Mitleid und regste Teilnahme, zum mindesten aller Männer. Es ist nicht schwer in Amerika, für eine elegante, schöne, duldende Frau, die Herzen der Männer zu gewinnen. Die Damen blieben erwartungsvoll, skeptisch und zurückhaltend. Ein Gerichtsdiener öffnete die Tür des Zeugenverschlages. Sie trat hinein. Ging zum vorderen Gitter, dem Richter gerade gegenüber, und klammerte sich mit beiden Händen an die Ballustrade.

Der Richter faltete die Hände und sagte beruhigend, freundlich:

»Mrs. – ja – ich weiß nicht recht, ob ich sie Mrs. Paterson oder Bouterweg nennen soll. Diese Frage gehört vor einen anderen Gerichtshof. In jedem Falle haben Sie als jetzige oder frühere Gattin des Angeklagten ein Recht, Ihr Zeugnis zu verweigern.«

Sie blickte starr auf den Richter.

Da fiel der Staatsanwalt, der sich langsam dem Zeugengehege genähert hatte und jetzt dicht neben Muriel außerhalb des Stabzaunes stand, lebhaft ein:

»Ich erinnere Sie, Mrs. Paterson« – er nannte sie absichtlich so –, »daß Sie bereits am 15. Juni 1921 einen Eid in dieser Sache vor dem Staatsanwalt in Manila geleistet haben. Es macht also für das Los des Angeklagten wenig aus, ob Sie diese Aussage jetzt vor uns wiederholen, oder ob ich sie verlese.«

Sie hatte erschreckt dem Manne ihre angstgehetzten Augen zugewandt, als der Richter jetzt wieder zu ihr sprach, richteten ihre Pupillen sich steif auf ihn zurück.

»Gleichwohl können Sie heute Ihr Zeugnis verweigern«, belehrte der Vorsitzende mahnend. »Sie haben völlig freie Entschließung. Sie brauchen sich auch durchaus nicht an das zu halten, was Sie vor sieben Jahren ausgesagt haben. Wenn Sie aussagen wollen, können Sie Ihre Bekundung in jedem einzelnen Punkte ändern, ohne eine Bestrafung wegen Meineids zu befürchten. Solange kein Verfahren eingeleitet ist, kann jeder Zeuge seine Aussage berichtigen. Sie haben jetzt zu entscheiden, ob Sie aussagen wollen oder nicht. Wollen Sie aber als Zeugin vernommen werden, muß ich Sie auf die Bibel vereidigen. Dann müssen Sie uns die lautere Wahrheit sagen. Ich frage Sie also noch einmal: Wollen Sie aussagen?«

Muriel hatte in den letzten Wochen Unerträgliches erduldet. Sie hatte mit wachsendem Grauen diesen Augenblick unentrinnbar nahen sehen. Bouterweg entging ihre Marter nicht. Immer wieder hatte er ihr klargemacht, daß Milde und Erbarmen nicht am Platze seien. Daß es ihr Leben galt oder Patersons. Wich sie der Zeugenschaft aus, so war sie gerichtet. Dann deutete man unausweichlich ihr Schweigen als Schuldbekenntnis.

Sie war mit dem festen Vorsatze gekommen, ihre falsche erste Aussage aufrechtzuerhalten.

Jetzt war sie zermürbt und zerrissen von Schreckgesichtern und Beklemmungen vieler schlafloser, in Bangen und Wirrnis durchwachter Nächte. War heute kaum noch ihrer Sinne mächtig.

Während sie sich an die Barriere des Zeugenverschlages klammerte, hörte sie hinter sich den Brodem der Masse. Sie wußte, das war nur ein Ausschnitt aus der Masse da draußen, in Neuyork, in ganz Amerika, in der weiten Welt. Aber wie die da hinter ihr, deren Augen sie körperlich stechend auf ihrem Leibe fühlte, blickte in diesem Augenblicke die ganze Erde auf sie.

Sie wußte, sie hielt jetzt ihr Schicksal in der Hand. Wenn sie log, tötete sie vielleicht ihn. Doch sie lebte. Wenn sie aber die Wahrheit sagte, die furchtbare, heute kaum noch begreifliche Wahrheit, daß Jerram in ihrem Bette erschossen worden war, brach der Orkan der Empörung über sie herein, fegte sie fort von Bouterweg, von ihrem Kinde, aus ihrer Stellung in Neuyork, aus allem, was Leben für sie bedeutete. Das war schlimmer als Tod. Viel schlimmer. Dann war sie im selben Augenblick die ruchloseste Frau in der Welt. Sie kannte Amerika. Im Moment der Wahrheit war sie verfemt, verstoßen, heimatlos. Dann stand sie am Schandpfahle der ganzen Erde.

Tausendmal hatte sie in tödlichster Verzweiflung diese Folgen eines Geständnisses durchlitten und durchdacht. Nein, nein, nein! Diesen moralischen Selbstmord konnte keiner von ihr verlangen. Keiner. Auch George nicht. Dann war ihr Leben verwirkt. Dann mußte Jan sich von ihr trennen. Mußte, ohne Wahl, wenn er seine Stellung, sein Werk, alles, was er sich errungen hatte, nicht preisgeben wollte. Was sollte dann aus ihr werden? Eine verlorene Frau, auf die jeder mit Fingern zeigte. Und die Lüge damals? Das Mitleid, das ihr von allen Seiten zugetragen war? Alles erschwindelt, erlogen. Nein, nein.

Und plötzlich, während sie vor dem Richter stand und fühlte, wie alle auf sie blickten und auf ihre Entschließung warteten, kam eine ganz neue Empfindung über sie.

Bisher war der stärkste Widersacher in ihr das Mitleid mit George gewesen. Ihn vernichten! Unmöglich! Jetzt aber, in diesem folternden Augenblicke, in dem sie sich entscheiden mußte, wurde dieses Mitgefühl mit ihm zum lodernden erstickenden Hasse. Wie ein wildes verängstigtes Tier, das in die Enge getrieben wird, in blinder Todeswut seinen Verfolgern an die Kehle springt, packte sie ein tödlicher, vernichtender Zorn gegen den Mann, der sie durch seine irre Tat in diese Qualen gestürzt hatte. Mochte er sterben! Sollten sie ihn verurteilen! Er war schuld an allem. An allem!

Sie richtete sich auf, ihre verschleierten Augen wurden plötzlich kristallen klar, als sie sagte:

»Ich will aussagen.«

Befriedigt sanken die gierig vorgereckten Leiber zurück.

»Dann, bitte, schwören Sie auf die Bibel«, sagte der Richter.

Der Diener hielt ihr das Buch hin. Sie berührte es mit zwei zagen Fingern und sprach laut und fest die Eidesformel nach. Dann wurde sie dem Kreuzverhör des Anklägers überliefert.

»Wie war Ihre Ehe mit dem Angeklagten?« begann er seine Fragen.

»Gut«, antwortete sie leise und sah den Staatsanwalt unverrückt an, den Augen Rutlands, die sie im Räume fühlte, zu entrinnen. Seine Blicke hingen an ihr voller Bedauern. Armes Weib. Aber er konnte ihr nicht ihr schmerzliches Los ersparen. Seine Augen glitten weiter zu Angelita. Sie leuchtete ihm Mut und Trost und Glauben entgegen.

»War jemals eine Mißstimmung zwischen Ihnen und Ihrem Manne?«

»Niemals.«

»Jetzt passen Sie gut auf, Mrs. Paterson. Von der Beantwortung dieser Frage hängt vielleicht das Schicksal des Angeklagten ab: Haben Sie jemals Grund zur Eifersucht gegeben? Jemals?!«

Muriel hörte und empfand, wie hinter ihr die lüsterne Neugier aufklaffte. Selbst die Geschworenen zeigten Zeichen von Leben. Einer von ihnen hielt die geöffnete Hand hinter das rechte Ohr, besser zu hören.

»Niemals«, sagte sie ohne Zögern.

Hinter ihr schlug die lüsterne Neugier enttäuscht zusammen.

Rutland saß unbewegt. Sein Gesicht schien nur schärfer, eckiger. Er und sein Verteidiger hatten mit dieser Aussage gerechnet. Archibald Filbert tat daher völlig gleichgültig. War es auch. Er würde sie nachher schon vornehmen, bis ihre frechen Lügen elendiglich zusammenbrachen. Er war ein Meister des Kreuzverhörs und wußte störrische Zeugen zur Räson zu bringen. Dieser kleinen vermessenen Frau da die Wahrheit zu entlocken, war kein Ruhmestitel.

Rutlands Blicke schweiften wieder zu Angelita hinüber. Sie konnte sich nicht beherrschen. In ihren Augen loderte helle Empörung. Sie kannte nicht die Wahrheit. Doch sie wußte, wußte es, als wäre sie in jener Unglücksnacht zugegen gewesen, daß er im Jähzorn, im plötzlichen Zusammenbruch seines Glaubens an diese Frau, im Aufruhr gehandelt hatte. Sie wußte, er war keines überlegten Mordes fähig. Sie wußte, diese Frau dort log um ihre Ehre und ihr Frauentum.

»Sie beschwören demnach«, fragte die eindringliche Stimme des Staatsanwalts, »daß Sie Ihren Gatten niemals betrogen haben?«

»Ich beschwöre es«, kam es leise, aber bestimmt.

Bouterweg auf der Zeugenbank hob den Kopf und sah sich kindlich besitzstolz um. Jetzt war jeder Verdacht gegen seine gequälte arme Puppe niedergeschlagen. Endgültig. Jetzt durfte kein Verdacht ungestraft sich mehr an sie heranwagen. Er hatte schon vorher seine Banknachbarn überragt. Jetzt reckte er sich und hob sich wie ein Fels aus dem um ihn wogenden Gischt der Köpfe.

Inzwischen hatte Muriel die Geschichte jenes Juniabends erzählt.

»Als George fortmußte – zu seinem Boot – wollte auch Mr. Jerram sich verabschieden. Doch George bat ihn, zu bleiben und mir noch ein bißchen Gesellschaft zu leisten.«

»Das ist bestimmt wahr, daß der Angeklagte Jerram aufforderte, bei Ihnen zu bleiben? Überlegen Sie sich die Antwort gut, Mrs. Paterson. Es kann viel davon abhängen.«

»Aber ich weiß es ganz genau!« rief sie überzeugend. Denn es war in diesem Lügenmeere die einzige Rettungsinsel der Wahrheit, auf die sie sich aufatmend geflüchtet hatte.

Da Rutland nicht den geringsten Verdacht gegen den Freund hegte, hatte er ihn zum Bleiben aufgefordert. Daß Jerram sofort in sein Haus und zu seiner Frau zurückgekehrt wäre, wenn sie sich auf der Straße getrennt hätten, ahnte er nicht.

»Erzählen Sie bitte, was dann geschah.«

Muriel überlegte scheinbar ernsthaft. In Wahrheit scheute sie noch einmal vor der entscheidenden Unwahrheit zurück. Aber die Angst hetzte sie weiter hinein in den Meineid. Ein Zurück gab es nicht mehr. Irr und verblendet stürzte sie weiter.

»Etwa eine Viertelstunde später – vielleicht auch weniger – ich weiß es nicht mehr so genau – Jerram und ich saßen plaudernd – plaudernd –« – Sie brach aufschluchzend ab. Die Kraft versagte ihr.

Der Staatsanwalt sprach wie ein besänftigender Arzt auf sie ein: »Mrs. Muriel – wir alle begreifen, wie furchtbar es für Sie ist, diese Szene in Ihre Erinnerung zurückzurufen – –, aber es muß sein. Kommen Sie, – raffen Sie sich zusammen –.«

Bouterweg hob sich mit schmerzverzerrten Zügen von der Bank. Das arme gequälte Kind!

Rutland starrte auf Muriel. War jetzt die Kraft der Lüge endlich zu Ende?

Da wandte sie das Gesicht ihm zu. In ihren Augen lag ein Flehen, eine aufpeitschende Unseligkeit, der Blick der von Hunden gehetzten Hündin, die Verzweiflung der zu Tode gepeinigten Kreatur.

Er verstand und senkte die Augen.

Ein leises Raunen irrte durch den Saal.

»Sie liebt ihn noch immer«, flüsterten die Frauen einander zu, »die Ärmste.« Die Männer waren mehr als je auf ihrer Seite. Nur zu begreiflich, die arme Kleine. Schließlich war er ja mal ihr Mann gewesen.

»Ihr gefühlvolles Herz ist zu lieb und gut für dieses entsetzliche Verhör«, jammerte Bouterweg.

Angelita dachte: sie barmt um seine Gnade, sie wirft sich seiner Ritterlichkeit zu Füßen. Aber sie wußte, ihr Flehen war vergeblich. Denn jetzt kämpfte der Mann dort für sie und ihr Glück.

Rutland war in sich zusammengesunken. Die Stirn tief niedergebeugt, die gefalteten Hände zwischen den Knien herabhängend, kämpfte er den schwersten Kampf seines Lebens für sein Kind. Der Vater ein Totschläger, die Mutter eine angeprangerte – Dirne! Zu viel für diese zarten Schultern Estas. Zu viel! Nur aus weiter Ferne hörte er die besänftigende Stimme des Anklägers:

»Mrs. Muriel, Sie dürfen sich nicht davon beeinflussen lassen, was der Angeklagte Ihnen einmal bedeutete. Wenn Sie aussagen, müssen Sie uns die reine Wahrheit sagen. Sie stehen unter dem Eide. Also, wie war es? Ich werde Ihnen ein wenig helfen. Sie saßen mit Jerram im Wohnzimmer –?«

»Ja.«

»Da öffnete sich die Tür? Und. Nun erzählen Sie den Herren Geschworenen weiter.«

»Da – trat – George herein – zog den Dienstrevolver, den er im Gürtel trug – schoß auf mich – dann auf Jerram – mehr weiß ich nicht.«

Rutland hörte ihre gefolterte leise Stimme. Sah immer noch ihre Augen mit diesem Flehen um Barmherzigkeit. Und beugte die Stirn noch tiefer hinab. Der Verteidiger stieß ihn sacht an. Das war nicht die Haltung eines Unschuldigen. Was sollten die Geschworenen und alle anderen denken! Doch Rutland rührte sich nicht.

»Können Sie uns sagen, welchen Eindruck der Angeklagte auf Sie machte, als er hereintrat?«

»Er sah – sehr zornig aus. Ganz entstellt. Ich habe ihn nie vorher so gesehen«, sagte sie ruhiger, denn sie war wieder auf festem, wahrem Boden.

»Und dann – was geschah dann?«

»Als ich aus meiner Ohnmacht erwachte – es war viel später – sah ich die – die Leiche neben mir –«

»Am Boden?«

»Ja, am Boden«, sagte sie rasch. »Ich lag daneben. Meine Schulter tat sehr weh – ich war voller Blut. Da kroch ich zur Tür und rief Mr. Jackson, unseren Nachbarn.«

»Danke sehr«, nickte der Staatsanwalt. »Ich behalte mir für später weitere Fragen an Mrs. Paterson vor. Zu diesen Punkten steht die Zeugin zur Verfügung der Verteidigung.«

Er trat von Muriel zurück und setzte sich.

Jetzt stand Archibald Filbert auf zu seiner stattlichen Gewichtigkeit. Seine Augen funkelten.

Muriel bückte voll Angst auf die fürchterliche Drohung, die sich da erhob und sank gegen das Gitter. Der Richter sah es, zog die Uhr und sagte: »Die Zeugin ist erschöpft. Wir machen eine Pause von einer halben Stunde, bis ein Uhr fünfundzwanzig Minuten.« Damit ging er hinaus.

Alles wuchs auf von den Sitzen. Bouterweg eilte auf Muriel zu. In diesem Augenblicke führten zwei Gefängniswärter Rutland an ihr vorüber. Da warf sie den Kopf zurück und sah ihn wieder an aus der Tiefe ihrer ungeheuren Not. Er begegnete ihrem Blicke und nickte Gewährung.

Sie brachten Rutland in ein kleines vergittertes Zimmer, fragten ihn, ob er essen wollte. Er winkte ab. Da ließen sie ihn allein und faßten vor der verschlossenen Tür Posten.

Rutland wanderte auf und nieder, wie er in seiner Bibliothek in London auf und nieder geschritten war und die Spukgestalten der Vergangenheit niedergetrampelt hatte. Jetzt waren sie lebendigstes Leben geworden, das nach seinem Leben griff.

Nein, er konnte diese Frau, die Mutter seines Kindes – seit Muriel in dem Zeugenkasten stand, sah er immer wieder die tragischen Augen der kleinen Esta vor sich –, er konnte seinem Kinde nicht auch noch diese Bürde mit ins Leben geben. Die Mutter als meineidige Ehebrecherin vor den Augen der ganzen Welt am Pfahl der Schande! Unmöglich!

Er ging auf und nieder und grübelte mit aller Kraft seines Gehirns, gepeitscht von der drängenden Notwendigkeit des Augenblicks, und fand einen Plan. Einen kühnen Plan von unerhörtem Scharfsinn, von tiefster Menschenkenntnis und voll des Glaubens an das Gute, das im letzten Winkel jedes Frauengemütes schlummert. Ein Plan, den ihm seine Liebe zu Angelita und die Verehrung ihres Geschlechtes bescherte. Er wußte, er würde ihr martervolle Stunden bereiten. Doch es mußte sein – um seines Kindes willen, für dieses kleine Geschöpf, das ihm nahestand wie sie.

Er ließ Filbert rufen. Besprach mit ihm die Idee. Der betroffene Verteidiger äußerte lebhafte Bedenken. Es war ein verwegenes psychologisches Wagnis. Wenn es nur nicht fehlschlug! Doch für alle Fälle blieb ihm ja die zweite Instanz. Mit Widerstreben fügte er sich dem Wunsche seines Mandanten. – – – – –

Gleich darauf wurden sie in den Sitzungssaal gerufen. Das Gericht war schon versammelt. Muriel stand in dem Zeugengehege. Ihr Herz schlug gegen die Holzbarriere.

Hatte sie Georges Blick richtig verstanden? Wollte er wirklich – –?

»Hört, hört«, rief der Gerichtsbeamte. »Die Sitzung ist wieder eröffnet!«

Filbert erhob sich. Alles rückte auf den Sitzen vor. Jetzt kam der spannendste Teil der Verhandlung. Das Kreuzverhör des berühmten Verteidigers! Wehe der Zeugin, wenn sie gelogen hatte. Er würde die Wahrheit aus ihr herausziehen wie ein Magnet Eisensplitter aus weichem Teige. Alles spitzte erwartungsvoll die Ohren.

Laut und vernehmlich sagte der Anwalt:

»Die Verteidigung verzichtet auf die Vernehmung der Zeugin!«

Diese Verkündung wirkte wie eine Katastrophe. Sie schlug die Mahnung des Richters zu Boden. Man sprang empor, beugte sich weit vor, rief, murrte, schrie, gestikulierte. Enttäuschung, Verblüffung, Entrüstung gebärdete sich unsinnig und ungezügelt.

Jeder im Saale wußte, mit diesem Verzichte hatte der Angeklagte sich das Todesurteil gesprochen, seine Schuld eingestanden.

Der Richter rührte sich nicht. Seine klaren energischen Augen unter den weißen Büschen der Brauen waren fest auf die gereizte Bestie Publikum vor ihm gerichtet.

Der Staatsanwalt stierte ohne Begreifen. Er faßte seinen leichten Sieg noch nicht. Er hatte einen verzweifelten Kampf, ein Ringen mit allen Tücken und Tricks forensischer Taktik um die Seele dieser Zeugin erwartet und gefürchtet.

Muriel stand zitternd da. Ihre Nerven zerrissen unter der Reaktion auf die übermenschliche Spannung. Sie fiel mit der Brust gegen die Barriere und weinte haltlos. Zwei Diener führten sie väterlich sanft zu ihrem Platze. Bouterweg kam ihnen entgegen und nahm sie in seine zärtliche Hut.

Den Kopf gebeugt saß Rutland. Nur einmal hob er ihn und blickte auf Angelita. Zwei gerötete tragische Marienaugen, stumpf vor ungeweinten Tränen, begegneten ihm. Sie begriff alles. Und erlag ihrem Schmerze.

Er liebte die andere! Ja, ja, er liebte sie immer noch. Alles andere waren Worte – vielleicht Selbsttäuschung. Aber hier, jetzt, da es galt, Farbe zu bekennen, hatte seine Liebe zu der anderen gesiegt über sein Leben, über seine Liebe zu ihr, über ihr Glück, über sie, über alles. Er liebte Muriel! Hatte sie damals in London ja auch gesehen und geküßt. Ihr Puder und ihre Schminke waren auf seinem Gesichte. Damals, als er sie erwartete! Alles war Lug und Trug. Er hatte ihr auch heute wieder diese Frau vorgezogen, die ihn in der Ehe betrogen hatte, die ihn heute in den Tod gejagt, ihr, die ihm Ruf und Stellung und alles geopfert hatte. Die schonte er, nicht sie. Sie war zu sehr Weib, letzte Mannesgedanken und Pläne zu durchschauen.

Ein Haß gegen diese Frau braute in ihr auf. Sie kämpfte mit dem Entschluß, aufzuspringen und allen entgegenzuschreien: seht ihr nicht – seid ihr alle mit Blindheit geschlagen –, was hier vor euch geschieht? Hört ihr nicht den falschen Ton in ihrer Stimme? Sie lügt! Jedes Wort ist eine freche Lüge. Und er ist mit ihr im Bunde, weil er sie liebt – noch immer liebt – trotz allem, was dieses Weib ihm angetan hat; heute wieder. Fühlt ihr nicht, daß er nur aus Liebe zu ihr schweigt? Und dieses eitle, hohle Weib duldet sein Totenopfer! Seht ihr es nicht? Seht doch diese Geschworenen! Ihre selbstgerechten eisernen, bornierten, blöden Stirnen! Sie werden ihn zum Tode verurteilen!!

Sie machte eine Bewegung, aus der Bank herauszustürzen. Doch die Kraft fehlte ihrer Verzweiflung. Sie starrte nur auf Rutland mit totwunden, blutigen Augen. Sie stöhnte weh auf, daß ein Nachbar sie fragte, ob ihr nicht wohl sei.

Doch die Verhandlung ging weiter. Sie hatte jetzt jedes Interesse verloren. Das Urteil stand fest.

Der Staatsanwalt vernahm Zeugen auf Zeugen. Den Nachbarn Muriels, den sie nach ihrem Erwachen in der Schreckensnacht gerufen hatte, den Arzt, der den Toten zuerst untersucht, die

Offiziere und Mannschaften, die Rutland nach der Tat gesehen hatten. Typisch, ordnungsgemäß rollte alles ab.

Der Admiral, der damals die Flotte befehligt hatte, zu der Patersons Torpedoboot gehörte, sagte aus, daß er plötzlich, mitten im Angriffe auf den markierten Feind, einen Funkspruch des Staatsanwalts in Manila erhalten hatte: »Oberleutnant Paterson sofort wegen Mordverdachtes zu verhaften.« Er habe seinen Augen nicht getraut. Paterson war einer der tüchtigsten und zukunftsreichsten jüngeren Offiziere der Flotte gewesen. Im Moment habe er nichts unternehmen können, denn Paterson sei mit der Zerstörerflottille sechsundzwanzig Seemeilen vorausgewesen.

Immer neue Zeugen rückten heran. Jerram züngelte seinen religiösen Haß gegen Rutland, andere Kameraden von ehedem zollten ihm höchstes Lob. Was nützte es? Die Tat blieb doch vorbedachter Mord.

Muriel saß hilflos dicht an Bouterweg gepreßt und achtete auf nichts. In ihr fieberte und arbeitete es. Er hatte sie gerettet, der Held, dieser größte aller Ehrenmänner. Sie atmete kurze Zeit erlöst und befreit. Doch dann wurde es düster in ihr. Er hatte sich dem Tode geweiht! Erst jetzt begriff sie es ganz. Und neue Kämpfe und Qualen kamen über ihre kaum befreite Seele.

Angelita saß mit trockenen brennenden Augen. Ihr Leid war zu groß für Tränen. Ein Medusenhaupt voll versteinertem Schmerze.

Die Verhandlung ging weiter. Es kamen die Plädoyers. Der Staatsanwalt beantragte Bejahung der Frage auf Mord. Das bedeutete Todesstrafe. Muriel schnellte entsetzt auf und fiel gleich wieder zusammen. Angelita saß wie eine Statue. Rutland regte sich nicht. Er harrte.

Der Verteidiger suchte schon in dieser Instanz zu retten, was zu retten war. Legte überzeugend dar, daß die Tat geschehen sei nicht aus ehrloser Gesinnung, sondern aus Leidenschaft, aus Eifersucht. Ob berechtigter, ob unberechtigter Eifersucht, sei in der Brust des Eifersüchtigen gleich. Er sprach glänzend, hinreißend.

Die Geschworenen sahen, auf ihn genau so stumpf wie vorher auf den Staatsanwalt.

Dann folgte die Rechtsbelehrung des Richters an die Geschworenen. Objektiv, wohlwollend, gerecht. »Wenn Sie aber zu der Überzeugung kommen, meine Herren, daß der Angeklagte mit voller Überlegung, mit dem Vorsatze, seine Frau und Stephen Jerram zu töten, zurückgekehrt ist, müssen Sie ihn des Mordes für schuldig erklären.« Unter der Wucht dieses letzten Satzes schritten die zwölf Farmer und kleinen Geschäftsleute von Newburgh auf ihre Beratungszimmer zu. Wie ein düsterer grimmiger Todeszug trotteten sie dahin.

Da, als gerade der letzte in der Tür verschwand, da geschah es. Da wurde Rutlands Glaube erfüllt, da gelang sein kühner Plan.

Da sprang Muriel auf – ganz weiß – mit fiebernden Augen, das Haar gebläht.

»Nein, nein!« gellte sie durch den Saal. »Er darf nicht zum Tode verurteilt werden. Ich habe gelogen!«

Wie eine Flamme glitt sie nach vorn – zum Richtertische. Ein Feuer, das sich selbst verzehrt, ein Mensch, der alles Kleinliche von sich geworfen hat, der über sich und sein Alltagswesen hinausgewachsen ist. Ein Mensch, der sich überwunden hat.

Die Geschworenen machten halt, drängten in den Saal zurück. Die Zuhörer fegte die Überraschung von den Bänken. Alles stand plötzlich.

Unbeirrt – ohne etwas zu sehen, zu fühlen – nur Mensch, nur Bekenntnis, nur Sühne, schrie Muriel dem Richter zu:

»In unserem Schlafzimmer hat er Jerram erschossen – in unserem Bette.«

Dann sanken ihr die erhobenen Arme, sie fiel in den Gelenken zusammen, stand da mit tief gebeugter Stirn.

Keiner rührte sich. Gelähmt war alles.

Da geschah das zweite Wunder dieser Stunde.

Eine andere Frau brach aus ihrer Bank, stürmte vor in die allgemeine Regungslosigkeit. Eine dunkle schöne Frau.

»Wehe dem«, rief sie aufgewühlt mit leisem fremdem Akzente, »der es wagt, den ersten Stein auf diese Frau zu werfen! Was sie auch vor Jahren in jugendlicher Verirrung begangen hat, heute hat sie es tausendfach gesühnt. Sie hat das Höchste des Weibes, ihre Ehre, geopfert. Sie ist die mutigste und größte Frau von Amerika!«

Damit beugte sie sich nieder und küßte Muriel schwesterlich auf die Wange.

*

Da löste sich der Bann. Da wurde der nüchterne Gerichtssaal zu Newburgh zur Stätte trunkenen Taumels. Da kam alles anders, als Vernunft und Herkommen erwarten konnte.

Das Publikum raste. Dieses leicht entzündlich, empfängliche amerikanische Publikum flammte empor. Vergessen war im Rausche des Augenblicks ererbter Puritanismus, anerzogene Prüderie, Scheinheiligkeit, alle Furcht und Scheu vor dem Geschlechtlichen, alles Muckertum, alle Heuchelei, alle Schmach des Ehebruchs. Man sah nur das seltene Schauspiel zweier Menschen. Eines Mannes, der sich aus Ritterlichkeit einem Weibe, ein Weib, das sich aus Reue und Ehrlichkeit einem Manne geopfert hatte. Größe reißt zur Größe hinauf. Alles, was Muriel in diesen langen Wochen auf der Folterbank ihrer Ängste geschaut hatte: Verfemung, Ausstoßung, moralische Vernichtung, zerstob. Man sah nur ihre große Tat. Man jubelte ihr zu, man jauchzte, man schrie, alles drängte an sie und Angelita heran. Chaos einer aus allen Erdenfesseln gelösten Masse barst auf. Bouterweg war bei ihr – preßte sie an sich, schützte sie vor der gefährlichen Begeisterung. Rutland stand vor Erschütterung gebeugt und lächelte. Nicht ob seiner Rettung, nicht aus Glück, nicht für Angelita, sondern weil seine erste große Liebe keiner Unwürdigen gegolten hatte.

Der Richter hatte dem Aufruhr höchster Menschengefühle freiwillig Gewährung geliehen. Jetzt ordnete er seine zerfallene Welt.

Die Verhandlung wurde wieder in gesetzmäßige Bahnen geleitet. Doch vorher sagte er:

»Die fremde Dame dort hat recht. Wehe dem, der den ersten Stein auf diese Frau wirft. Ihr Geständnis ehrt sie und stößt in dunkle Schatten zurück, was sie vor vielen Jahren gesündigt haben mag. Ich bin überzeugt, daß ganz Amerika so denkt wie wir hier in diesem Saale.«

Dann wurde Muriel nochmals als Zeugin vernommen. Sie begriff die Wirkung ihrer Worte noch nicht recht, war benommen, wirr und stammelte jetzt unter Tränen. Sie hatte gefürchtet, die verfemteste Frau Amerikas zu werden und war plötzlich eine Berühmtheit des Landes geworden. Laune des Zufalls? Kaprize des Lebens? Sie begriff es noch nicht.

Nach kurzer Beratung sprachen die Geschworenen Rutland frei. Diese strengen Puritaner und Quäkerabkömmlinge sprachen ihm das unveräußerliche Recht zu, die Ehre seines Bettes mit der Waffe zu schützen.

Draußen standen die Tausende, die aus Neuyork gekommen und keinen Platz im Saale gefunden hatten. Sie kannten schon das Urteil und die Ereignisse. Sie tobten ihren Beifall, ihren Jubel, als Rutland mit Angelita das Gerichtsgebäude verließ, stürmten auf ihn zu, schüttelten ihm die Hand. Cheers wetterten zum Himmel empor. Es dauerte lange, bis er zu dem Auto vordrang, das man ihm bereitgestellt hatte.

Dann entstand tiefes, ehrfürchtiges Schweigen. An Bouterwegs Arm erschien oben auf der Freitreppe des Gerichtshauses eine kleine blasse, erschöpfte blonde Frau. Noch dauerte die Stille an, als sie die Stufen hinabschritt. Dann rief eine helle, durchdringende Stimme:

»Die tapferste Frau von Amerika, hipp-hipp-hurra!« Da stieg der Schrei wie eine Rakete zum Nachthimmel empor.

Ende